나에겐 꿈이 있습니다

나에겐 꿈이 있습니다

초판 1쇄 인쇄 : 2009 년 12월 10일
초판 1쇄 발행 : 2009 년 12월 10일

지은이 | 검정고시 수기집 편찬위원회
대 표 | 김남석
펴낸이 | 김정옥
표지그림 | 박민호
디자인 | 윤용주
펴낸곳 | 도서출판 우리책

등록 | 2002년 10월 7일(제 2-36119호)
주소 | 서울특별시 중구 신당 3동 373-20
전화 | (02) 2236-5982
팩스 | (02) 2232-5982

ISBN 978-89-90392-21-3 03890

* 값 12,000원

나에겐 꿈이 있습니다

검정고시 수기집 편찬위원회

우리책

책을 내면서

열정, 그 찬란한 유산

강운태 전국검정고시총동문회 회장, 국회의원

1989년 11월 11일, 이날은 우리 검정고시인들이 소망을 이룬 날입니다. 그 동안 전국 곳곳에 흩어져 있던 검정고시인들의 마음이 하나가 되어 총동문회를 결성한 날이기 때문입니다.

전국 검정고시총동문회 창립 이후 20년이 지난 오늘, 우리 전국 검정고시총동문회의 발전과 위상은 20년이라는 긴 세월보다도 더 눈에 띄게 높아졌습니다. 전국에 걸쳐 지역 검정고시동문회가 설립되었고, 검정고시 후배들과 그 기쁨을 함께 나누고자 합격증 수여식에 참여하고 있으며, 또 군부대를 방문해 검정고시 후배들을 격려하고, 대대적인 장학사업과 사회봉사를 하는 등 대내외적으로 활발한 활동을 하고 있습니다.

특히, 전국 검정고시총동문회 결성 20주년을 맞이해 《나에겐 꿈이 있습니다》라는, 우리 동문들이 가슴으로 쓴 수기집을 펴내

게 된 것은 더욱 뜻있는 역량의 산물이라고 할 수 있습니다. 《나에겐 꿈이 있습니다》 출간을 160만 검우인을 대표해서 진심으로 감축 드립니다.

우리 검우인들은 말 못할 여러 사정에 의해 그 동안 정규 교육을 받지 못했습니다. 서로 비슷한 환경을 겪었기에 가슴에 남아 있는 사정을 말하지 않아도 이미 우리는 서로 너무나 잘 알고 있습니다.

우리 검우인들은 비록 공부할 시기를 놓쳐 남들보다 늦었지만, 공부를 하고 싶은 열정은 그 누구보다도 강해 뒤늦게나마 향학열을 불태우며 꿈을 이루고자 온갖 어려움을 극복해냈습니다.

절박한 상황에서도 포기하지 않고 끈기와 오기로 학업에 열정을 바친 검정고시인들, 이들이야말로 말없이 음지에서 제 역할을 다해 온 숨은 명문고 출신들이라고 나는 단언합니다.

가열차게 달려온 우리 160만 동문들은 이제 우리 사회의 주요한 재원이 되어 각자 맡은 바 소임을 다하며 나라와 가정을 위해 열심히 살아가는 일꾼이 되었습니다.

《나에겐 꿈이 있습니다》라는 이 책 제목처럼 이제 우리 검우인들의 꿈은 바로 어려운 이웃의 아픔을 보듬으며 봉사하는 것입니다. 이런 자세야말로 우리 검우인들의 정체성이라고 자신 있게 말씀드립니다.

이 책의 필진들은 사회적으로도 성공하여 이미 유명하신 분들도 계시고, 국방의 의무를 다하는 중에 검정고시에 합격한 병사도 있습니다. 검우인들은 높은 자리 낮은 자리를 가리지 않습니다. 이 땅의 어렵고 힘든 사람들에게 조금이나마 위로가 되고 희

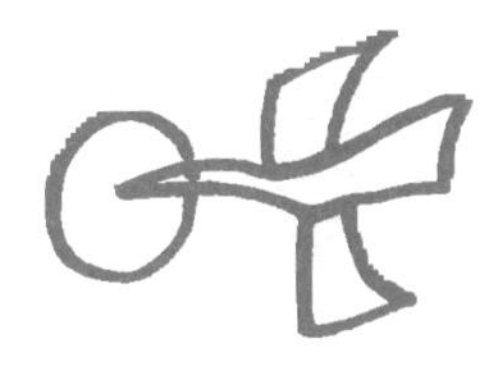

망이 되기 바라는 마음에서 모두가 한마음 한뜻으로 정성을 모아 이렇게 자랑스러운 수기집을 탄생시켰습니다.

우리 검우인들의 과거는 가난과 역경 그 자체였습니다. 결코 남에게 알리고 싶지 않은 사연도 있었겠지만 필진 모두가 그 어려움을 감수하고 어려운 이들에게 희망의 빛이 되고자 세상에 모습을 드러내 주었습니다. 가난과 어려운 환경을 강인한 의지와 노력으로 극복한 삶 자체가 너무 눈물겹고 아름답습니다. 그래서 이 책에는 진실의 힘으로 빛나는 그 무엇이 있다고 느껴집니다.

'열정, 그 길에서 희망을 찾다' 라는 부제처럼 이 수기집이 널리 읽혀 가난하고 힘없고 실의에 빠진 이 땅의 많은 사람들에게 빛과 희망이 되기를 바랍니다.

2009. 11 강운태

격려사

신은 다시 일어서는 법을 가르치기 위해 넘어뜨린다

박영립 변호사, 전국 검정고시총동문회 초대회장

파나소닉, 내셔날, 마츠시타 전기 등을 창업한 마츠시타 고노스케는 어렸을 때 매우 가난해서 제대로 학교에 다니지 못하였습니다. 초등학교 4학년 때 학교를 그만두고 자전거 가게 점원으로 일을 하기 시작하여 전 세계적으로 가장 존경받는 기업가의 한 사람이 되었습니다. 그는 "나는 집안이 가난하여 점원 생활을 한 덕에 상인의 몸가짐을 익히고, 세상의 쓴맛을 보는 등 많은 경험을 했고, 몸이 병약하여 운동을 계속했기에 장수하였고(95세), 학력이 모자랐기에 항상 모두에게 가르침을 구했다."고 회고하였습니다.

"편안이 독이 되고 역경이 약이 된다."는 말이 있습니다. "젊어서 고생은 사서도 한다."는 말도 있습니다. 마츠시타 고노스케에게 있어서는 역경과 고난이 그를 좌절하게 하기보다는 오히려

세계적 기업가로 키운 원동력이 되었습니다.

우리들은 누구나 인생에서 고비를 겪게 됩니다. 고비가 없다면 자신을 뒤돌아볼 수 없습니다. 고비를 이겨 내는 과정에서 자신의 새로운 가치와 사명을 발견하게 되고, 그런 사람만이 성공하게 되며 존경을 받게 됩니다. 우리 전국 검정고시총동문회 회원들은 모두가 크고 작은 역경을 겪게 되는 바람에 공부의 때를 놓친 아픔과 시행착오를 공유하고 있습니다. 그러나 우리들은 우리 앞에 놓인 시련과 장애에 좌절하지 않고 불굴의 의지와 도전정신으로 이를 극복하고 검정고시를 통하여 새로운 삶을 개척하고 설계해 내는 아름다운 경험 역시 가지고 있습니다.

자신의 지나온 삶을 반추하면서 글로 쓴다는 것은 결코 쉬운 일이 아닐 것입니다. 그럼에도 이 수기집의 필자들은 흔쾌히,

어쩌면 숨기고 싶기도 하고 감추고 싶기도 한 삶의 궤적들을 진솔하면서도 담담하게 적었습니다. 이 책의 내용은 정치, 경제, 의료, 교육 등 우리 사회의 각 분야에서 일가를 이룬 분들의 치열한 삶의 기록이지만 크게 보면 하나의 결론으로 귀결됩니다. 이들은 어려운 환경을 탓하지 않고, 부족하더라도 자기 자신을 사랑하며 용기를 북돋우고, 현실에 안주하여 좌절하지 않고 자신을 변화시키기 위하여 부단히 노력하였습니다. 그러한 과정 속에서 자신이 늦게나마 다시 공부를 시작하여 정규 교육 과정을 거친 사람들과 당당하게 경쟁할 수 있게 된 것에 대하여 항상 감사하고 있다는 점입니다. 이들에게 있어서 자신에게 닥쳐온 역경과 고난은 오늘의 그들을 있게 만든 정신적 보약이 되었습니다.

"신은 다시 일어서는 법을 가르치기 위해 넘어뜨린다."는 말이 있습니다. 여기에 나오는 필자들은 넘어질 때마다 번번이 다시 일어났고, 그렇게 많이 넘어져 봤기에 오늘의 자신이 있다고 믿는 사람들이기도 합니다.

이들의 이야기가 우리 검정고시 동문들의 자기 정체성 확립에 도움을 줄 뿐만 아니라 여러 가지 사정으로 어려움을 겪고 있는 분들께 꿈과 희망의 메시지가 되길 소망합니다. 이 수기집이 발간되기까지 수고하신 필자를 비롯한 모든 분들께 감사와 격려의 말씀을 올립니다.

2009. 11. 11일

전국 검정고시총동문회 창립 20주년에 즈음하여

차 례

어느 날, 구세군 군산 후생원장님에게서 전화가 왔다.
내가 어린이날을 맞아 정부로부터 아동복지 유공자로 선정되어
대통령 표창을 받게 됐다는 것이다.
사재를 털어 고아들의 자립을 위한 '군산 우리 집'을 마련한 것을
원장님께서 시청과 도청에 알린 것이다.
내가 한 일이 그렇게 큰일도 아니고 그 동안 여러 사람들로부터
도움 받은 것에 대한 보답으로 '군산 우리 집'을 세운 것뿐인데,
공교롭게도 그 사실이 알려져 큰 상을 받게 된 것이다.
기쁘기도 했지만 송구스러운 마음이 많았다.
여러 신문들과 TV 방송에서 고아원 출신의 성공한 의사가 선정을 베풀었다며
소개했다. 그 바람에 어느 날 갑자기 유명인이 되었는데, 인터뷰에 응한 것도
기사를 읽고 어려운 처지에 있는 사람들이 한 사람이라도
희망을 얻기 바라는 마음에서였다.

사람이 희망이다

조주연 차병원 진료부원장

· 연세대학교 의예과 졸업
· 연세대학교 대학원 석 · 박사학위 취득
· 한림대 사회복지대학원 사회복지학 석사학위 취득(가족치료 전공)
· 연세 · 경희 · 포천중문 의과대학 산부인과 교수
· 대통령 표창(아동복지 유공)
· 사회복지사 자격증 취득

아! 꿈에도 잊지 못할 어머니, 아버지

전라북도 옥구군 미면 산북리 206번지, 나는 이 곳에서 태어났다.

10리쯤 걸어가면 군산 앞바다가 보이는 평화로운 황금 들녘이지만, 한국전쟁 중에는 전국에서 손꼽힐 정도로 심한 골육상쟁을 겪은 곳이다. 이 곳에 가면 나는 한 번도 불러 보지 못한 아버지의 이름을 나지막이 불러 본다. 얼굴은 기억나지 않지만 사무치도록 보고 싶은 나의 사랑하는 아버지 조남즉…….

아버지는 한국전쟁의 소용돌이 속에서 좌익에 몸담았다는 이유로 먼저 운명을 달리하셨다. 고학으로 공부를 하셨고, 일제강점기 때에는 독립운동을 하셔서 옥고를 치르셨던 아버지. 기다리던 해방이 되었으나 좌우의 대립과 갈등 속에서 아버지는 희생당하신 것이다.

혼란 속에서 아버지의 친구분이 예감이 안 좋으니 일단 피신하라고 일렀지만 아버지는 '죄 지은 게 없으니 문제 될 것 없다.' 고 하면서 스스로 검속에 응했다고 한다. 그것이 아버지의 마지막 가는 길이었다.

아버지가 돌아가셨지만 집에서는 시신도 수습하지 못했다. 어느 야산에 많은 시신들이 뒹굴고 있어 어머니가 친척들과 함께 샅샅이 뒤져 보았지만 끝내 아버지의 시신을 찾지 못하였다. 어머니는 어머니대로 아버지가 도망쳤다는 의심을 받아 지서에 끌려가서는 모진 고문을 당했다. 어머니는 이 와중에 몸이 크게 허약해지셨다고 한다.

이로 인해 어머니는 졸지에 젊은 과부가 되어 어린 세 남매를 혼자 떠안게 되었고, 거기에 좌익분자 아내라는 굴레까지 지게 되어 남편을 잃고도 대놓고 슬퍼할 수조차 없었으니 아버지와 어머니 모두 민족의 비극을 온몸으로 고스란히 받아낸 가엾은 분들이었다.

어머니는 나중에도 우리에게 아버지에 대한 이야기는 전혀 하지 않았다. 아버지에 대하여 조금이나마 알게 된 것은 나중에 친구분과 친척 어른들의 입을 통해서였다. 그분들도 아버지가 사회주의자였으며 전쟁 통에 돌아가셨다는 이야기를 할 때면 매우 조심스러워했다.

홀로된 어머니와 어린 남매들

어머니는 좌익분자 남편을 두었다는 죄로 살던 곳에서도 쫓겨나 친정집으로 갈 수밖에 없었고, 우리 네 식구는 그렇게 한동안 외가에 얹혀살았다. 그리고 외삼촌의 도움으로 군산시 미원동의 19㎡(5~6평)의 무허가 판자집을 얻어서 네 식구가 들어가 살았다.

우리 집 생계는 어머니의 삯바느질이 전부였다. 원래 바느질을 잘했고 재봉틀도 가지고 있었기 때문에 남의 옷을 수선해 주거나 새 옷감으로 옷을 만들기도 했다. 나도 어머니와 같이 옷이나 이불을 가지고 바느질과 다림질도 하고 가끔은 재봉틀도 돌렸다. 밤에는 인두를 달구던 그 숯불에 밤, 고구마 같은 것들을 구워서 도란도란 이야기꽃을 피우며 맛있게 먹던 기억은 나를 행복하게 한다.

어머니가 하루도 쉴 날 없이 일했지만 겨우 밥을 굶지 않는 정도의 생활이었다. 공부를 잘했던 누님은 동생들 때문에 실력 있는 학생들이 다니던 사범학교 병설 중학교를 중퇴하고는 공장에 다녔다. 아래로 남자가 둘이나 있어서 공부를 시켜야 되니 여자는 공부할 수 없다는 어머니의 뜻 때문이었다. 누님이 학교에 가려고 하면 어머니가 책이고 가방이고 모두 감춰 두고 학교를 못 가게 하였고, 그래도 어떻게든 책을 찾아서 학교에 가려고 하면 쫓아다니면서 잡아오곤 했다고 한다. 아무튼 누구보다 공부를 잘했던 누님으로서는 한이 되었으리라는 생각이 든다.

나도 중학교 들어가면서부터는 학비를 내지 못하여 어려움이 많았다. 학교에서는 월사금을 내지 못하면 손이나 종아리를 때렸고, 그래도 안 가져오면 수업 시간에 집으로 보내서 가져오라고 하였다. 그러나 나는 집에 가 봐야 소용이 없다는 것을 알고 있으므로 학교 근처에 있던 공원에 올라가 하늘과 바다만 바라보다가 다시 학교에 가곤 하였다.

어머니의 병환과 돌아가심

어려운 생활이라도 근근이 꾸려나가던 우리 집은 1962년 어머니가 병환으로 돌아가시면서 중대한 전환기를 맞는다.

내가 중학교 2학년이던 어느 날 밤이다. 어머니가 새벽에 갑자기 피를 토하면서 쓰러지셨다. 우리는 깜짝 놀랐다. 어머니는 쓰러진 채 꼼짝도 않았고, 입에서 흘러 나온 피는 옷을 적시고 방바닥 여기저기에 번졌다. 누나가 울먹이며 어머니를 부르고 있을 때, 나는 본능적으로 밖으로 달려 나왔다. 근처에는 병원이 없었다. 나는 병원이나 의사는 생각하지도 못한 채 가까운 곳의 약국으로 달려갔다. 새벽이라 약국 문은 굳게 닫혀 있었다. 사람이 죽는다고 문을 마구 두드렸지만 약국 문은 열리지 않았다. 어떻게 해야 될지 알 수가 없었다. 나는 정신없이 한참을 두드리다가 그냥 돌아섰다.

집에 돌아오니 어머니는 이미 돌아가신 것 같았다. 방에 들어서는 순간 느낄 수 있었다. 누나가 마구 울고 있었고, 남동생은 멍한 표정으로 가만히 앉아 있었다. 나도 멀뚱히 서 있기만 했다. 실감이 나지 않았다. 약국에 가서는 마구 문을 두드리고 소리를 쳤지만 막상 돌아가신 어머니를 보고 있자 이상하게 눈물이 나오지 않았는데, 아마도 철이 없었나 보다. 사람이 죽는다는 것이 무엇을 의미하는지도 모르고 살았던 것 같다.

어머니는 성당 공동묘지에 잠드셨다. 나중에 대학에 다니면서 마음에 여유가 조금 생겼을 때 어머니 묘를 찾았다. 하지만 주변에 많은 묘가 새로 생겨 어머니 묘를 찾을 수가 없었다. 묘비를 크게 세운 것도 아니고 나무로 작은 표시를 해 두었는데, 그것이 없어지고 옆으로 난 길도 없어져 찾을 수가 없었다. 그러고 나서 몇 해 후 다시 어머니 묘를 찾아갔을 때는 그 곳에 신도시가 생기면서 공동묘지가 아예 없어져 버렸다. 물론 어머니 묘도 없어졌다.

지금 와서 돌아보면 어머니 묘에 너무 관심이 없었다는 생각에 자책감이 든다. 당시 여러 가지 변명이 있겠지만 어머니 묘에 너무 소홀했던 건 분명하다. 누님 역시 타향에서 너무 힘들게 살아오느라 돌아가신 분에게까지는 마음을 쏟지 못했던 것 같다.

나는 신세대 사람인지 제사나 묘에 대하여 크게 마음을 쓰지 않는 까닭에 다소 위안을 삼는다. 나 자신도 생을 마감하면 한 줌 재로 변해 자연에 흩어져 다니다가 강물에 실려 갈 것으로 마음을 잡고 있다.

소녀 가장이었던 누님, 철없는 동생들

어머니 대신 3남매의 가장이 된 나의 누님!

누님은 제약회사에서 노동자로 일하며 아침 일찍이 나가서 저녁에 들어왔는데, 올 때는 밀가루나 강냉이가루를 조금 사 왔다. 그것을 끓여 묽은 죽을 만들어 셋이서 나눠 먹었는데, 먹을 때는 배부르지만 금방 소화가 되고 말아 금방 허기가 지곤 했다.

친척들은 우리를 가엾이 여겨 누님이 찾아가면 양식을 나누어 주고는 했다. 친척들은 누님에게 그러다가는 다 굶어 죽는다면서 동생들을 친척집에 맡기라고 했다고 한다. 하지만 누님은 그렇게 되면 남동생들이 남의 집에 가서 공부도 할 수 없고 머슴노릇밖에 하지 못하게 될 것이 뻔하므로 그렇게 못하겠다고 버티었다고 한다.

다 큰 후에야 어느 친척으로부터 그런 이야기를 전해 듣고는 누님에게 새삼 얼마나 미안했는지 모른다. 정말이지 나는 왜 그렇게 철이 없었을까? 나이가 어렸으니 살림을 거들진 못하더라도 마음으로나마 누님의 고생을 이해할 수는 있었을 텐데, 나는 그조차 하지 못했다.

오히려 나는 가끔 아주 어이없는 짓을 저지르고는 했다. 어느 날, 나는 누님이 회사에서 월급을 받아 깊은 곳에 감추어 둔 것을 이리저리 뒤져 찾아내서는 일부를 훔쳐서 밖으로 나갔다. 그리고는 호떡도 사 먹고 오징어 다리도 사서 질겅질겅 씹었으며 딱지와 구슬을 사서 놀고 만화가게에도 갔다. 그런 상황이 몇 번 반복되다가 결국 내가 범인인 게 밝혀지고 말아 누님에게 호되게 야단맞았다. 그런데도 나는 그 버릇을 고치지 못해 나중에 또 다시 그런 일을 저질렀고, 누님은 내 버릇을 확실히 고쳐 주려고 나를 동네 파출소에 끌고 가기도 했다. 그립고 고마운 누님, 돌아가신 후에도 늘 내 마음 한구석에 살아 있는 누님.

중학교 중퇴, 무작정 가출

중학교는 어머니가 돌아가시고 두세 달 더 다니다가 1962년 군산동중학교 2학년 때에 중퇴하였다.

며칠째 학교에 가지 않고 있던 어느 날이다. 나는 공부하던 책을 헌책방에 팔아넘기고 몇 푼의 돈을 수중에 넣고는 서울로 가는 기차를 탔다. 당연히 무임승차였고 승무원과 숨바꼭질하며 여명이 시작되는 이른 아침에 서울에 첫발을 내딛었다.

그러나 갈 곳이 없었다. 무작정 발길 닿는 대로 그냥 거리를 헤매다가 잠잘 곳이 없어서 온기가 남아 있는 어느 집 굴뚝에 기대어 잠이 들었다. 가지고 온 돈은 두세 끼 밥을 사 먹고 나자 다 떨어졌다. 배가 고파 견딜 수가 없었다. 아침부터 호떡을 파는 포장마차에 들어가 두 개를 시켜 먹고는 도망치려다가 걸려 돈을 냈다며 오리발을 내밀었다. 급기야 주인에게 멱살을 잡히고 파출소로 끌려갈 상황이었다. 이때 어떤 손님이 다시는 그러지 말라고 나를 나무라면서 내가 먹은 호떡 값을 대신 내 주는 것이었다. 나는 고맙다는 말도 못하고 얼굴만 벌게진 채 고개를 푹 숙였다.

지금까지도 나는 그 어른을 잊을 수가 없다. 서울역에 가거나 그 근처를 지날 때마다 그 사람을 생각한다. 그 사람에겐 작은 친절이었을지 몰라도 나에게는 인생의 큰 함정에서 꺼내 준 구원의 손길이었다고 생각한다.

그 일을 겪고도 나는 서울에서 하루를 더 묵었다. 그러나 여전히 막막했다. 내가 할 수 있는 일은 아무것도 없었다. 그 사흘째 되던 날에는 도저히 견딜 수가 없어 나는 서울역 앞의 파출소를 찾아갔다. 사정을 말하고 고향으로 내려가고 싶다고 하자 순경은 정말 다행스럽게도 나에게 밥을 사 주고 차표까지 끊어 주었다. 그 또한 잊지 못할 친절이었다.

군산으로 내려와 집에 들어서자 누님이 야단을 치면서도 안으로는 울먹였다. 크게 혼날까 봐 걱정하고 있었는데, 누님은 내가 돌아왔다는 것 하나로 안심하였다. 누님은 그 동안 나를 찾아 온 동네와 먼 친척집까지 수없이 돌아다니느라 정신이 다 나가 있었다.

다시 돌아온 집은 그 자체로 행복의 공간이었다. 내 걱정을 해주는 가족이 있고, 나를 위해 밥을 지어주는 사람이 있는 이 세상의 유일한 곳이 집이었다.

고아원, 구세군 후생원 생활

내가 가출했다 돌아오고 나서 얼마 후였다. 누님이 나와 동생을 데리고 군산 시청으로 갔다. 나와 동생은 영문도 모르고 그냥 따라만 갔다. 누님은 우리를 기다리게 하고 어디를 다녀오더니

다시 조금만 더 기다리라고 했다. 누님이 나와 동생의 손을 번갈아가며 꼭 잡아 주었다. 그 눈빛! 혹시 동생은 알았을까? 누님의 표정이 조금 슬퍼 보이기는 했지만 둔하고 무심한 나는 다른 생각은 하지 못했다.

누님이 다시 어디론가 갔고, 우리는 계속 남아서 기다렸다. 얼마 후 시청 직원이 나오더니 나와 동생을 시내의 어느 곳으로 데리고 갔다. '구세군 군산 후생원', 고아원이었다.

내가 가출했다 돌아오자 누님은 우리를 보살피는 데에 한계를 느꼈던 모양이다. 더 이상 자기 혼자의 힘만으로 우리를 키우다가는 더 잘못될지도 모르겠다고 생각했을 것이다. 우리를 고아원에 보내고 집에 돌아간 누님은 혼자서 얼마나 많이 울었을까. 직장에서 퇴근해 집에 돌아올 때마다 텅 빈 집 안을 보며 괴로워했을 누님을 생각하면 지금도 가슴이 아프다.

내가 인연을 맺은 이 고아원은 나의 인생에서 중요한 시기이자 전환기가 된다. 그 곳의 일상생활은 시간표와 일정표에 따라 군대식으로 진행되었다. 아침 6시가 되면 기상 나팔 대신 종을 쳐서 깨운다. 일단 밖으로 나와서 보건체조를 하고 식당 겸으로 쓰는 강당에 모여 예배를 본다. 예배를 마치면 각자 맡은 곳의 청소를 하고 밥을 먹고 각자 학교에 가거나 일을 하러 간다. 저녁에는 9시에 점호를 하여 인원과 시설을 확인하고 10시가 되면 강제로 불을 끄고 잔다.

약국 관리와 이발사의 꿈,
소중한 말 한마디

고아원에서 동생은 학교에 다녔다. 나는 공부에 관심이 없어서 학교에 다니지 않고 몇 달간 먹고 대학생으로 무의미한 생활을 하였다. 어느 날, 고아원에서 일자리를 소개해 줘서 신광약국에 취직했다. 약국에 딸린 작은 방에서 숙식하며 가끔 약사 대신 가게를 지키고 자전거로 약 배달을 다녔다. 그리고 약국을 그만두고 다시 이발소에 다녔다. 이발소에서는 아침과 저녁으로 청소하고 손님들 머리를 감겨 주며 미래의 이발사가 되고자 꿈을 키웠다.

그러던 어느 날이었다. 이발소에 자주 드나들던 젊은 멋쟁이 신사 한 분이 있었다. 가끔 적은 돈이지만 팁을 주던 고마운 사람이었다.

"아직 어린 것 같은데, 왜 이런 데서 이런 일을 하고 있지? 공부를 해야 될 때인 것 같은데."

그저 지나가는 말이려니 생각하고는 별 관심 없이 들었다. 그런데 며칠 후, 그분이 또 이발을 하러 왔다. 손님은 또다시 나에게 '공부'에 대한 말을 꺼냈다.

"저는 아무것도 가진 게 없어 공부할 처지가 못 됩니다."

그러자 손님이 곧바로 말했다.

"처지는 무슨 처지, 구두통을 들고 다니며 구두만 닦아도 밥은 먹을 수 있어. 낮에 일하면서 야간학교를 다닐 수도 있잖아."

나는 더 이상 대답하지 않았다. 그러나 내 가슴은 이미 잔잔하게 달아오르고 있었다.

그날 저녁, 이발소에서 일을 마치고 나서 나는 고아원으로 돌아가지 않고 미원동 판잣집으로 갔다. 누님은 매우 반가워하면서도 느닷없이 찾아온 것에 놀랐는지 걱정스러운 표정을 지었다. 나는 누님에게 이발소 손님이 때를 놓치지 말고 공부하라고 했다며 공부를 다시 시작해 보고 싶다는 마음을 비쳤다. 누님은 내 말을 대견하게 들어주었다.

"그렇다면 한번 해 보자."

누님은 그런 결정을 내린 나에 대한 대견함과 걱정이 반반 섞인 애매한 표정이었다.

야간 학생이 되다

다시 동생만 고아원에 두고 나는 누님과 함께 미원동 판잣집에서 살면서 1964년 군산북중학교 야간부 2학년에 편입했다. 스스로 공부하고 싶어 들어간 학교였으므로 나는 그때부터는 오로지 공부에만 매달렸다. 학생이 되고 싶었고, 공부를 하여 무언가

이룩하겠다는 의지, 나는 그것을 온몸으로 체험했던 것이다

그 동안의 방황들이 나에겐 큰 약이 되었다. 종일 땀과 씨름하며 밭일을 하거나 농작물을 나르는 일, 어머니가 돌아가시고 방황하다가 무작정 상경, 낯선 서울역에서 배가 너무 고파 돈도 없이 호떡을 먹다가 걸린 일, 이발소 유리창으로 교복 입은 학생들이 등하교하는 것을 바라보는 일……, 세상 경험은 그것으로 충분했다. 열심히 공부하는 학생이라는 신분이 나는 더 없이 만족스러웠다.

당시 군산북중학교에는 주간부와 야간부가 같이 있었다. 나는 처음부터 매우 열심히 공부하여서 매달 반에서 1등을 할 수 있었다. 그것으로 등록금 문제는 해결되어 그나마 누님에게 덜 미안했다. 그리고 1등 성적표를 보일 때마다 기뻐하는 누님을 바라보고 있으면 내 자신이 대견스러웠다.

그러나 두 사람이 먹고 살기에 크게 못 미치는 누님의 월급이 문제였다. 나는 새벽부터 신문 배달을 하였지만 한 달치 월급은 겨우 며칠 먹을거리에 해당되는 너무 적은 돈이었다. 옷도 사 입을 수가 없어서 여기저기에서 허름하고 작은 것을 얻어다가 내 몸을 옷에 맞추어 입어야 했다. 바지가 짧아서 발목 위로 한 뼘 정도는 맨살인 채로 입고 다녔다.

그렇게 두세 달인지 살았는데, 절약과 근면만으로 해결될 일이 아니었다. 아무리 노력해도 도저히 먹고 사는 문제가 해결되

지 않아서 나는 다시 고아원으로 돌아갔다. 다시 찾아간 고아원에서는 다행히도 별 문제 없이 나를 그냥 받아주었다. 일단 다니던 야간학교이니 학교도 그냥 다닐 수 있었다.

낮에 일하거나 자는 시간 외에는 나의 손에는 항상 책이나 공책 또는 암기장이 들려 있었다. 나는 당장 월사금을 면제받아야 하기 때문에 열심히 공부했다. 나는 학교에서 배우는 모든 것을 열심히 듣고 필기한 다음에 그것을 모두 외웠다. 노력, 노력, 또 노력. 딱히 좌우명이라 할 것도 없이 나는 내가 유일하게 잘할 수 있는 '노력' 하나에 나의 모든 것을 걸었다.

개천에서 용 나기, 그리고 신문 배달

고아원에서도 신문 배달을 꾸준히 했다. 낮에는 고아원의 일을 해야 되므로 새벽시간을 이용할 수 있는 아르바이트는 신문 배달이 유일했다.

신문 배달을 하면서도 틈만 있으면 공부를 하였다. 새벽 4시쯤 일어나 신문 보급소에 가서는 역에서 받아 오는 신문이 도착하기를 기다리거나 아예 처음부터 역으로 나가기도 했다. 그때는 기차가 연착하여 늦게 도착할 때가 많았다. 그러면 나는 역 대합실의 불빛 아래에 자리를 잡고는 집에서 갖고 나온 책을 펼쳤다.

신문 보급소에서도 시간만 나면 필기 노트나 책을 꺼내 들었다. 신문도 많이 읽었는데, 특히 사설은 열심히 읽은 것 같다.

당시 한 달 배달하면 몇백 환을 받았던 것 같은데, 5백 환이었나 7백 환이었나 모르겠다. 나에게는 소중한 돈이었다. 학용품이나 책을 살 수 있었는데, 먹는 것에는 쓴 기억이 없다.

나는 2등으로 군산고등학교 입시에 합격하였다. 당시 원장님은 나에게 이렇게 말씀하셨다.

"네가 1등이었을 거다. 아마 군산중학교 출신에게 1등을 주기 위해 네가 밀려났을 거야."

실제로 그랬는지는 알 수 없지만 그건 중요하지 않았다. 여하튼 한 학기인지, 아마도 3개월 단위로 학비를 냈다면 3개월 학비였을 것이지만, 학비를 전액 면제받고 책도 그냥 주었으므로 나는 학교에 일단 다닐 수 있었다. 내게는 그것만이 다행이었다. 남의 도움 없이 학교에 다닐 수 있게 된 것이다.

고등학교에 들어가자 나는 고아원에서 하는 밭일 등 여러 가지 일에서 해방될 수 있었다. 그 동안은 낮에 일하는 게 너무 힘들었기 때문에 주간학교에 들어간 것이 매우 좋았다.

교복을 어떻게 마련했는지는 모르겠다. 형들이 입던 옷을 물려받았던 것 같다. 그래도 다른 학생들과 어깨를 나란히 견주어 가방을 들고 학교에 가는 것이 참 즐거웠다. 그러나 입학 초기만 해도 앞으로의 행로에 대한 생각은 별로 없었다. 학교 다니는 게 좋고 공부하는 게 즐거워 학교를 다니고 있을 뿐이었다.

한두 달 정도 지나서인 것 같은데, 나는 앞으로 어떻게 학교를 다닐 것인가, 앞으로 학비를 낼 것이 제일 걱정이었다. 내가 다니던 야간 중학교에서처럼 학급에서 1등을 하면 학비를 면제해 준다는 말도 없었고, 나는 누구와 상의하는 성격이 아니어서 그런지 혼자 속만 태우고 있었다. 또 미래에는 어떻게 무엇을 할 것인가, 즉 나의 미래에 대한 생각을 하게 되었다. 한창 공부에 열중하다가도 불쑥불쑥 학비를 비롯한 장래 문제가 머리를 어지럽히고는 했다.

우리 집이 부자였다면 하는 바람이 그 어느 때보다 간절하던 때였다.

검정고시와 육군사관학교, 나의 길을 바꾼 아버지의 연좌제

고등학교에 입학한 지 3개월쯤 되었을 때 어느 날 아침, 나는 학교 대신 군산 시립도서관으로 향했다.

며칠이 지나서 담임선생님이 학교에 나오라며 고아원에 찾아오셨다. 나는 자퇴하겠다며 버텼다. 원장님은 학비 걱정 때문이었는지 내가 자퇴하겠다고 하자 나서서 말리지는 못하였던 것 같다. 내 뜻이 워낙 강해 담임선생님은 소득 없이 쓸쓸히 돌아서 가셨다. 나는 일이 벌어진 김에 학교를 그만두는 대신 도서관에 가서 독학을 하겠다고 말씀드렸더니 그렇게 하라고 하셨다.

그로부터 군산 시립도서관은 내 생활의 절반을 차지한 곳이 되었다. 그리고 도서관에서 공부한 지 1년이 지난 1967년에 대학입학자격 검정고시에 합격하였다. 누님이 대전에 사셔서 그곳에서 검정고시를 보았는데 1등으로 합격하였다.

검정고시에 합격한 후로 나는 육군사관학교 입학시험 준비를 하였다. 군인 체질인지 아닌지는 생각해보지 않았다. 육군사관학교는 학비나 생활비 걱정 안 하고 지낼 수 있는 것이 나에게는 가장 큰 매력이었다.

육군사관학교 입학 필기시험 합격 통지를 받고 나서는 체육시험과 신체검사를 대비하여 몸만들기에 힘을 들였다. 그러던 어느 날, 원장님이 나를 불러 놓고는 다른 말없이 대뜸 이렇게 말했다.

"너는 육군사관학교에 가지 마라. 그리고 공무원이 되지 말고 정부와 관계되는 직업도 가지지 마라. 너는 그 외의 곳에서 네 기술로 일을 할 수 있는 직업을 가지는 것이 좋겠다."

원장님이 육군사관학교 입학에 따른 나에 대한 신원조회를 위해 형사나 기관원이 다녀갔다는 말은 하지 않았지만 나는 그 말뜻을 바로 알아차릴 수 있었다.

'아, 우려하던 일이 드디어 나를 가로막는구나.'

정말 억울했고, 누구를 상대로든 마구 항의하고 싶었다. 그러나 내가 할 수 있는 건 세상을 원망하며 슬픔을 곱씹는 일뿐이었다. 나는 참담한 심정이었지만 내심 걱정을 하고 있던 터라 그래도 견딜 수 있었다.

원장님이 다시 말했다.

"내 생각엔 차라리 네가 의과대학에 들어가서 의사가 되었으면 좋겠다. 서울대나 연세대학교 의대에 들어갈 수 있으면 내가 뒤를 봐줄 길을 찾아보마."

뜻밖에 듣는 말이라 나는 어안이 벙벙하고 어떻게 해야 될 바를 몰랐다. 의사에 대해 듣거나 생각한 것은 그때가 처음이었다. 한 번도 생각해 본 적이 없기에 나는 대답할 말이 없었다.

나는 연세대 의대에 목표를 세우고는 공부했다. 그리고 원장님께 부탁하여 입학시험을 보기 한 달 전에 당시 서울 아현동에 있던 구세군 서울 고아원에서 먹고 자고 하면서 시험 준비를 하였다.

수학이 너무 약하기 때문에 수학 과목은 서울에서 학원을 한 달 다니고 싶었다. 신문 배달을 하여 모은 돈을 모두 들였다. 그리고 연세대학교 의대에 지원, 80명 중 29번째에 합격하였다.

많은 분들의 도움으로
연세대학교 의대에 다니다

군산 후생원장님께서는 연세대학교 의대에 합격했다는 소식을 듣고는 크게 기뻐해 주시면서도 근심스러운 표정을 지었다. 등록금 때문이었다.

"어떻게 되겠지. 내가 한번 알아볼 테니까 너무 걱정 말고 기다려 봐라."

나는 할 말이 없었다. 원장님께 의지하는 수밖에 없었다. 내가 등록금 마련을 위해 유일하게 한 일이 있다면 당시 신문 배달을 하던 보급소 소장에게 내 이야기가 신문에 나도록 도움을 요청한 일이었다. 별 기대를 안 했는데 얼마 후, 검정고시로 명문대에 합격한 고아원생이 등록금이 없어 고민한다는 기사가 하단에 조그맣게 나왔다. 그 기사를 보고 혹시 후원자가 나타나지 않을까 은근히 기대했지만 어떤 연락도 오지 않았다.

등록 마감일이 다가올수록 초조했다. 나보다 원장님이 더 그런 것 같았다. 나는 시험을 보기 전부터 등록금 마련이 불가능하다는 것을 알고 있었으므로 사실 그렇게까지 안절부절하지는 않았다. 그러나 원장님은 끝까지 포기하지 말라면서 혼자 여기저기 뛰어다녔다. 구세군 본부에 내 사정을 자세히 이야기하면서 부탁하기도 했는데, 의대라서 학비도 비싸고 6년이나 다녀야 되므로 감당하기 힘들다는 대답이 왔다. 나라 전체가 경제적으로 어려운 시절이었으며 굶어 죽는 사람도 있었다. 나도 원장님도 이제는 거의 체념 상태였다. 그런데 뜻밖에도 등록 마감일 오후, 마감 시간을 두세 시간 남겨 놓아서 거의 체념 상태에 있는데, 원장님한테 등록금이 준비되었다는 연락이 왔다.

돈은 지금은 돌아가신 유한양행 유일한 사장님께서 마련해 주신 것이다. 그렇게 해서 마감 몇 시간을 남기고 겨우 등록하여 의대생이 되고 의사가 될 수 있었다. 참으로 아슬아슬한 순간이었다. 내가 1968년에 대학에 들어갔고 그분이 1971년에 돌아가셨으니, 유명을 달리하기 3년 전 일이다. 이 자리를 빌어 다시 고마운 마음을 전하며 명복을 빈다.

보은의 길

대학에 다닐 때 대학 입학 수기가 당선되어 상금을 받았다. 당시 내 생활은 무척 어려웠지만 그 상금으로 신문을 돌리는 학생들에게 선물을 사 준 것이 내가 사회에서 처음 한 보답이었다.

나는 많은 분들과 이 사회의 도움으로 지금의 내가 나름대로 역할을 할 수 있다는 생각을 항상 가지고 생활한다. 또 그런 은혜에 보답하는 생활을 해야 된다는 의무감을 잊은 적이 없다. 그에 보답하는 첫 번째 길은 사람으로서 또 의사로서 최선을 다하여 나에게 주어진 기본적 역할을 수행하는 것이리라. 그 다음에 여력이 있다면 도움이 필요한 사람들에게 힘이 되어 주는 것이라고 생각한다. 그래서 나는 버는 돈은 많지 않아도 열심히 저축하여 이에 대비하였다.

나는 의과대학 입학금을 마련하지 못하여 의사의 길을 포기할 뻔했던 나에게 선뜻 입학금을 내주시고 희망을 주신 고 유일한 유한양행 사장님, 훗날 나는 유한양행을 방문하여 당시 후원받은 등록금과 비슷한 액수인 100만 원을 재단에 기부하여 고마움을 대신하였다. 지금은 만날 수 없지만 멀리 미국에서 나에 대한 말만 듣고 내가 대학 졸업할 때까지 6년간 은퇴금을 절약하여 나를 도와주셨던 두 분 후원자님. 이분들은 여전히 나의 가슴속에 살아 숨쉬고 있다. 그분들도 지하에서 나를 기억하고 있으리라 생각한다.

또한 연세대 의대에 다닐 때 은사 김명선 선생님은 가난한 나에게 용기와 희망을 불어넣어 주었고, 제자들을 통하여 많은 도움을 주신 잊을 수 없는 고마운 분이시다. 마침 대학교에서 기숙사를 짓는데 모금을 하고 있는 것을 알게 되었다. 방 한 개당 2천만 원이 드는데, 돈을 낸 사람은 방에 이름을 붙여주겠다는 것이다. 나는 기회가 왔다는 생각이 들었다. 돈을 내가 내고 방에 붙이는 이름은 김명선 선생님으로 하는 조건으로 방 하나를 맡았다. 선생님의 이름과 함께 나의 이름도 같이 넣어주겠다고 하였으나 내가 감히 그런 고귀한 분의 이름 옆에 나란히 들어갈 수 없다는 생각에 거절하였다. 이 학생 기숙사를 통하여 나의 마음도 전하고 김명선 선생님에 대하여 의과대학생들이 오래오래 생각하고 기억하게 될 것이라는 생각이 들었다.

또한 내가 방황할 때 나의 안식처가 되어 주었고 먹을 것을 제공해 주어 나를 구해준 구세군 군산 고아원, 내가 연세대학교에 다닐 수 있도록 잠자리를 제공해 주고 미국의 후원자들로부터 후원금을 받을 수 있게 연결해 준 서울 구세군은 정말 나에겐 은인임에 틀림없다. 따라서 종교적인 믿음 여부를 떠나서 인간적으로 고맙게 생각하고 그에 보답을 해야 된다는 생각으로 살아왔다. 그래서 구세군 사관학교(기독교의 신학교)에 원하는 종교서적을 사서 기부하였다.

또한 내가 서울에 올라왔을 때 내 몸을 의탁하였던 서울 구세군 기숙사에 도움을 주고자 하였으나 없어져 아쉬웠다. 수소문 끝에 대전의 구세군 교회에서 운영하는 기숙사 시설이 있다는 말을 듣고 그 곳으로 달려갔다. 기숙사 시설을 견학하고 살고 있는 학생들도 만나 보았다. 나는 고마운 마음의 표시로 1천만 원을 들여 컴퓨터를 여러 대 사서 컴퓨터 교실을 만들어 주었다. 기숙사 학생뿐 아니고 가까운 주민들을 대상으로도 사용할 수 있다면서 구세군 교회에서는 좋아하였다.

구세군 군산 고아원과 나의 길

나는 의사로서 일하며 경제가 웬만큼 안정된 후, 구세군 군산 후생원 사무실에 당시 꽤 값이 나가는 컴퓨터를 사 주었다. 또 약 1천만 원을 들여 여러 대의 컴퓨터를 사서 원생들이 사용하도록 컴퓨터 교실을 마련하였다. 시장에서 음식 재료를 많이 사서 식당에서 조리하여 아이들과 같이 먹기도 하면서 정을 나누고 그들에게 희망을 심어주는 데 힘을 썼다.

언젠가 컴퓨터 관련 물품을 보러 갔다가 우연히 노래방 기계를 보고는 하나 사서 집에 와 해 보니 매우 좋았다. 그런데 갑자기 구세군 군산 후생원의 아이들이 생각났다. 생각이 거기에 미치자 나는 주저 없이 노래방 기계를 산 곳에 가서 하나 더 사 가지고 그 주말에 군산에 내려갔다. 강당에 설치하고 아이들과 모든 식구들이 모여 노래방 잔치인지 대회가 벌어졌는데, 초등학교에 다니기 전의 아이들도 어려운 노래를 얼마나 잘 따라하는지 대단하다는 생각이 들었다. 내친김에 군산의 큰 마트에 가서 DVD 기계를 여섯 개 사서 아이들이 있는 방마다 하나씩 설치하였는데, 영어공부도 동영상으로 하고 재미있는 동화나 만화 같은 것들도 아이들이 잘 볼 수 있도록 하기 위해서였다.

내가 후생원 아이들을 위해 조그마한 성의를 보이자 원장님 부부는 매우 기뻐하며 좋아하셨다.

아버지 같았던 후생원 원장님

구세군 군산 고아원 원장님은 나에겐 아버지와 같은 존재이다. 나는 그분을 내 삶에 있어서 가장 고맙게 생각하고 살아왔다. 다행히 원장님께서는 은퇴하시고 서울에서 가까운 과천에 사셨기 때문에 자주 만날 수 있었던 것도 서로에게 큰 도움이 되었다. 나는 그분을 친아버지처럼 생각하였고 그분도 나를 친아들로 여길 정도였다.

나는 서울 세브란스병원에서 산부인과 수련을 하던 시절에도 가끔 찾아뵈며 정을 나누었다. 몇 해인지 지나서 사모님께서 먼저 돌아가시고 혼자 사셨다. 전화가 없어서 옆집에 있는 전화기와 연결해서 쓰고 계시기에 내가 전화를 설치해 드렸다. 세월이 지나면서 원장님께서 기력이 줄어들어 시장까지 걸어가서 장보기가 힘들다고 하셨다. 그 말을 듣고 자전거에 모터가 달린 전동자전거를 하나 사 드렸는데, 그것을 잘 타고 다니셨다. 세월이 몇 년 더 지나가자 전동자전거도 이용을 하지 못하시기에 나는 과천의 아파트 한 채를 전세 얻어 동생 부부를 살게 하면서 음식을 해 드리며 돌봐드리도록 하였다. 살고 계시던 곳이 낡아서 공사에 들어간 동안 멀리 보은 근처의 노인 시설에 계실 때도 2~3달에 한 번 정도씩 방문하였다.

다시 과천으로 오셔서 몇 년을 계셨는데 대상포진에 걸려서 고생하셨다. 속이 좋지 않아 병원에 가서 검사하느라고 관장을 한 후부터 몸이 급격히 나빠지더니 그 후 한 달이 못 되어 돌아가셨다. 돌아가시기 며칠 전에 가 보았더니 거의 잡수시지를 못 하는 지경이었다. 그때는 내가 《여의보감》 완성을 앞두고 있어서 나도 너무 지쳐 있었고 시간도 없어서 잘 돌봐드리지 못한 것이 후회된다. 그래도 사시는 동안만은 정성을 다해 돌봐드렸기 때문에 매우 다행이라고 생각한다.

군산 우리 집

나는 언제인가 큰돈을 들여 구세군 군산 후생원에 무엇인가 기념비적인 일이 될 만한 보은의 사업을 할 마음을 가지고 돈을 저축하였다.

고아원 아이들은 18세가 넘으면 아동복지시설을 떠나야 한다. 그들은 마땅히 머물 곳이 없어 사회에 나가서도 방황하거나 길거리나 찜질방에서 잠을 자는 등 청소년기를 어렵게 보내다 보니 생활이 불안정하다. 때로는 살던 고아원에 몰래 들어와 주방에서 밥을 훔쳐 먹고 며칠씩 잠을 자기도 한다. 나 또한 대학에 다닐 때 방학이 되어 기숙사가 문을 닫으면 어쩔 수 없이 구세군 군산 후생원에 가서 몸을 의탁하였다. 인생의 진로를 결정하고 준비해야 할 중요한 시기의 후배들이 내가 겪었던 아픔을 되풀이하지 않기를 바라는 마음에서 이 시설을 준비하려는 계획을 세웠다.

몇 번에 걸쳐 집을 알아본 후, 군산 후생원 바로 뒤에 붙어 있는 집이 마음에 들었다. 집은 옛날 일본식으로 오래 되었지만 기와지붕이며 넓지는 않아도 앵두나무, 무화과나무, 감나무 등 과실수와 동백나무, 작은 소나무를 비롯하여 아름다운 정원이 집을 삼면에서 둘러싸고 있었다. 겉모습은 낡아보여도 쓸모가 있어 구입했다. 내부 수리를 하고 침구를 들여 놓자, 비로소 사람 사는 집처럼 안락했다.

그 곳에는 '나이 든 고아' 다섯 명이 둥지를 틀었다. 이들은 후생원을 거쳐 대학에 들어간 학생과 후생원을 나와서 군산에 직장을 가지고 있지만 마땅히 갈 곳이 없어서 '군산 우리 집'과 인연을 맺게 되었다. 가끔 시간이 나면 군산에 가는데, 감을 비롯해 유실수를 따 먹고 함께 음식을 만들어 먹으면서 고향의 아늑함이 느껴져 더할 나위 없이 좋다.

여자들을 위해서는 내가 어릴 때 살던 미원동 집을 조금 고치고 여름에 더위를 식히기 위해 에어컨도 사들여 설치하였다. 좁아서 두 사람밖에는 살 수 없지만 그래도 어쩔 수 없을 때 임시 거처로서는 사용할 수 있었다. 단지 씻을 수 있는 공간이 거의 없고 집 밖으로 30m쯤 떨어진 곳의 공중화장실을 써야 되는 불편함이 있다.

또한 들어와 살던 사람 중 한 사람이 말썽을 많이 부려 어려움이 생겨 다른 사람을 도와주는 것도 쉽지만은 않다는 것을 생각하게 되었다. 예기치 못했던 일들이 실제로 닥치니까 더 어렵고 실망감을 안겨 주기도 하지만 포기할 수는 없다.

앞으로는 '군산 우리 집' 인근 주택을 매입해 무의탁 노인을 위한 복지시설을 설립하고 싶은 꿈을 갖고 있다. 고아원과 양로원이 가까이 있으면 서로 외롭지 않아서 의지되고 좋을 것 같다.

나는 노후엔 '군산 우리 집'에서 살려고 한다. 이 집을 잘 꾸려나가고 싶은 마음에 뒤늦게 대학원에서 사회복지학을 공부하였으며, 아이들에게 직접 요리를 만들어 주려고 조리사 자격증을 취득하였다.

앞으로 여력이 생긴다면 양로원과 고아원이 포함된 제대로 된 사회복지시설을 건립하고 싶은 꿈이 있다.

700쪽에 달하는 《여의보감》 일곱 권 저술

나는 일로는 부러운 것이 없다. 의사와 교수로서 수십 편의 산부인과 논문을 국제 및 국내 학술지와 학술대회에 발표하여 주목을 받기도 했다. 특히 여러 신기술 개발(전치태반 산모 제왕절개 시대량 출혈과 자궁 적출을 피할 수 있는 수술 방법 등)로 세계에서 많이 쓰이는 미국 산부인과 교과서 등에 논문이 실렸다.

또 지금까지 내가 가장 오랜 시간과 열정을 쏟은 저서 《여의보감》은 산부인과 의사로서, 대학교수로서 자부심과 긍지를 갖게 되었다. 나는 환자를 사랑하는 마음으로 병원에서 퇴근하면 오직 《여의보감》 집필에만 매달렸다. 그 결과 산부인과 의사로서 20년 이상의 연구와 진료 경험을 바탕으로 7년에 걸쳐 700쪽에 달하는 《여의보감》을 완성해 책으로 펴냈다. 이 책은 '여성의 자궁 환경이 가족의 평생 건강을 좌우한다.'는 신념을 바탕으로 의료인이 간과하기 쉬운 궁금증을 환자의 입장에서 문답식으로 구성돼 있다. 총 7권으로 구성되어 있는데, 1권은 산부인과 병원과 관계되는 상식인 일반지식(성 포함)을, 2 · 3권은 임신 및 비임신 상태 관련 기본 지식을, 4 · 5권은 감염(염증) 및 혹과 암 등을, 6권은 태아 발육과 출산 및 산후 과정을, 7권은 유산과 자궁 외 임신 및 임신중독증 등의 문제점을 다루었다. 한편 컴퓨터 시대에 발맞춰 CD롬으로 제작해 보다 효과적으로 활용할 수 있도록 했다. 《여의보감》은 'http://doc4womb.com' 사이트에서 볼 수 있다. 《여의보감》을 통해 많은 사람들이 도움을 받았으면 하는 생각이다.

행복한 가정생활을 위한 'bubusarang.kr, cupid-life.com' 사이트 개설

나는 7년에 걸쳐서 완성한 《여의보감》을 끝내고 나서는 이젠 새로운 일은 그만해야지 하는 생각이 들었다. 하지만 그 생각도 잠시뿐, 또 새로운 일에 매달렸다.

나는 갈등을 겪는 가정이나 보육원에 있는 아이들을 돕는 것도 필요하지만, 원천적으로 가정이 해체되거나 보육원에 들어오는 아이들의 발생을 줄이는 것이 더욱 좋다는 생각에서 '부부사랑', '큐피드 라이프' 라는 홈페이지를 만들었다.

이 홈페이지를 만들기 위해 3, 4년 동안 많은 좋은 글들을 읽고 쓰면서 나 스스로도 마음가짐과 행동이 크게 발달하고 향상되었다. 이 홈페이지에 있는 내용을 만들기 위하여 기획하고 글을 읽고 쓰고 정리하는 데 공을 많이 들였다. 200자 원고지 4천장에 이르는 방대한 양의 자료가 들어가 있다. 특히 근래 1년 정도는 직장 일 외에는 거의 두문불출하며 이 일에 매달린 결과 부부사랑 사이트 'http://bubusarang.kr' 이 탄생되었다. 또 부부사랑 사이트와 비슷한 주제를 담고 있지만 10대에서 50대까지 함께 공유하며 서로를 이해하고 건강한 가정을 영유할 수 있는 큐피드 라이프 사이트 'http://cupid-life.com' 도 모습을 보였다. 이 두 사이트는 '건강한 가정, 행복한 가정' 을 지향한다는 주제를 갖고 있다.

이 두 사이트를 통하여 많은 분들의 가정과 사회가 조금이라도 더 행복하게 되고 이혼하는 사람과 보육원에 들어가야 되는 어린이가 줄어든다면 더 이상 바랄 것이 없다. 더 많은 사람들이 이 홈페이지에 들어와 좋은 내용을 흥미롭게 읽고 받아들여 자신의 생활에 알게 모르게 활용함으로써 부부, 가족 그리고 사회에 도움이 될 수 있는 산지식으로 쓰이기를 바라는 마음 간절하다.

이 일이 효과가 있다면 이혼율은 감소할 것이고 결혼율은 증가하여 출산율도 올라가서 사회적 문제인 저출산 문제에도 매우 조금이지만 도움이 되리라고 기대해 본다.

이런 것보다 기본적이고 원초적인 효과는 개인과 가족 그리고 사회의 행복을 증진시키는 데 미약하지만 내가 보탬이 되기를 바라는 것이다. 앞으로 지속적으로 부부 갈등 예방과 관계 향상에 내가 할 수 있는 모든 노력을 기울이고 또 많은 것을 바치려고 생각하고 있다.

어디에서 무엇을 하든지
거기에 필요한 사람이 되자

그 동안 사명감으로 환자들을 정성껏 치료하고 의대에서 학생들을 가르치며 바쁘게 살았다는 생각이 든다. 그 사이 세월도 저만치 달아나 머리에 서리가 내려앉았고 어느새 환갑이 지났다. 남들은 이제 그만 새로운 일에 매달리지 말고 여가를 즐기며 자신의 삶을 위해 살라고 충고한다. 그러나 나는 지금까지 남의 덕을 보고 산 셈이다. 그 동안 작은 봉사를 한 것뿐이지 결코 선행은 아니다. 이 모든 일들은 당연히 해야 할 의무감에서 시작한 것이다.

의사로서 바쁘게 생활하면서도 '군산 우리 집'을 세우고 《여의보감》을 내고, 행복한 가정을 위해서 사이트를 개설한 이유가 있다. 그것은 은사이신 김명선 선생님께서 보내주신 "어디에서 무엇을 하든지 거기에 필요한 사람이 되라."는 편지글을 항상 마음에 담고 살아가려고 노력하기 때문이다.

나는 앞으로도 내가 갖고 있는 장점을 살려 사회에 도움이 되는 삶을 살고자 한다. 그래서 다소 환경이 불우하고 소외된 사람들이 행복하고 건강한 삶을 살도록 미약하나마 힘을 보태며 남은 생을 살 것이다. 그것이 내가 살아오면서 여러 사람에게서 받았던 은혜를 조금이나마 갚는 길이라고 믿는다. 또한 내 정체성을 찾는 길이기도 하다.

운도 지지리 없는 놈이라고
하늘의 무심함을 탓하지 말라!

내가 수십 년간 낚시를 벗하며 때를 기다리는 동안 조강지처마저 나를 버리고 도망가 버렸다. 검은 머리가 백발이 되고서야 문왕 서백을 만나 은나라 주왕을 멸하고 주나라를 세웠다. 나는 숱한 세월을 낚으며 늙은이가 되었지만 결코 하늘을 원망하거나 포기하지 않았고 그 인내의 결실이었던 단 한 번의 기회로도 천하를 얻을 수 있었다.

주나라 태공망 강태공

사람에게는 누구나 가슴 한복판으로 흐르는 삶의 강물이 있다.
그 강물은 켜켜이 쌓인 기억들을 보듬고 흐르며 짙은 회한과 정감 어린 세월의 흔적들을 실어 나른다.
내게도 어머니의 넓은 마음처럼 몸속 깊숙한 곳을 흐르는 '검정고시' 라는 강물이 있다. 대동맥처럼 힘찬 그 강물은 나의 언어로는 그릴 수 없는 거대한 운명 같은 존재이다. 그것들은 오늘의 내가 있기까지 꿈과 희망을 주었고 자양분을 제공하였으며 인연의 소중함을 깨우쳐 주었다. 삶이 힘들고 어려움이 닥칠 때마다 늘 변함없는 의연한 모습으로 한 길을 가라며 등을 떠민다.
이제 검정고시는 서로 떼어 낼 수 없는 질긴 인연의 끈이 되었다.
평생 내 가슴에 담고 살아야 할 고향으로 깊게 자리하고 있다.

배우는 보람, 나누는 희망

강운태 전국 검정고시총동문회장 · 국회의원

· 서울대학교 정치외교학과 졸업
· 행정고시 합격
· 순천시장
· 광주시장
· 농수산부장관
· 내무부장관

형님들과의 자취생활

나는 공무원이셨던 아버지의 잦은 전근으로 인해 초등학교만 네 곳을 다녔다. 일 년 이상 머문 곳이 드물었다. 어머니는 짜증 한 번 내지 않으시고 세상 구경 실컷 해서 좋다며 언제나 긍정적이셨다. 어머니는 이삿짐 싸는 것에 요령이 생겨 새집에 이사 와서도 필요한 가재도구만 꺼내 사용하고, 큰 짐들은 아예 풀지 않았다. 새집에 짐을 풀고 생활에 필요한 가재도구들이 자리를 잡을 즈음이면 또 다른 곳으로 이사를 가야 했기 때문이었다. 이사와 함께 나는 전학하였으며 전학 초기엔 새로운 환경에 적응하느라 성적이 좋지 않았지만 시간이 지나면 회복하곤 하였다.

내가 초등학교 3학년 때에 아버지는 바쁜 공무에도 틈틈이 공부하셔서 약종사 시험에 합격하셨다. 당시 공무원 봉급이 얼마 되지 않아 여섯 남매를 제대로 공부시키기엔 분명 어려움이 닥칠 것을 예상하고는 약종사 시험을 보셨던 것이다.

아버지는 전라남도 함평 학다리에 '대인약방'을 차리면서 비로소 우리 집은 뜨내기 생활을 마치고 정착생활을 하게 되었다. 그러나 정착생활도 잠시, 4학년 말경 아버지의 말씀에 따라 큰형과 작은형이 공부하고 있는 광주로 가야 했다. 그렇게 해서 나는 광주의 수창초등학교로 전학을 가게 되었고, 졸업 후 동중학교에 진학했다.

광주에서는 형들과 함께 자취를 했다. 주로 할머니가 오가시며 반찬이랑 빨래를 해 주셨다. 어머니는 학다리에서 아버지와 약방을 운영하시느라 거의 가게를 비울 틈이 없었다. 아버지는 성품이 강직하고 의리가 있어서 종친회와 집안 친척들의 크고 작은 일을 내 일처럼 생각하고는 바삐 사셨다.

광주 자취방은 언제나 큰형 친구들의 모임 장소가 되곤 했다. 큰형은 당시 조선대에 다녔는데, 외향적이고 적극적이어서 친구들이 많았다. 그래서 초등학생인 나는 눈치껏 방을 비워 줘야 할 때도 많았다. 작은형은 광주일고를 다녔는데 나중에 서울대 법대에 들어가 수석 졸업을 할 정도로 공부에 매달리는 내향적인 사람으로, 지금은 변호사가 되어 있다.

중학교에 들어간 나는 웬일인지 공부를 게을리 했다. 지금 생각 해보니, 부모님 곁을 떠나 자취를 하고 있었고, 형들도 내가 아직 어리다고 생각해서 특별히 지도하지 않아 시간 활용을 제대로 못했던 것 같다. 성적은 반에서 중간 수준에 있었으며, 특히 영어는 저조했다. 1학년이 다 끝날 무렵까지 영어사전 찾는 법도 몰랐다.

어느 날, 작은형에게 영어사전 찾는 법을 배운 후, 영어 단어를 외우고 입으로 말하면서 영어가 그렇게 재미있을 수가 없었다. 영어 공부에 재미가 붙으면서 성적도 상위권으로 부상하였다.

중학교 3학년 말, 담임선생님의 추천으로 서울에 있는 서울고등학교에 입학원서를 냈다. 시험 전날, 아버지와 함께 서울에 올라와 추운 겨울밤에 두 시간 가까이 헤맨 끝에 겨우 사직공원 인근의 허름한 여인숙에 몸을 누일 수 있었다. 아침이 되어 일어났는데 이상하게도 어지러웠다. 아버지도 잘 일어나지 못하셨다. 무척 골치가 아팠다. 지금은 보기 어렵지만 연탄아궁이에서 나오는 연탄가스에 중독이 된 것이다. 과연 시험을 제대로 치를 수 있는지 걱정되었지만 여기까지 와서 포기할 수는 없는 노릇이었다. 일단 아버지를 다른 방에서 쉬시도록 한 뒤, 아침도 먹지 못한 채 혼자 서울고 시험장으로 향했다.

1교시 국어 시험지를 받아들고는 자신 있게 써 내려갔다. 머리는 여전히 어지럽기는 했지만, 예상시간보다 빨리 답안을 작성하고는 검토까지 하는 여유를 부렸다. 다음 시험도 자신이 생겼다. 1교시 시험 끝을 알리는 종소리가 울리고 시험지를 제출하려고 일어설 때였다.

"아뿔사!"

나는 기절할 뻔했다. 이게 무슨 조화란 말인가. 시험지 뒷장에도 문제가 빼곡히 있는데 나는 확인하지도 않은 채 앞면만 열심히 풀었던 것이다. 그러니 시간이 남을 수밖에 없었던 것이다. '이제는 떨어졌구나.' 하는 생각이 들었지만, 마지막 시간까지 정신력으로 버티며 시험을 쳤다. 마지막 시간이 되자 눈앞이 가물가물거리고 시험지에 머리를 처박을 정도였다. 시험 결과는 예상대로 불합격이었다.

"네가 운이 없는 것 같다. 내 곁에 있으면서 이 곳 학다리고(함평군 학교면 소재)에 다니도록 해라."

아버지가 말씀하셨다.

시골 약방 수입만으로는 6남매의 생활비와 대학에 다니는 두 형님의 학비며 나까지 광주에서 고등학교를 다니기엔 경제적 어려움이 컸다. 이러한 사정을 감안하시어 아버지께서는 나를 집안일을 도우며 학다리고등학교에 다니라고 하신 것이다. 지금 생각해 보니 경제적으로 여유가 없으니 형들만이라도 잘 교육시키고, 형들이 잘 되면 나를 포함한 동생들을 보살피라는 뜻이었을 것으로 추측된다.

검정고시와 인연을 맺다

둘째 형은 아버지의 기대에 부응하여 서울대학교에 합격하였다. 형이 서울대에 합격했을 때, 마을 사람들과 친인척들이 수재가 났다며 모두 축하를 해 주었다. 어린 나이에도 서울대학에 들어가면 사람들로부터 인정받는 것 같아 기분이 좋았고, 그런 형님을 둔 것이 자랑스러웠다. 그래서 내 꿈도 둘째 형처럼 서울대에 들어가는 것이었다.

가정 상황은 두 형들 학비 대느라고 부모님이 힘겨워하시는 눈치였다. 나도 대학에 가고 싶은데, 자식들 모두를 대학에 보낼 형편은 아니어서 대학을 못 가는 것이 아닌가 하는 생각이 들기도 하였다. 그렇지만 용기를 내어 부모님께 나도 형들처럼 대학교에 들어가고 싶다고 말씀드렸다. 그러자 아버지는 서울대나 교육대학에 들어간다는 조건부로 승낙을 하셨다. 내가 대학에 가겠다고 조르니까 가정 형편을 생각해서 등록금이 싼 서울대나 교육대학에 진학하라는 것이 아버지의 생각이셨던 것이다. 그러나 어머니는 아버지 앞에서 내 편을 들었다.

"셋째가 가고 싶은 데 가게 합시다."

내가 가정 형편 때문에 꿈을 포기하고 기죽을까 봐 그랬을 것이다. 지금 생각해도 어머니는 매사 일 처리가 공정하고 현명하셨다. 자식들을 변함없이 믿어 주었고 든든한 편이 되어 주셨다.

나는 고등학교를 다니면서 약방 심부름이며 잔일도 거들었다. 그러나 1년이 지날 무렵, 집안일 도우면서 공부하다간 대학에 들어가기 쉽지 않다는 생각이 들었다. 공부만 집중해도 대학에 가기가 어려운데, 집안일까지 해 가며 아버지가 제시한 대학 진학 조건을 맞추기가 어려웠다. 그래서 부모님을 설득하여 학교를 중퇴하고 집을 떠나서 혼자 조용히 공부하기로 하였다. 한창 친구들과의 우정을 나누어야 할 시기에 그들과 헤어져야 한다는 생각에 아쉬움이 컸지만, 아버지의 대학 진학 조건이 우선이었다.

그때에도 마음은 서울대를 다니는 둘째 형과 함께 서울에서 공부하고 싶었지만 여러 가지 사정이 가로막았다. 그래서 선택한 곳이 영광 불갑사 위의 암자인 '불영대'였다. 사법고시 준비생처럼 어린 나이에 책이며 침구를 싸들고 산 속에 틀어박혀 공부에 열을 올렸다. 그러나 시간이 지날수록 학교를 그만두고 검정고시를 선택한 것이 정말 잘한 결정인지 불안이 엄습해 왔다. 간간이 암자를 스치고 지나가는 바람소리만큼이나 마음이 심란했다. 그때마다 자신이 결정한 일이니 절대 후회하지 말자고 스스로에게 다그쳤다. 밤이고 낮이고 책을 손에서 놓지 않았다. 엉덩이가 짓무르는 줄도 모르고 오래 앉아 공부에 열심을 다했다.

공부만 하다 보니 건강이 나빠졌다. 자주 열이 나고 몸살 기운이 계속 이어졌다. 결국 몸이 약해져 심한 기침에 폐병 직전까지 가게 되었다. 이런 사정을 알게 된 부모님께서 공부도 좋지만 건강이 우선이니 속히 집으로 돌아오라고 하셨다. 나는 눈물을 머금고 산을 내려갔다. 한동안 집에서 쉬면서 어머니께서 정성을 다해 만들어 주신 한약을 먹고 기력을 회복할 수 있었다. 그 후, 학교면에 있는 노씨 사당에서 더 공부해 검정고시에 겨우 합격할 수 있었다.

검정고시에 합격한 그해에 서울대 외교학과에 응시했으나 떨어졌다. 시험 경향도 있는데 그런 정보를 전혀 알지 못하고 시골에서 혼자 공부한다는 것이 무리였음을 깨달았다. 그래서 아버지께 다시 말씀드리고 허락을 받아 서울에서 공부했다. 그 결과 아버지의 진학 조건인 서울대 외교학과에 당당히 합격하였다.

작은형에 이어 내가 서울대학생이 되자 집안은 물론이거니와 함평 학다리의 영광이라며 축하인사 받기에 부모님은 바빴다. 특히 어린 나이에 혼자서 지독하게 공부하더니 결국 검정고시로 서울대에 들어갔다며 앞으로 큰일 하라며 자신의 일처럼 함께 기뻐했다. 그때를 떠올리면 지금도 어린아이처럼 마음이 흐뭇하고 마을 사람들이 정겨워진다.

그 과정을 되돌아보면 인생은 '새옹지마' 라는 말이 맞는 것 같다. 좋은 일이 아니었지만 서울고 입시 당시 연탄가스 중독 사고가 있었기에 검정고시 정신인 '끈기' 와 '도전' 을 체득할 수 있었고, 검정고시와의 소중한 인연도 맺게 되었다. 그때의 검정고시는 나에게 희망과 그 실현 방법을 제시하였고, 나는 그 희망을 실현하면서 지금까지 살아왔다.

푸르른 대학 시절

대학 시절, 나는 공부에만 매달리는 책벌레는 아니었다. 학과 친구들과 동아리 모임에서 만난 친구들과 세상의 불의에 대해 개탄하고, 우리가 그것을 없애야 하는 사명감에 불타 곧잘 흥분해 시국 토론으로 밤을 새우던 열정이 있었다. 방학 때에는 세상 경험을 하기 위해 친구들과 무전여행도 하였다. 이때에도 어머니는 주위의 반대를 무릅쓰고 '남자는 세상 경험을 해 봐야 한다.' 며 적극적으로 내 편이 되어 주셨다.

나는 검정고시 출신이어서 명문고가 아닌 출신들과도 잘 어울렸다. 총학생회장을 뽑는 선거철이 되면 명문고 출신들의 열기가 대단했다. 비명문고 출신들은 감히 총학생회장 후보군에 끼지도 못하고 남의 일처럼 구경만 했다. 이에 비명문고 출신들만의 제3세력이 결집되었고 내가 추대되어 서울대 총학생회장에 입후보했다가 떨어졌다. 선후배 관계로 탄탄하게 다져진 명문고들의 세력을 이기기엔 역부족이었다.

어느 날, 총학생회장에 당선된 친구가 내게 총무부장 자리를 제의했다. 선거 때에는 경쟁관계였지만 이제 대학을 위해서, 또

개선되어야 할 사회에 비판의 목소리를 내야 한다는 데에 뜻이 맞아 수락하였다.

총무부장으로 학생회 활동을 할 때, 대학에서 사무실로 교실 한 칸이 제공되었다. 과거에 강의실로 사용했던 그 곳은 혼자 사용하기에는 너무 큰 곳이어서 총학생회 업무도 볼 수 있고, 또 자취생활을 할 수 있다는 생각이 들었다. 가정 형편은 어려운데 굳이 비싼 비용 내고 하숙집이나 자취방을 얻어 생활할 필요가 없었다. 그래서 창가에 조그만 침대와 책상을 놓고 자취생활에 돌입했다. 직접 밥도 해 먹고 잠도 잤다. 그리고 취미 삼아 그림도 그리고 캠퍼스를 내 집 안마당 정도로 여기며 살았다. 아마도 나처럼 커다란 정원이 딸린 집에서 산 사람도 없었을 것이다. 내가 사는 교실은 '빛나는 대한민국, 잘사는 대한민국'을 만들기 위한 터전이었다. 또한 술 마시다가 늦어 통행에 걸리면 잠시 신세를 지는 가난한 대학생들의 숙소이기도 했다.

관직, 하늘이 내린 천직

대학 4학년이 되자 진로에 대해 많은 것을 생각하였다. 나는 외교학과에 다니고 있었으므로 외무고시를 볼 것인지, 국내의 다양한 분야를 경험할 수 있는 관료가 되는 행정고시를 볼 것인지를 두고 고민하였다. 교수님들은 대학원을 거쳐 대학교수로 남는 게 좋을 것 같다고 하셨지만, 행정고시를 보기로 마음을 굳혔다. 사실 행정고시에 마음이 움직인 것은 아버지의 영향이 컸다고 할 수 있다.

둘째형은 서울대학교 법학과에서 늘 수석을 놓치지 않았는데, 운이 없었는지 사법고시에 계속 떨어졌다. 아버지는 직접적으로 말씀은 하지 않으셨지만 은근히 나에게 기대하시는 것 같았다. 그래서 고시가 그렇게 어려운 것이라면 내가 한번 고시를 쳐보겠다고 하고 시험공부에 들어갔다. 고시는 자신과의 싸움이 가장 중요하다는 사실을 이미 청소년기에 검정고시를 통해 경험한 나로서는 행정고시가 그다지 어렵거나 낯설지 않았다. 그리고 대학 4학년 때 처음 치른 행정고시에 무난히 합격하였다.

나는 내무부에서 관료 생활을 시작해서 내무부장관을 끝으로 25년여 동안 관직을 천직으로 여기며 살았다. 세상에는 여러 직업이 있지만 공무원과 교직자, 의사는 하늘이 내린 직업이라고 생각한다. 이러한 직업을 가진 사람은 개인의 영광과 출세보다는 나라와 국민을 먼저 생각해야 하는 것이다.

나는 나라와 국민을 위해 봉사한다는 신념으로 관직에 첫발을 내딛고는 매사에 최선을 다했다. 특히 고위 관료가 되면서부터 주요 정책 입안이나 결정에서 자칫 잘못 판단하면 국가에 엄청난 손해를 끼치고 훗날 역사의 죄인으로 남게 된다는 두려운 생각마저 들었다. 그래서 사사로운 감정에 얽매이지 않고 매사에 일 처리를 공정하고 신중하게 하였다. 또 한 번 결정된 사안에 대해서는 끝까지 최선을 다해 성공시키는 끈기와 인내를 발휘했는데, 이것은 검정고시라는 실전 경험에서 터득한 것이다. 이러한 사명감과 정신으로 순천시장, 광주시장을 거쳐 문민정부의 최연소 농수산부장관, 내무부장관직까지 약 25년 동안 관료로서 살아온 나는 매사에 '원칙과 최선' 을 생활신조로 삼아 왔다.

세계적인 미술 축제 '광주 비엔날레' 태동

오늘날 세계적인 미술 축제로 자리 잡은 '광주 비엔날레' 는 내가 시장으로 부임해서 광주의 정체성이 무엇인지 고민하다가 예향의 도시 광주를 무한한 예술성을 지닌 세계적인 도시로 알려 문화관광산업을 일으켜야겠다는 생각에서 출발하였다.

당시엔 미술인들조차도 '비엔날레' 가 무슨 뜻인지 모르는 사람들이 많을 때였다. 광주에서 비엔날레를 하겠다고 하자, 정부 주무부처는 도쿄 비엔날레도 실패했고 더구나 서울도 아닌 광주에서 감히 세계적인 행사를 성공시킬 수 있겠느냐는 염려가 앞섰다. 나는 부정적인 분위기를 타계하기 위해 직접 내무부장관을 만나 기획안에 대해 조목조목 설명하였다.

당시 내무부장관은 광주에서 비엔날레를 유치하게 되면 서울 비엔날레를 포기해야 한다며 난감해했다. 이에 나는 서울은 비엔날레 말고도 할 수 있는 축제가 많으니 예향의 도시 광주가 비엔날레를 유치하는 것이 가장 적합하다는 원칙을 내세워 간곡한 청을 드렸다. 그러나 장관은 딱 잘라 한마디 하고는 돌아섰다.

"주무부처 장관이 안 된다고 하면 안 되는 것이오."

분위기가 심각해져 그만 포기할까 하는 갈등이 잠시 일었다. 하지만 광주시민을 대표하는 시장으로서 이대로 순순히 물러설 수가 없었다.

"광주에 비엔날레 유치가 안 되면 광주시장직을 내놓겠습니다."

단호한 내 말에 분위기가 험악해지려는 순간이었다. 잠시 침묵이 흐른 뒤 다시 나는 가슴에 담고 있던 말을 꺼냈다.

"도대체 문민정부가 들어서가지고는 광주에 천억을 줬습니까, 2천억을 줬습니까? 지금껏 광주 5·18 문제를 해결하기 위해 무슨 노력을 얼마나 해 주었습니까? 광주 비엔날레를 통해 광주를 예술의 국제도시로 키워보겠다는 것이 그렇게 허황된 것입니까?"

지방도시에서는 왜 국제행사를 못 하고 서울에서만 가능한 것이냐, 그렇다면 문민정부가 주장하는 지방의 국제화는 어디에 적용되는 것이냐며 강한 어조이면서도 낮은 톤으로 말했다. 내무부장관은 한참 동안 말이 없었다. 시간은 흘렀다. 입에 침이 말라 입술이 탈 정도였다.

"좋소. 이대로 하시오. 광주 비엔날레 계획서 꼭 이대로 하시오. 대신 반드시 성공시켜야 돼요."

나는 너무나 기뻐서 진정에서 우러나오는 감사와 존경의 큰절을 올렸다.

"제가 꼭 성공시켜 우리나라 문화예술계를 빛내겠습니다."

이렇게 인사말을 덧붙이고는 장관실을 나왔다.

그러나 광주 비엔날레 진행은 쉽지가 않았다. 행사 준비의 핵인 준비위원장이 사퇴서를 세 번씩이나 제출하였다. 나는 어떤 말 못할 사정이 있음을 알아차리고는 준비위원장에게 사퇴서를 되돌려 보냈다. 여전히 중앙부처에서는 회의적이고 내부에서도 복잡하고 황당한 사안이 발생한 가운데 개각이 있었다. 나는 상황이 급하다고 여겨 내무부장관으로 임명된 주돈식 장관을 만나기 위해 연락도 없이 무작정 사저로 향했다.

"강 시장, 어쩐 일입니까?"

집 앞에서 기다리고 있던 나를 본 주돈식 장관은 깜짝 놀라며 일단 집으로 들어가자고 했다. 집 안에 들어가자마자 차 한 잔도 마시지 않고 본론부터 꺼내 들었다.

광주 비엔날레의 필요성과 지방화, 세계화라는 등식 속에 광주의 세계화가 바로 대한민국의 세계화라는 논리로 설명해 나갔다.

"나는 강 시장을 믿소. 그러니 한번 열심히 해 보시오. 내가 도와드리리다."

주 장관의 말에 나는 이제야 모든 문제가 풀리게 되었다고 생각했다. 그러나 얼마 후, 주 장관으로부터 전화가 걸려 왔다. 주 장관은 무척 염려스러워했다. 부정적이고 좋지 않은 보고가 계속 올라간 것 같았다. 나는 광주 비엔날레는 아무 문제없이 잘 진행되고 있다고 말했다. 그러나 사실은 지원부서인 문화체육부의 분위기도 노골적으로 반대는 하지 않지만 지극히 미온적이었다.

참 희한한 것 하데?

1995년도 대통령 초도순시에 의해 2월 13일 김영삼 대통령께서 광주에 방문하기로 일정이 잡혔다. 이날은 지역현안사업을 보고하고 대통령으로부터 확답을 얻어 내야 하기 때문에 나로서는 일생일대의 중요한 날이었다. 이를 위해 사전에 청와대에 지역현안문제를 보고하고 정부가 해 줄 수 있는 사안들을 점검했다.

광주에는 당시 지역현안문제로는 광주 비엔날레를 비롯 5·18 묘역 성역화사업, 첨단과학 산업단지, 광주국제공항, 광주권 문화 벨트 등의 문제가 있었다. 특히 중앙부처의 미온적인 협조로 인해 비엔날레 준비가 원활하지 못했다. 곧 민선시장이 선출

되어 내 임기도 4개월 반밖에 남지 않은 상태인지라 준비가 허술해 국제적인 망신을 당할 것 같아 답답했다.

전용기편으로 광주공항에 도착한 김영삼 대통령을 공항에서 영접했다. 공항에서 시청까지 가는 동안 동승해서 날씨와 국정 운영에 대한 이야기를 간단하게 했다. 이어 최근의 광주 동향을 말하면서 대통령께서 지시 말씀을 하실 때 광주 비엔날레를 특별히 강조해 주시도록 정중하게 부탁드렸다.

"응, 그것 참 희한한 것 하데?"

나는 이 말을 듣고 이미 김 대통령이 대통령 비서실로부터 비엔날레에 대해 충분히 설명을 들어 관심을 갖고 적극 지원하겠다는 말을 해 줄 것으로 기대했다. 그래서 더 이상 비엔날레에 관한 말씀을 드리지 않고, 광주의 여러 가지 지역현안사업들, 첨단단지 활성화와 도심철도 이설사업, 광주공항 국제공항 승격 등을 건의 드리며 시청에 당도했다.

대통령은 보고를 받기 위해 자리에 앉았다. 대통령 앞에 놓인 종이에는 한 장으로 된 지시 사항들이 간략하게 제목만 적혀 있었다. 맨 처음 항목으로는 '광주 비엔날레 적극 지원'이라고 적혀 있었다. 나는 속으로 '됐구나!' 하며 쾌재를 불렀다.

김 대통령의 말씀이 시작되었다.

'…강 시장 보고에 의하면 외국인기업 전용단지를 만든다고 했는데, 광주 비엔날레를 성공적으로 치르도록 하기 바랍니다……."

나는 멍한 기분이었다. 이 정도로 될 일이 아니었다. 광주 비엔날레는 물 건너 간 듯한 느낌이 들었다. 물론 이미 해당 사업이 확정되었고 추진 중이기 때문에 크게 문제될 것은 없었다. 그러나 아직도 중앙정부에서 냉담한 터에 대통령이 언론과 전 국민이 보는 자리에서 확고한 의지로 언급을 해 주어야 정부 차원에서 여러 부서의 도움을 받기 쉬웠다. 대책 마련이 시급했다.

그날 광주민속박물관 1층에 오찬장이 마련되었다. 시청에서 오찬장까지는 약 17분, 이 짧은 시간에 다시 김 대통령을 설득해야만 했다. 아침에 공항에서 시청까지 가면서 말한 '희한한 것'이라는 표현은 비엔날레의 내용을 정확하게 이해하고 나온 표현이 아닌 것 같다는 생각이 들었다.

대통령과 동승하여 이동하는 동안 나는 지역문제들에 대한 지원을 약속해 주셔서 고맙다는 말과 함께 광주 비엔날레에 대해서 다시 한 번 오찬장에서 강조해 주십사 요청했다. 그러면서 말을 덧붙였다.

"아시겠습니다만, 비엔날레라고 하는 것은……."

그랬더니,

"비엔날레, 그게 어느 나라 말이지?"

김 대통령께서 대뜸 이러시는 것이 아닌가.

"네, 영어로 '2년마다' 라는 뜻을 가진 'biennial' 이 100년 전 이탈리아로 건너가서 국제미술행사를 하는 베니스 비엔날레에 사용되면서 지금은 2년마다 열리는 국제적인 미술전시회에 사용되고 있습니다."

"아, 그렇구만."

나는 비엔날레에 관해서 구체적으로 설명하기 시작했다.

"대통령께서 말씀하신 세계화, 지방화의 뜻을 저는 각 지역이 갖고 있는 특색이나 장점을 살려 세계무대에 내놓는 것이라고 생각합니다. 그래서 예향의 도시, 특히 미술의 도시인 광주에서 비엔날레를 하고자 하는 것입니다."

대통령은 대단히 반색을 하며 공감을 표시해 주었다.

"강 시장 말이 맞아요. 이제는 지방 도시들이 스스로 노력해야 하지요."

"그런데 문제는 제가 낸 아이디어를 제가 실행하다 보니, 중앙정부 장관들 만나면 '강 시장, 아이디어 좋구만.' 말만 하고 돈 한 푼 안 줍니다."

"뭐, 예산을 전혀 안 줬다고?"

"예산이 뭡니까? 기구도 승인해 주지 않고 있습니다."

"아니, 기구라니?"

"대전 엑스포는 장관급 사무총장을 두었는데, 광주 비엔날레도 대규모 국제행사이기 때문에 별도 기구가 필요합니다. 그런데 아직까지 승인이 안 되고 있습니다."

대통령은 다소 충격을 받은 눈치였다.

"오찬장에서 말씀하실 때, 꼭 광주 비엔날레를 강조 좀 해 주셨으면 합니다."

"알았어."

대통령은 짧게 대답하시고는 입을 다무셨다.

오찬장에서 대통령이 가운데 앉고 나는 오른쪽에, 전남 도지사는 내 왼쪽에 앉았다. 대통령은 손가락을 천천히 움직였다. 식사를 하면서도 무언가를 골똘히 생각하는 듯했다. 그러더니 갑자기 나에게 얼굴을 돌려 물었다.

"강 시장, 아까 비… 뭐라고 했지?"

대통령은 식사하는 동안 내내 광주 비엔날레를 생각하신 것이다. 나는 작은 소리로 대답했다.

"네, 비엔날레입니다."

다른 사람들이 보기에는 가까운 사람들이 서로 귓속말을 하는 것처럼 보였을 것이다.

잠시 후에 다시 대통령이 볼펜을 찾으셨다.

대통령은 건네 준 볼펜으로 메모지에 '비엔날레'라고 적었다. 그리고는 식사도 중단한 채 또 한참을 생각하는 것이었다. 대통령께서는 비엔날레에 대해 어떻게 정리해서 말을 해야 할지 난감한 듯했다.

나는 얼른 수첩을 꺼내 들고 적어 내려가기 시작했다.

"예향의 도시 광주에서 국제적인 비엔날레를 개최한다고 하니 기쁩니다. 이제 세계화, 지방화라는 문민정부의 캐치프레이즈 아래……."

나는 의전에 어긋나는 것이긴 했지만 이 같은 메모를 적어 대통령에게 전해드렸다. 요지는, 광주 비엔날레는 반드시 성공해야 할 국가적인 행사라는 점과 정부에서 전폭 지원하겠으니 광주시민 전남도민도 긍지와 보람을 갖고 추진해 달라는 것이었다. 식사가 끝나자 대통령은 광주 비엔날레를 지원하기 위해 별도의 기구를 중앙에 설치하고 충분한 예산 지원을 해 주겠다고 덧붙여 말했다. 메모 내용보다 오히려 더 살을 붙여 말씀하셨다. 기대했던 것보다 2배, 3배 이상의 성과였다. 나는 그 순간처럼 기분 좋았던 적이 없다. 10년 묵은 체증이 싹 풀리는 그런 느낌이었다.

나중에 들은 바로는, 귀경 길 전용기 안에서 관계자들을 불러 크게 꾸지람을 하셨다고 한다. 그 덕분인지 몰라도 다음 날 바로 기구가 승인되었고 동시에 내무부에서 20억 원의 정부 예산이 지원되었다. 그리고는 또 일주일 뒤, 청와대 기금으로 별도로 20억 원이 추가 지원되었는가 하면, 문체부에 '광주 비엔날레 지원협의회', 공보처엔 '광주 비엔날레 홍보협의회'가 구성되었다. 이렇듯 전폭적인 지원과 함께 광주 비엔날레 준비는 탈 없이 속속 진행되었다.

일부에서는 몇 개월 후면 있을 민선시장에 출마하기 위해 시장의 업적을 쌓는 것이라는 소문이 나돌았다. 이런 소문은 오히려 민선시장에 출마해서는 안 된다는 생각을 굳히게 만들었다. 만약 3월 말에 시장직에서 물러나게 되면 광주 비엔날레의 예상 진척도는 50%에 약간 못 미칠 정도이다. 준비를 하다가 중간에 뛰쳐나오면 광주 비엔날레 준비는 제대로 되기 어렵다. 온갖 어려움을 극복하고 유치한 비엔날레를 개인의 욕심으로 망칠 수는 없었다.

나는 정치적 야심보다는 시장 취임과 함께 시작했던 광주 비엔날레를 끝까지 마무리하는 것이 더 중요하다고 생각했다. 그것은 내가 평소 원칙을 벗어나는 일을 싫어했기 때문이다.

시장으로 있는 동안 9월에 개최되는 광주 비엔날레의 성공적인 개최에 온 힘을 쏟았다. 그리고 나는 광주비엔날레 개막을 3개월 정도 남겨 놓고 선거를 치러 당선된 민선시장에게 시장 직을 넘겨주었다.

모두가 불가능하다고 입을 모아 얘기하던 비엔날레를 이토록 독하게 준비하고 또 끝까지 매달려 성공으로 이끌 수 있었던 것은 단연코 검정고시를 준비하며 얻은 '끈기와 인내' 의 덕이라고 말할 수 있다. 나는 현재 고시를 준비하는 학생들에게 그 시기가 다소 어려워도 끝까지 포기하지 말고 열심히 하면 후에 엄청난 자산이 될 것이라고 말해 주고 싶다.

전국 검정고시총동문회와의 인연

광주시장 임기를 마치고 난 얼마 후 1996년, 농수산부장관에 임명되었다. 언론에서 '검정고시 출신 장관'이라는 기사가 나가자 '전국 검정고시총동문회'에서 축하 난을 보내왔다. 대학시절 이후 내내 고교동문에 대한 아쉬움이 컸었다. 공무원이 되어서도 누가 고교동창회에 간다고 하면 부러움이 있었던 터라, 나는 당장 연락을 해서 전국 검정고시총동문회 관계자들을 만났는데, 꼭 잃어버린 고향을 찾은 느낌이었다.

검정고시 출신은 누구에게나 사연이 있다. 같은 시기에 비슷한 환경에서 살아온 사람들, 그런 아픔을 구구절절 이야기하지 않아도 공감하고 동질감을 갖게 된다. 그날 검정고시동문들을 만났을 때, 그때까지 내 가슴 한구석에 자리하고 있던 허전함이 채워지는 것을 느꼈다. 그리고 동문회 초대회장을 맡아 기틀을 세웠던 박영립 변호사를 비롯해 많은 분들이 동문회를 위해 노력을 해왔다는 이야기를 듣고 가슴이 뭉클했다. 조금 더 일찍 동문회에 참여하지 못한 것이 미안했다. 또 한편으로는 내가 동문회에 뭔가 기여하고 싶다는 생각이 들었다. 그래서 나를 동문회 회원으로 받아주겠냐고 했더니, 그 자리에 참석한 동문들이 기꺼이 수용해 주었다. 그것이 인연이 되어 오늘날 전국 검정고시총동문회 회장의 소임을 맡아 지금까지 그 인연을 이어 가고 있다.

빛나는 합격증 수여식

학교가 없는 검정고시생들에겐 졸업식이 없다. 그래서 합격증을 받으려면 교육청 사이트에 들어가 합격증을 프린트하거나 교육청에 가서 공문서 발급처럼 신청하여 교부받는다. 고독하게 자신과 싸우며 어렵게 공부한 결과치고는 초라하다 못해 허망할 정도이다. 그래서 검정고시 합격자들이 자부심과 긍지를 갖고 미래에 대한 희망을 가질 수 있도록 합격증서 수여식을 했으면 좋겠다는 생각을 하게 되었다.

나는 검정고시 합격생들의 마음을 헤아려 시도별 교육감들이 한자리에 모이는 회의에서 검정고시 합격증서를 교육감이 직접 수여하고, 검정고시 총동문회에서는 참여하여 격려하는 방안을 제시했다. 시작도 중요하지만 검정고시 끝맺음도 매우 중요하다는 점과 이들이 모두 대한민국의 큰 자산이라는 사실을 강조했다. 이에 일부 교육감들이 긍정적으로 수용하여 일부 시도교육청에서는 학교졸업식처럼 검정고시 합격증 수여식을 일 년에 두 차례 실시하고 있다. 검정고시총동문회에서도 시도별로 합격증 수여식이 있는 날이면 참석하여 자리를 빛내고 축하를 해 주고 있다. 그뿐만 아니라 생활이 어려운 가운데서도 열심히 공부해 합격한 동문들에게는 장학금을 전달하는 행사도 함께 갖는다.

합격증 수여식에서 만난 후배들은 검정고시 총동문회가 있다는 사실에 매우 고무된 모습이다. 교육감이나 장학사로부터 합격증서를 받으면 대단한 일을 한 느낌이 들어 자부심과 긍지가 저절로 생긴다는 것이다. 또 동문회에서 참석하여 자리를 빛내주니 혼자가 아닌 비슷한 환경에서 공부를 한 동문들이 있다는 사실에 그 동안의 서러움이 눈 녹듯 사라지고 용기가 생겨 희망이 생긴다고 한다.

혼자가 아닌 누군가 함께 있다는 사실이 얼마나 큰 힘이 되는지, 힘들고 어려울수록 소속감 · 일체감이 더 절실하다는 사실을, 그것이 더 큰 세상으로 나아가는 원동력이 된다는 것을 경험해 본 사람들은 잘 알고 있다.

검정고시 후배들을 만나러 3군단에 가다

2009년 6월, 강원도에 소재한 3군단에 검정고시총동문회 임원들과 함께 찾아갔다. 부대 내에 고등학교 졸업자격을 갖추지 못한 병사들이 상당수 있는데, 지난 4월 검정고시 시험에 200여 명의 합격자를 배출하는 쾌거를 이루었다고 한다. 이들을 축하해 주고, 아직 합격하지 못한 장병들에게 군 생활과 함께 고졸 검정고시를 준비하여 군복무가 인생의 큰 전환점이 되도록 격려해 주기 위함이었다.

예전과 달리 요즘은 고등학교 졸업을 하지 않아도 입대를 한다. 과거 군복무 기간이 길고 군대 인력 자원이 충분할 때는 주로 고등학교 졸업 이상 학력자들만 군복무를 하였는데, 군복무 기간 단축과 자녀 감소 현상으로 고교 졸업을 하지 못해도 군에 입대하는 것이다. 그 장병들이 군부대에서 시험에 지원하여 검정고시 열풍이 일고 있다는 사실에 대한민국의 희망이 보였다.

3군단으로 후배 동문들을 만나러 가는 자동차 안에서 내내 생각에 잠겼다. 자신의 친동생처럼 학력이 부족한 병사들의 그늘을 어루만져 주고, 검정고시를 볼 수 있도록 지원해 준 3군단 관계자들이 참으로 고마웠다. 내가 갖고 있는 능력을 부족한 이웃에 조금씩 나누려는 착한 마음, 그들이 있어 세상이 아름답다는 생각이 들었다.

3군단 강당에 들어서자 400여 명의 후배 동문들과 예비 동문들이 반겨 주었다. 이들의 구릿빛 얼굴을 보는 순간 가슴이 뭉클해져 잠시 말문이 막혔다. 이들이 누구인가! 대한민국 국토방위에 의무를 다하는 군인들이다. 그런 가운데서도 향학열을 불태우며 사회에서 못다 한 학업을 군대에서 계속하려는 건강한 정신을 가진 의지의 사나이들이다.

나는 국회의원보다는 검정고시총동문회장 자격으로, 또 지난날 검정고시를 준비하던 그 절박한 심정으로 그들 앞에 섰다. 장병들과 똑같은 처지에서도 숱한 역경을 극복하고 사회 각계 각

층에서 모범적으로 살아가고 있는 전국의 160만 검정고시인들의 현실감 있는 사례를 이야기했다. 선배들처럼 미래에 대한 꿈과 희망을 가지라고 역설했다.

"60이 넘어선 지금 인생을 돌이켜 보니까 검정고시 준비할 때가 가장 힘들었고, 그것이 지금까지 살아오는 데 가장 기초가 되는 자격증이었습니다. 여러분들도 군에서 어렵게 따낸 검정고시 합격증이 여러분의 인생에 가장 소중한 기초 자산이 될 것이니, 제대할 때까지 꼭 검정고시에 합격하고 당당하게 사회에 진출하기 바랍니다."

순간 400여 장병들은 힘찬 박수로 동감을 표시하였고, 일부 장병들은 눈이 젖었다. 어느새 내 눈가에도 물기가 촉촉했다. 동변상련이랄까! 배고픔을 겪은 자만이 가난한 자들의 심정을 알 듯 나 또한 그들의 절박한 심정을 잘 알 것 같았다.

젊은 군인들은 앞으로 최소한 50년 이상 사회생활을 해 나가야 할 터인데, 그 생활의 터전이 되는 기본 지식 갖추는 일을 국방의 의무를 이행하는 이 군대에서 할 수 있다는 점은 병사들에게 절호의 기회인 것이다. 나는 제때에 공부를 할 수 없었던, 말 못할 사연을 가슴에 안고 살아가고 있는 장병들에게 미래에 대한 희망과 그 해법을 주고 싶었다.

어렵게 공부한 사람들은 공부가 자신의 인생에서 얼마나 크게 차지하는지 잘 안다. 검정고시가 없었다면 이들 또한 학력 콤플

렉스를 안고서 이유 없이 자신에 대한 냉대와 비판 속에서 자아를 상실하고, 사회에 대한 불만을 표출하며 살아갈 수도 있다. 그러나 배움을 통해 내가 얼마나 소중한 사람인지 자아를 찾게 되고, 당당하게 사회의 한 일원으로서 자부심과 긍지를 갖게 될 것을 생각하니 가슴이 뿌듯했다.

나는 앞으로 장병들이 병영생활과 더불어 검정고시에 응시할 수 있도록 지원책 마련에 노력할 것이다. 또 대한민국을 아름답고 건강하게 키우는 데 한몫을 하리라 믿기 때문이다. 그것이 빛나는 대한민국, 강한 힘을 가진 나라로 발전하는 길임이 틀림없다.

또 하나의 소망을 향하여

돌이켜 보면, 내가 오늘이 있기까지 토양이 되어 준 것은 청소년기의 어려움 속에서도 목표를 이루게 한 검정고시 정신이었다. 나는 어려움을 겪어 봤기 때문에 나눔의 중요성도 잘 알고 있다. 그래서 검정고시총동문회의 모토인 '통합', '창조', '봉사'의 정신을 가슴에 담고 '더불어 사는 세상'이 되도록 실천하기 위해 봉사단체 '빛나는 대한민국연대'를 창립하였고, 그 봉사활동에 참여한다.

사회에 첫발을 디딘 이후 관직생활의 삶과 정치 현장에서 다양하고도 수많은 일을 배우고 해 오면서, 내가 할 수 있는 일을 통해 어려운 사람들로 하여금 희망을 갖게 하거나, 내가 가진 것을 누군가를 위해 기꺼이 나누는 일, 즉 봉사하는 삶이야말로 진정 가치가 있는 일임을 나는 봉사 현장을 통해서 몸소 체득하였다. 무엇보다도 가난과 무지, 그리고 병마와 고통에 시달리는 사람들에게 사랑의 손길이 전해진다면 이미 가난도, 무지도, 병마도, 고통도 희망으로 바뀔 수 있다는 것을 보았다.

지금까지 나는 국가를 위해 한결같이 일해 왔다는 자부심도 있지만, 이제 미래를 향하여 또다시 새로운 꿈을 꾸는 것이 있다. 그것은 봉사의 손길이 필요한 그 곳에 함께 하고자 하는 것이다. 그래서 '강운태' 하면 '봉사하는 사람' 으로 기억되기를 꿈꾼다.

나는 2007년 '빛나는 대한민국연대' 회원들과 함께 청주에 있는 '대우꿈동산' 에서 소년소녀 가장들을 위한 김치 담그기 봉사활동에 참여했다. 대우꿈동산은 우리나라에는 하나밖에 없는 어린 가장들의 보금자리이다. 무엇보다 입주해 살고 있는 54세대의 어린 가장들은 자립해서 떠날 때까지 주거에 대한 걱정을 덜면서 매월 구청에서 보내 준 생활비의 일부를 꼬박꼬박 저축하여 평균 5~6년 정도 살다가 떠날 때는 800만 원 정도씩 돈을 모아 나갈 수 있다고 한다.

비록 대우 그룹은 해체되었고 기업은 비운을 맞았지만, 대우

재단을 만들어 이제껏 관리하고 있는 그 정성이 아름답기만 하다. 더욱 아름다운 것은 자립해 나간 168가구 중에서 성공해서 후원자로 등록하고 이 곳을 도와주고 있는 사람이 30여 명이나 된다는 것이다. 이 어찌 자랑스럽지 않은가?

나는 대우꿈동산에서 아름다운 전통인 '두레' 정신 즉, 더불어 사는 세상이 존재한다는 사실을 두 눈으로 똑똑이 확인하였고, 미래의 청사진을 그릴 수 있었다. 이러한 '두레' 정신은 앞으로 우리나라가 국가적 실천 프로그램으로 채택되길 희망한다.

한 걸음 더 나아가 나는 다시 꿈꾼다. 세계 250여 국가 중에서 '대한민국' 하면 '봉사하는 나라'로 인식되기를. 그래서 우러러 보는 나라가 되기를 희망한다. 자랑스러운 내 조국 대한민국은 세계 봉사에도 앞장서 나가는 등불국가, 빛나는 대한민국이 되기를 소망한다.

사람은 나이 들수록 추억을 먹고 산다고 한다. 세상에 태어나 살면서 처음으로 지나간 삶을 글로 정리해 본다는 것, 묘한 느낌이 드는 것은 어찌 보면 당연한 것인지도 모른다.
그러나 다행히도 한 번도 생각해 보지 않았던 나의 과거를 뒤돌아보는 아주 좋은 계기가 되었다. 앞으로 잘못된 삶은 바로잡고 또 잘된 삶은 보다 나은 방향으로 이끌어 더욱 발전되리라고 믿는다.
60평생 살아온 내 자신을 뒤돌아보니 부끄러운 일, 자랑스러운 일, 행복했던 일들이 주마등처럼 스쳐 지나간다.
이 글을 쓰는 내내 진솔하게 내 자신을 뒤돌아보는 계기가 되어 행복하다.

인생은 패자부활전

진영록 오션패밀리 씨푸드 뷔페 회장 · 전국 검정고시동문회 중앙회장

· 카톨릭대학교 법학과 졸업
· 한영신학대학교(상담심리학 석사)
· ㈜코드부러시 게임 개발 회장
· 한영신학대학교 후원이사회 이사장
· 웨딩프린스 대표

지긋지긋한 병마에 시달렸던 유년 시절

나는 6·25 한국전쟁이 한창일 때, 8남매 중 넷째로 태어났다. 첫돌이 막 지났을 무렵, 나는 얼마나 기억력이 좋았는지 동네에서 누가 한 번 가르쳐 준 말은 절대로 잊어버리지 않았다는 이야기를 지금도 듣고 있다. 그래서 당시 부모님은 그야말로 말조심했다고 한다. 혹시 너무 똑똑한 아들이 태어나서 누가 해코지 하지나 않을까 염려가 되어서였다.

좀 특이한 아들이 태어났다고 좋아하였지만 농사가 얼마 되지 않아 우리 가족은 늘 배고픔에 시달렸다. 그때는 우리 집뿐만 아니라 전체적으로 경제적 사정이 좋지 않았기 때문에 농촌에서도 힘겨운 보릿고개를 넘겨야 했다.

그래서인지 내가 일곱 살이 되었을 때 영양실조에 걸렸다. 거기에 심한 관절염까지 생겨 걸을 수도 없었다. 부모님은 이제 더 이상은 살 수가 없다는 판단을 하게 되었고, 치료를 포기하는 지경에까지 이르렀다.

그러던 어느 날, 아버지는 누군가 염소를 잡아먹고 버린 기름 한보따리를 주워 와서는 그것을 정성껏 다려 먹으라고 했다. 사람들은 염소 기름은 노린내가 난다고 해서 먹지 않고 버렸다. 그런데 나는 그 노린내 나는 염소 기름을 맛있게 먹었다. 그 덕분인지 영양실조에서 서서히 벗어났다. 하지만 관절염은 너무나 심했다. 관절에서 나오는 분비물이 매일같이 끔찍하도록 나왔다. 나는 진물이 줄줄 흐르는 무릎 사이에 얼굴을 묻고는 엉엉 울기도 하고 밤새 잠을 뒤척이며 고통 속에서 하루하루를 살았던 기억이 난다.

농사짓느라 볕에 그을린 새까만 부모님의 얼굴에서는 근심이 떠나질 않았다. 긴 한숨 소리가 들리면 아픔을 참느라 혼자 흘린 눈물이 수없이 많았다. 어느 날, 어머니는 닭을 잡아 끓였으니 먹으라고 했다. 고기도, 국물도 너무 맛있었다. 그렇게 며칠을 맛있게 먹고 나니 참 신기하게도 일어설 수가 있었다. 시간이 좀 지나자 한 걸음씩 걸을 수 있을 정도로 회복되었다. 나중에 알고 보니, 그 맛있는 고기는 닭고기가 아닌 고양이고기였다. 약이 되려니 먹을 수 없는 음식도 그렇게 맛이 있었구나 하는 교훈을 얻었다. 그렇게 해서 영양실조와 관절염은 씻은 듯 완치되었다. 그러나 가난으로 인한 배고픔은 여전했다.

나는 다른 또래 아이들보다 뒤늦게 초등학교에 입학하였다. 핫바지를 입고 학교에 다녔는데, 어린 나이에도 너무나 부끄러워서 학교에 가기가 얼마나 싫었는지 모른다. 거기에다 선생님의 가르침은 실망스러웠다. 공부 내용이 모두가 다 잘 알고 있는 내용이어서 참 시시했다. 사실 나는 초등학교 입학하기 전에 서당 한 번 다녀본 일은 없지만 어깨 너머로 깨우친 한문 실력이 천자문을 뗄 만큼은 되었다. 그러니 철이 없던 시절, 선생님이 아이들을 가르치는 것이 건방지게도 가소로워 보였던 것 같다.

산에 만든 나만의 곡식 창고 비트, 또다시 찾아온 영양실조 피부병

나의 어린 시절은 들과 산으로 먹을 것을 찾아 승냥이처럼 돌아다니는 것이 방과 후 일이었다. 때로는 동네의 또래들에게 먹을 것을 가져오라고 윽박지르기도 했다. 들에 나가면 개구리나 뱀은 보이는 대로 다 잡아 구워 먹었다. 그래서 영록이가 뜨면 뱀이고 개구리가 하나도 남지 않는다고 할 정도로 나는 소문난

개구쟁이였다. 그런데도 배고픔이 해결된 것은 아니다.

굶주린 그 시절, 일 년 중 나에게 가장 살기 좋은 계절은 여름이었다. 그 여름은 나에게 있어서 그야말로 지상낙원의 삶이었다. 동네 과수원의 복숭아는 다 내 것이나 다를 바 없었다. 산에 비트를 파 놓고는 밤에 지게를 지고 또는 꼴망태를 짊어지고 밭에 가서 참외, 수박, 복숭아를 한 짐 따다가 그 곳에 모아 두었다. 그리고는 배가 고프면 나만의 곡식 창고에 들러 배불리 먹으며 행복감에 젖어 그 어린 시절을 보냈다. 가을이 되면 고구마 서리와 단감 서리, 겨울이 되면 남의 닭이나 토끼를 잡아서 배고픔을 해결했다.

4학년이 되었을 때, 담임선생님은 나를 어린이 회장으로 임명했다. 당시엔 자식을 회장 한번 시키려면 부모님이 계란 꾸러미라도 들고 학교에 들락거려야 하는 시대였다. 그런데 담임선생님은 그것과는 거리가 먼 가난뱅이 나에게 회장을 시켰던 것이다. 훗날 그때의 회장 경험은 나에게 자신감을 심어 주고 꿈과 희망을 갖게 한 결정적인 계기가 되었다.

5학년 2학기가 되었을 때, 나에게 가장 큰 시련이 닥쳤다. 그렇게 산처럼 든든했던 아버지가 돌아가신 것이다. 우리 가족의 버팀목이었던 아버지가 세상을 등지자 그 빈자리가 너무도 컸다. 나는 중학교에 입학할 수 있는 가느다란 희망이 사라졌고, 우리 가족 열한 식구가 살아가야 할 앞날이 막막했다. 그때부터 나는 학교에 점심을 싸가지고 갈 수도 없었다. 처음에는 가정 형편이 좀 나은 친구들이 내 도시락까지 챙겨 와서 덕분에 먹을 수 있었다.

어느 날, 급장이 점심시간에 자기 집으로 가자고 해서 따라 갔다. 친구 어머니는 여름인데도 따뜻한 하얀 쌀밥에다 굴비, 멸치볶음을 상에 올려놓으며 많이 먹으라고 했다. 순간 나는 이게 웬 떡이냐 싶어 정신없이 먹었다. 이런 밥을 먹고 사는 사람도 있다는 생각에 놀랐다. 그런데 집에 있는 가족들 얼굴이 떠올라 눈물이 나와서 도저히 밥을 넘길 수가 없었다. 참을 수 없는 슬픔이 솟구쳤다. 나는 '잘 먹었습니다.' 라는 인사를 어떻게 했는지도 모르고 밖으로 나와서 곧장 학교로 달렸다.

그날 이후, 나는 친구들이 싸온 도시락도 안 먹고 점심시간이 되면 학교 앞산에 올라가 소나무뿌리, 칡뿌리를 캐서 질겅질겅 씹어 먹었다. 그러고 나면 속이 무지 쓰렸다. 그러면 우물가에 가서 물을 한 바가지 먹어 배만 불룩 불러 올랐다. 이런 나만의 점심시간은 초등학교 졸업 때까지 계속 이어졌다. 한창 성장할 어린 나이에 굶기를 밥 먹듯 했으니, 나는 다시 영양실조에 걸리고 말았다. 초등학교를 졸업하고서도 내 얼굴은 항상 누렇게 떠 있었고 힘이 없어 비실거렸다.

졸업 후, 친구들은 중학교에 입학했지만 나는 농사일을 해야만 했다. 중학교에 진학한 초등학교 동창생들은 광주에서 학교를 다니다가 토요일 오후가 되면 집으로 왔다. 나는 그 친구들이 부럽기도 했지만 한편으로는 시기하는 마음에 좀 삐딱하게 굴었다. 나는 토요일 오후면 길목을 지키고 있다가 지나가는 학생들을 불러 세웠다. 괜히 시비를 걸어 반듯이 걸어가면 그것을 이유로 때리고 등을 구부리고 걸어가면 또 그것을 이유로 때리는, 한마디로 불량배가 되었다.

가난에 대한 불만 속에 그렇게 대충 몇 년을 살았을까. 나는 또다시 기이한 영양실조에 걸렸다. 영양실조로 인해 피부에 반점이 생겼다. 이상하게도 오전에는 빨간 반점이, 오후에는 파란 반점이 온몸에 생겼다. 돈은 없지만 그래도 답답한 마음에 실낱 같은 희망을 안고 병원을 찾아갔다. 진단 결과는 고치기 힘든 희귀병이라는 것이다. 참 날벼락이었다. 희망이 없다는 의사 선생님의 진단을 받고 집으로 돌아왔다. 여전히 집에는 먹을 것이 없었다.

그날 이후, 어머니는 속수무책으로 아들을 바라볼 수밖에 없는 신세를 한탄하며 가슴앓이를 했다.

문둥병 아니오?

나 때문에 집안에 우환이 생겨 가뜩이나 어려운데 농사마저 흉년이 들어 끼니를 거를 때가 더 많아졌다. 당시 호남 지방의 가뭄이 얼마나 심했는지 농수의 부족은 말할 것도 없고 먹고 사는 물까지도 귀했다. 먹고 마실 물도 없는 마당에 농사야 말할 수 없었다. 앞으로 닥쳐올 흉년을 대비한다는 것은 상상도 못했다.

정부에서는 지하수를 개발하느라 관정을 파는 일에 인력을 동원하였다. 그 공사장에서 15일 정도 일을 하면 대가로 밀가루 한 포대를 주었다. 지금도 당시를 떠올려 보면 아련한 슬픔이 전해온다. 그 밀가루로 죽을 쑤어서 온 식구가 한 그릇씩을 먹고는 또 힘든 막노동을 해야 하는 처절한 삶을 살았다.

얼마의 세월이 흘렀을 즈음, 어머니를 따라 5일장에 갔다. 영산포에 소를 사고파는 장 앞이었다. 어머니는 시장 바닥 한 모퉁이에 자리 잡고 있는 점쟁이에게 다가갔다. 위로 보나 아래로 보나 답답한 집안 형편을 혹시나 헤쳐 나갈 수 있는 방법이 있을까 요행수를 생각한 것이었으리라. 점쟁이 앞에 앉아 아들, 딸들 이름을 대며 점을 쳤다. 어머니는 내 이름과 사주를 넣었는지 내 이름 소리가 들렸다. 귀가 솔깃했다.

"이 애가 영록이요? 아주머니, 염려 마시요. 이 애는 아주 잘 될 것이요. 영록이라는 이름을 가진 사람은 질못 사는 사람이 없소."

세상에 이렇게 기가 막히는 일이 또 어디에 있겠는가!

그 당시 나를 더 힘들게 한 것은 못 먹는 배고픔보다도 주변에서 문둥병에 걸렸다며 수군거리는 것이었다. 사람들은 나를 이상하게 힐끗거리며 보거나 피했다. 어린 나이에 사람들의 냉대 속에서 견디기 힘든 진한 슬픔과 절망을 맛보아야만 했다. 아픈 사람에게 위로는 못할지언정 정신적 고통을 가중시키는 말과 행동은 환자를 몇 번씩 더 죽이는 것과 같다. 다른 사람으로부터 상처를 받은 나는 더욱더 폭력적인 사람이 되었다. 나중에 생각해 보니 한마디의 관심 어린 말은 사람의 생명까지도 좌우한다는 것을 알게 되었다.

나 홀로 집을 떠나다

괴병에 걸린 나는 온 식구의 밥줄인 손바닥만한 농사에 매달렸다. 어느 날, 들일을 하고 집으로 돌아와 보니 군대 간 큰형님에게서 편지가 한 통 와 있었다. 뜯어보니 4~5개월 후면 제대할 큰형님이 월남으로 갔다는 것이다. 월남에서 전사하게 되면 우리 온 가족이 배고픔에서 해방될 것이라는 장남다운 결정에서 지원한 것이었다. 큰형님 편지를 받고는 온 가족이 서로 말없이 눈물만 줄줄 흘렸다. 나중에 안 사실인데, 당시 월남전에서 전사하면 90만 원 정도의 돈이 지급되었다. 그 돈의 가치는 약 20마지기의 논을 살 수 있는 큰돈이었다.

문둥병으로 고생하는 나 하나 죽으면 그만인 것을 장남인 형님을 죽게 해서는 안 된다는 생각이 들었다. 며칠 동안 온갖 복잡한 생각이 머릿속을 어지럽혔다. 결론은 내가 살아서 우리 집안을 가난에서 벗어나도록 해야겠다는 생각이었다.

나이가 한 살 위인 친구와 의논한 끝에 무작정 도시로 떠났다. 둘이서 버스를 타고 정처 없이 가는데 '부산' 이라는 팻말이 보여서 부산에 다 왔나 싶어 막연히 그렇게 알고는 차에서 내렸다. 나중에 보니 이 '부산' 은 경상도의 '부산' 이 아닌 전라도 장흥군 부산면의 그 '부산' 이었다. 큰 낭패였다. 수중에 돈도 없어서 다시 버스를 타고 어디로 갈 수도 없는데 날도 저물고 있었다. 배는 고프고 춥기는 하고, 잠잘 곳마저 없으니 영락없는 거지 신세가 되었다. 그래도 살아야 했기에 어느 불 켜진 집을 찾아가 사정하면서 당돌하게도 밥까지 달라고 했다. 밥값 대신 낮에 일을 해주겠다고 약속하고는 우리는 그날을 보냈다. 그날 밤 인연이 되어 친구와 나는 그 집에서 온갖 농사일을 해 주면서 보냈다.

나는 아픈 몸을 사람들에게 숨기고는 열심히 일했다. 그때도 살아야 한다는 생각으로 산과 들을 돌아다니며 몸에 좋다는 각종 뿌리를 캐서 먹었다. 그리고 개구리, 뱀 같은 파충류까지도 두려움 없이 보이는 대로 잡아먹었다. 내 행동을 눈여겨 본 주인 아주머니가 어디 아픈 데가 있느냐고 물었다. 몸이 좋지 않다고 했더니 자초지종을 말하라며 다그쳤다. 이제 여기에서도 살지 못하고 쫓겨나겠구나 생각하며 숨김없이 얘기를 했다. 그런데 뜻밖에도 아주머니는 호의적이었다. 아주머니는 다른 사람들 모르게 하라며 단단히 주의를 주고는 그 다음날부터 돼지고기를 날마다 조금씩 끓여 주었다. 세상에 이렇게 고마운 사람도 다 있나 싶어 나는 더 열심히 일했다. 얼마나 열심히 재게 일했는지 '구루마(마차)' 라는 별명까지 얻었다.

그러던 어느 날, 어떻게 알았는지 내 바로 위의 형과 친구의 아버지가 수소문 끝에 찾아왔다. 형은 우리 집안은 굶어 죽더라도 이렇게 머슴살이를 하는 사람은 없다며 자존심을 내세웠다. 그리고는 집으로 가자고 했다. 나는 가지 않겠다, 이렇게 잘 먹고 병도 나아가고 있으니 갈 수 없다고 했다. 형은 막무가내로 나를 끌었으나 나는 오히려 형을 설득해 집으로 돌려보냈다. 하지만 함께 일하며 의지했던 그 친구는 그길로 돌아갔다.

그 곳에서 한 일 년쯤 일해 주고 쌀 한 가마 반을 받았다. 나는 귀하게 받은 쌀을 집에다 갖다 주었다. 조금은 마음이 넉넉해졌다.

나는 다시 더 좋은 일자리를 알아보았다. 작은아버지가 운영하시는 광산군에 있는 벽돌 공장을 찾아갔다. 이 공장은 당시에 누에꼬치를 기르는 잠실을 짓고 있었는데, 항상 벽돌이 달렸다. 대개 어른 한 사람이 하루에 250여 장의 벽돌을 찍어 내는데, 나는 매일 750여 장씩을 찍어 내도 무난했다. 아침부터 저녁까지 날이면 날마다 그렇게 힘들게 일을 하다 보니 하루에도 몇 번씩

코피가 흘렀다. 그래도 선천적으로 타고 난 힘과 건강해진 몸 덕에 일 년 동안의 중노동을 견뎌 냈다. 고된 일을 하면서 인생을 다시 생각해 보았다.

'이 일은 내가 평생 할 일이 아니다. 점쟁이가 난 분명히 잘 살 수 있다고 했으니 믿고 열심히 돈을 벌어서 사장이 되어야겠다. 그리고 돈을 벌어 공부해서 사법고시에 합격, 검사가 되어야겠다.'

열여덟 살 무작정 상경, 그리고 결혼

돈 벌어서 공부해 검사가 되겠다며 무작정 상경한 열여덟 살 소년에게 서울은 쉽게 돈을 벌 수 있는 그런 곳이 아니었다. 상경 첫날부터 오갈 데 없어서 서울 남산에 올라가 가마니를 덮고 3일을 잤다. 배가 고파 빵도 훔쳐 먹었다.

1967년도엔 밥 먹여 주고 잠 재워 준다고 해서 뚝섬 경마장에서 말똥 치우며 기수 후보생으로 들어가 훈련을 받았다. 지독한 냄새가 코를 찌르는 경마장에서 말똥 치우며 발 닦아 주는 일을 했는데, 사람들이 의외로 거칠었다. 모든 말은 욕으로 시작해서 욕으로 끝났다. 또 선배는 조상처럼 받들어야 된다며 규율이 아주 엄했다. 내 성격상 그것을 인정하기 어려워 매일같이 싸움을 해야 했고, 두들겨 맞는 것이 일과가 되었다. 경마장도 내가 있을 곳이 아니라는 생각에 다른 곳으로 직장을 옮겼다.

공장에서 연탄난로 조립, 식당에서 그릇닦이, 중국집 배달부, 길거리에서 일용품 판매, 차 안의 판매원 등 일정한 직업 없이 떠돌이 같은 생활을 하며 몇 년을 지냈다.

그때에 지금의 아내를 만났다. 몇 년간 연애 끝에 우리는 결혼하게 되었다. 당시 300만 원 정도 들어가는 결혼식 비용을 단돈 5000원에 결혼식을 후닥닥 치렀다. 결혼식 때문에 양가 집안이 빚지는 일이 없도록 결혼식 일주일 전에 양가에 알렸다.

그리고 얼마 후, 아내가 임신을 했다. 지금 33세 된 딸인데, 그 당시 아내는 애를 안 낳겠다고 했다. 이유인즉 월수입 20만 원 이상 되지 않으면 생활이 어려우니 아기를 낳지 않겠다는 것이다. 사실 그때까지 나는 단 한 번도 예금통장을 가져 본 일이 없었다. 지금도 생각해 보면 정말로 돈을 모은 적도, 모을 수도 없었다. 일 좀 할 만하면 월급을 못 받아 군대 간다고 거짓말을 하고 그만두는 일이 잦았다. 결국 나는 처자식과 먹고 살기 위해서 외국에 근로자로 파견 나가기로 했다.

우여곡절 끝에 중동의 바레인에 산업 근로자로 취직을 하고는 출국했다. 그때부터 월수입이 30~35만 원 정도가 되었다. 아내와 헤어져서 사는 것은 외롭고 힘들지만 월급을 많이 받는다는 생각에 나름대로 행복했다.

그런데 다시 복병이 찾아왔다. 매우 심한 피부병이 생긴 것이다. 열대지방에서의 피부병은 견딜 수 없을 만큼 무척 괴로운 병이다. 6개월 정도를 병마에 시달렸는데, 몸무게는 푹 줄었고 곧 죽을 것 같이 힘이 들었다. 회사에서는 귀국하라고 권했다. 나는 죽을 때 죽더라도 돈을 벌어야 하니 목적을 달성할 때까지는 못 간다고 버텼다. 그러자 회사에서는 걱정 반 책임 회피 반으로 각서를 쓰라고 했다. 내용을 읽어보니 근무 중에 죽더라도 회사에 책임을 묻지 않겠다는 내용이었다. 지장을 꾹 찍는 순간 내 손이 부르르 떨렸다. 자신의 죽음에 대한 각서에 스스로 지장을 찍어보지 않은 사람들은 아마 그 심정을 이해하지 못할 것이다.

운 좋게 죽지 않고 일 년간의 목표를 달성하고 귀국을 하니 꿈과 희망이 가득한 모습만이 내 앞에 보였다. 아내는 열대지방에까지 가서 벌어온 귀한 돈이라며 한 푼이라도 절약하고 더 벌기 위해서 6개월 된 딸아이를 업고는 경기도 송탄에서 조그마한 휴게실급 음식점을 하고 있었다. 힘은 들었지만 아기와 함께 생활할 수 있는 돈은 벌 수 있다는 생각에 열심히 생활했다고 한다.

그렇게 시작한 장사를 계기로 더 큰 장사를 하려고 서울로 다녔다. 아침밥은 집에서 먹고 점심은 굶었다. 당시 점심으로 가정식 백반이 100원이었는데, 그 100원이면 우리 세 식구가 하루를 살 수 있는, 나름 값진 돈이었기에 절약했다. 20대의 건장한 사람이 하루에 세 끼니를 먹어도 허기질 판에 두 끼니만 먹으려니

장이 비어서 꼬였다. 장이 꼬일 때의 그 통증은 정말 괴로웠다. 몸을 움직일 수도, 일어날 수도 없이 찢어지는 아픔을 나는 꾹꾹 참았다. 병원비도 아까워 이를 악물고 일어나 3, 40분 정도를 뛰면 풀렸다. 그런 아픔을 두 번씩이나 겪었는데, 지금은 오히려 세 끼를 먹으면 불편함을 느낀다.

음식점으로 성공하고 또 실패하다

내가 처음으로 시작한 장사는 중화요리 집이었다. 당시만 해도 중국집 하는 사람은 별로로 여기는 경향이 있었다. 그래서 속되게 '짱개'라 했다. 무조건 반말로 무시하며 대하는 행태에 참지 못할 순간들이 너무도 많았다. 결국 두 달 만에 중국집을 정리했다.

다시 우리 부부는 8평짜리 무허가 건물을 얻어 김치찌개·삼겹살 집을 차렸다. 하루에 5만 원 매상만 올리기를 고대하며 우리 부부는 열심히 일했다. 그런데 기적이 일어났다. 일일 매상이 5만 원이 아닌 15만 원 이상이나 올랐던 것이다. 영업이 끝나면 아내와 나는 둘이서 꼭 붙들고는 좋아서 껑충껑충 뛰면서 즐거워했다. 매일 손님이 넘쳐나자 너무나 힘이 들어 지나가는 손님이 또 들어올까 걱정을 하는 복에 겨운 상황의 연속이었다. 장사가 너무 잘되어서 한 달에 집 한 채씩을 살 정도였다. 그때는 정말 신이 나서 힘든 줄도 몰랐다. 맛있는 고기를 받아오기 위해 정육점에 미리 돈을 지불할 정도로 정성을 들였다. 손님들도 그 정성을 아는지 매일매일 줄을 설 정도로 손님들이 많았다.

저녁에 번 돈은 다음 날 아침에 은행에 가서 입금했다. 하루는 은행 직원이 무슨 사업을 하느냐고 물었다. 그래서 나는 농담 삼아 구두를 닦는다고 했더니, 곧이곧대로 들은 은행 직원은 나를 만나기 위해 주변의 구두 닦는 곳을 돌아다니며 찾았다고 해 웃은 적이 있다.

신나게 일한 지 11개월 만에 약 60평 정도 하는 갈비집을 개업하게 되었다. 그런데 개업한 지 9일 만에 박정희 대통령이 서거하는 사건이 일어났다. 개엄령이 선포되고 사람들이 자유롭게 다니질 못했다. 시국이 어수선하였다. 금방 개업한 가게가 잘못될까 밤잠이 오질 않았다. 그러나 다행스럽게도 그 혼란 속에서 우리 식당은 장사가 잘되었다.

열심히 살면서 그 꿈을 하나하나 이루어갔다. 운이 트였는지 생각보다 너무 쉽게 돈이 벌렸다. 그러다 보니 나도 모르게 거드름을 피우며 교만해졌다. 하루에 술값으로 몇백만 원씩을 쓰기도 했다. 개구리 올챙이 적 생각 못한다더니 꼭 나를 두고 하는 말이었다. 그 어렵던 시절 다 잊고 이렇듯 오만한 삶을 살다가 1982년, 시트라'82 국제무역 박람회장에서 '팔도미락정' 이라는 식당을 운영하면서 전시장에서의 매력을 느끼는, 소위 한탕주의에 빠졌다. 이후 로봇 과학전람회, 부산 산업박람회 등에서 대실패를 하게 되었다.

한탕이 말해 주듯 당시 실패는 돌이킬 수 없는 절망의 끝으로 우리 가족들을 내몰았다. 갖고 있는 재산을 다 정리해도 빚을 갚기는커녕 길거리에 나앉게 될 형편이었다. 말 그대로 폭삭 망해버린 것이다. 그렇게도 친하게 지냈던 친구들도 나를 피해 다들 떠났다. 더 이상 나는 살아갈 수 없다는 생각이 머릿속에 가득했다. 이제 죽는 길밖에 없다는 극단적인 생각까지 했다.

죽기로 결심을 굳힌 나는 소주 다섯 병과 반달 같은 청산가리 하나를 가지고 아침 일찍 관악산으로 올라갔다. 그리고 기슭에 앉아 지나온 세월을 뒤돌아보며 울면서 소주 다섯 병을 다 마셨다. 죽음이라는 것이 맘처럼 그렇게 쉽지가 않았다. 나는 끝내 청산가리는 먹지 못하고 한나절 내내 울다가 그냥 산을 내려왔다. 그리고는 한 번 더 재기하기로 마음을 굳게 먹었다.

새로운 마음으로 다시 빚을 얻어 식당을 열었다. 그러나 생각처럼 잘되지 않았다. 어떻게 하면 이 위기를 극복할 수 있을지 고민했다. 평소 예식장 음식점에 관심을 갖고 있던 터에 마침 봉천동에 있는 꽃가마 예식장의 식당을 주인이 직접 운영한다는 것을 알게 되었다. 나는 그 곳을 찾아갔다. 세를 주려고 하지도 않는 그 식당을 갖은 설득 끝에 임차할 수 있는 단계까지 갔다.

그러나 계약금 마련이 어려워 애면글면했다. 막바지에 몰린 나는 할 수 없이 일숫돈을 빌려 계약을 치르고는 중도금과 잔금을 준비하기 위해 백방으로 노력했다. 하지만 마지막 몇백만 원이 해결되지 않았다. 얼마나 고민을 했는지 모른다.

잔금 치르는 날, 준비되지 않은 돈 때문에 목이 바짝 타들어가는 것 같았다. 때마침 전에 일숫돈을 빌려 준 아주머니에게서 전화가 왔다. 잔금 치르는 날을 용케 알고는 부족한 돈을 빌려 주셨다. 지금도 생각해 보면 너무나도 고마운 아주머니다. 그렇게 해서 무사히 잔금은 치렀다. 그러나 당장 먹고 살 것이 없었다. 시골에서 장모님이 올라오셔서 이 사실을 알고는 서울 애들 다 굶어 죽겠다며 곧장 시골로 내려가셨다. 장모님은 득달같이 50만 원 빚을 내어 새벽에 올라오셨다.

그때부터 나는 세상에는 무엇인가 돕는 손길이 있다는 것을 깨닫고는 신앙생활을 시작하였다.

초등학교 졸업장으로 대학원까지 진학하다

오늘이 있기까지 숱한 고난과 어려움이 있었지만 그때마다 오기와 사나이 배포, 그리고 정직과 신용으로 헤쳐 나왔다고 생각한다. 사업은 돈 있다고 성공하는 게 아니다. 바로 신용으로 하는 것이다.

나는 돈을 빌리면 반드시 이자를 쳐서 감사한 마음을 담아 주었고, 또 중간에 돈 빌려 준 사람이 필요하다고 하면 어떤 일이 있더라도 반드시 돈을 갚아 신용을 쌓았다.

돈의 행보는 있다가도 없고, 없다가도 생기는 법이다. 제일 중요한 것은 어떻게 살아가느냐 하는 문제이다. 이런 정신으로 살기를 오십 가까이 되자 남들이 부러워할 만큼 먹고 사는 데 지장이 없을 정도가 되었다.

어느 날 문득, 사느라 바빠서 밀쳐 두었던 공부에 대한 열정이 다시 가슴에서 꿈틀거렸다. 그 동안 학력이 짧다고 무시당하고 손해를 보는 일이 너무 많았다. 하지만 거울을 보니 머리는 서리가 내린 듯 희끗하고, 얼굴에는 주름이 잡혀 아무리 생각해도 공부하기엔 너무 늦은 나이라는 생각이 들어 기운이 쭉 빠졌다. 거울에 비친 자신의 얼굴을 바라보니 그 동안 공부 안 하고 사업에만 신경 쓴 것이 못내 후회스럽고 화가 날 지경이었다.

여러 날 고심 끝에 다시 공부해야겠다는 확고한 신념이 생겼다. 법을 몰라서 계약서 한 장 잘못 쓰는 바람에 25억 원을 날린 후였다. 배움의 필요성을 절실히 느낀 사건이었다. 나는 우연히 본 검정고시 모집 학원 광고를 떠올렸다.

나이 마흔아홉이지만 향학열을 불태우며 나는 수도학원으로 향했다. 막상 학원 앞에 오니 선뜻 용기가 나지 않았다. 건물을 쳐다보며 한숨만 쉬고는 그냥 되돌아가기를 다섯 번이나 했다. 여섯 번째, 한 번 뺀 칼 도로 집어넣을 수 없다는 생각으로 1998년 5월 1일에 드디어 수도학원 문을 박차고 들어섰다.

수도학원 부원장과 상담하면서 7월에 있을 중학교 졸업인정 검정고시에 응시하고 싶다고 했다. 그러자 실력을 테스트한다며 영어 시험지를 건넸다. 대충 써서 제출했더니 시험지를 살펴보던 부원장은 머리를 절레절레 흔들었다. 그리곤 차근차근 천천히 시작해도 늦지 않다고 용기를 주었다. 그래도 어릴 때부터 머리 하나는 좋다고 소문이 났었고, 시험은 내가 보는 것이니 검정고시를 제일 빨리 볼 수 있는 반으로 배정해 달라고 나이를 핑계 삼아 은근히 압력을 넣었다. 부원장은 7월 중학교 졸업인정 검정고시반에 등록시켜 주었다.

학원 수업 첫날, 2차 함수 시간이었다. 나는 부호를 쓸 줄 몰라 칠판만 보고 유치원 아이가 그림을 따라 그리듯 보고 그렸다. 그러자 옆에 있던 학생이 그리지 말고 쓰라며 일러 주었다. 주위에 있던 학생들이 안타까운 표정도 짓고 웃음도 터뜨리는 바람에 쑥스러워 어찌할 줄을 몰랐다. 하지만 남들을 신경 쓸 형편이 아니었다. 남들이야 웃건 울건 간에 개의치 않고 오기를 부리며 끝까지 칠판만 보고 노트에 그렸다. 기초가 없었던 나는 아무리 열심히 쓰고 외워도 역부족이었다. 참 무모한 짓인 것 같아 슬그머니 자신이 없어지는 듯했다. 나는 다시 마음을 먹고 본격적으로 공부에 매진하기 위해 학원 앞에 방을 얻었다. 그리고 죽기 살기로 공부에 매달렸다. 새로 시작하는 사업을 개척하듯 공부를 그렇게 시작했다.

'호사다마' 라고, 당시 회사가 세무사찰을 받게 되어 뒤늦게 공부하려는 내 발목을 잡았다. 준비할 게 너무 많고 복잡해서 핑계김에 공부를 포기할까 하는 생각이 슬며시 고개를 들었다. 하지만 한 번 시작한 공부 여기서 멈출 순 없다는 생각에 하루도 빠짐없이 학원에 다녔다. 주위에선 세무사찰로 인해 낙담하고 회사를 포기한 게 아니냐는 의심의 눈길을 보냈다. 하지만 나는 개의치 않고 세무사찰은 세무서에 맡기고 나는 당장 검정고시를 치러야 하니 공부만 죽어라 하자는 생각만 했다.

그렇게 해서 그해 7월에 중학교 과정을 계획대로 마쳤다. 그리고 그 다음 해에 고등학교 졸업 검정고시에 합격해 내친 김에 카톨릭대학교 법학과에 진학했다.

대학생활은 자식뻘쯤 되는 학생들과 함께 공부를 하면서도 참 행복했다. 대학 4년이란 세월은 꿈을 꾸고 있는 것 같은 그런 세월이었다. 또 대학원에 진학하여 상담심리학을 공부했다. 공부에 맛을 들이자 한마디로 굶주린 야생 사자가 먹잇감을 보고 쫓듯 일사천리로 초등학교 졸업장 하나로 대학원까지 졸업하게 되었다.

우리 집과 처갓집은 합쳐서 15남매인데, 그 중 7명이 검정고시를 통해서 대학교 이상을 마쳤다. 아내도 내 권유로 검정고시를 거쳐 대학에 진학해서 열심히 공부하고 있다. 돌이켜 보니 검정고시 제도라는 혜택을 가장 많이 본 가족인 것 같다. 못 배워서 무식하다는 소리 듣던 친척들 모두가 어느새 지성인이 되었다. 이제는 서로 만나면 검정고시 예찬론자들이 되어 마치 검정고시 종교 집회에 온 것 같은 착각이 들 정도로 즐거운 대화가 이어진다.

그리고 검정고시로 인한 또 하나의 소득이 있다면 자녀들의 의식이 달라진 것이다. 그렇게도 공부하기를 싫어하던 아들딸이 열심히 공부를 하게 되었다. 늦었지만 부모가 공부에 매달리자 부모처럼 나이 먹어서도 해야 하는 공부라면 나이 한 살이라도 덜 먹어서 할 수 있을 때 공부해야겠다고 의식의 전환을 가져온 것이다. 그 녀석들이 대학을 졸업하고 이제는 결혼해서 손자 손녀도 낳아 오순도순 잘들 살아가고 있다. 검정고시를 통해 자녀들에게 건강한 정신과 부모가 열심히 사는 모습을 보여 준 것 하나만으로도 큰 혜택이라고 생각한다.

사람답게 산다는 것!

이제 내 나이 환갑을 바라보고 있다. 그러나 마음은 아직도 혈기왕성한 스무 살 청년 같다. 마흔다섯 살까지는 정말 죽어라 돈을 벌기 위해 밤이고 낮이고 일만 했다. IMF가 있기 전에는 11개 회사에 투자를 했었다. 몇 개의 웨딩 업체에 자본을 투자하기도 했다.

이제 여유가 생겨 여가를 즐기기 위해 마흔여섯 살에 골프를 시작했다. 그리고 일 년 만에 싱글을 쳤다. 대학 1학년 때는 성적이 너무 안 좋았다. 그래서 죽어라 공부해서 2학년 때에는 과수석을 했다. 사업도 그렇고, 공부도 그렇고 나는 한 번 마음먹으면 반드시 될 때까지 물고 늘어지는 성격이다. 내가 생각해도 좀 질릴 때가 있다. 하지만 그런 정신으로 공부했기 때문에 목표를 달성한 것이 아닌가 싶다. 자수성가한 사람들이 그렇듯 나도 무조건 하면 된다는 생각을 갖고 있다. 하지만 이제는 새로운 사업을 시작하기가 겁난다.

요즘 나는 어떤 모습으로 살다가 갈 것인지에 대해 생각을 많이 한다. 한 번뿐인 인생을 보람 있게 정리할 때가 아닌가 하는 생각이 든다. 이 모든 생각들이 검정고시와의 인연 덕분이다.

늦깎이 대학생이 되고 나서부터 사업을 해서 돈을 벌면 번만큼 베풀며 써야 한다는 생각을 했다. 내가 지니고 있는 돈은 내 것이 아니라는 생각이 들었다. 그래서 우선 가정 형편이 어려운 지역 내 청소년들에게 매년 장학금을 전달하며 용기를 주고 있다. 대학에 다닐 때에는 가정 형편이 어려운 학생들을 위해 써달라며 일 년에 5~6명 정도에게 장학금을 희사했다. 그러자 대학

총장이 감사패를 주었다. 재학생이 총장에게 감사패를 받은 건 아마 우리나라 대학 역사상 처음 있는 일일 것이다.

또 주변 사람들 모르게 여러 단체에 기부하고 있는데, 사실 기부보다 더 좋은 일은 바로 남은 음식 나눠 먹기다. '웨딩프린스'에서 하객을 치르고 남은 음식을 정성껏 포장해서 월요일마다 인근 노인정을 방문해 전달한다. 어르신들이 생일날보다 월요일이 더 기다려진다며 좋아하는 모습을 보면 정말 기쁘다. 또 어르신들은 정치인들이 명절 때나 선거철에 인사치레로 방문하는 형식적인 행사가 아니어서 좋다고도 말씀들 하신다.

검정고시가 없었다면 내 인생은 돈 버는 데 목표를 두고 그 많은 세월을 소모했을 것이다. 사람답게 산다는 것이 무엇인지도 모르고, 오직 밤이나 낮이나 싸우고 부딪히고, 핏대 올리고, 숨가쁘게 사업에만 매달렸을 것이다. 간혹 그런 상상을 떠올려 보면 끔직하다 못해 참담하다.

인생에 있어서 배움은 참 즐겁고 보람된 일이다. 이렇게 인간다운 삶을 살도록 길을 열어 준 검정고시는 영원한 나의 멘토이다. 나는 지금도 새로운 인생의 목표를 향해 힘차게 달려가고 있다.

용모가 볼품없어서 되는 일이 없다고 푸념하지 말라!

나는 어렸을 때 보잘것없는 외모 때문에 불량배의 다리 가랑이 사이로 기어가는 치욕을 당했고, 빨래터 노파의 밥을 빌어먹기도 했다. 초패왕 항우는 나의 볼품없는 용모를 업신여겨 범 증의 천거를 번번이 거부하며 십 년간이나 말단 벼슬아치 '집극랑' 자리를 맴돌게 했다. 항우에게 실망하고 유방 밑으로 들어갔으나 연전연승하며 '해하' 에서 항우를 완전히 섬멸하고 천하를 유방에게 안겨 줄 때까지 갖은 수모를 견뎌 내야 했다. 나는 초라하기 짝이 없는 몰골 뒤로 천하웅비의 뜻을 감추고 뭇사람들의 갖은 야유와 모욕을 참아 내며 기어코 전 중국 역사상 최고의 명장이 되었다.

한나라 회음후 한신

간혹 회사 일로 사람들을 만나 식사를 하러 가면 보리밥집을 찾아가는 경우가 있다. 사람들은 보리가 몸에 좋다며 일부러 찾아다니는데, 나는 보리밥을 입 안에 넣으면 배고팠던 어린 시절이 생각나서 쉽게 넘기기가 어려울 때가 종종 있다. 요즘 보리밥은 추억과 웰빙 음식으로 인기가 있어 좋다고 하지만 내 기억 속에 각인된 보리밥에 대한 추억은 그다지 유쾌한 것은 아니다. 어린 시절 가난으로 보리밥을 먹다 보면 입 안에서 까칠하게 맴돌던 기억이 되살아나기 때문이다.

사실 어린 시절의 가난은 오히려 나에게 약이 되었다. 동생들 학비를 대기 위해 나는 공장에서 쇠를 만지고, 낡은 텐트 생활을 하면서 공부에 매달렸다. 못 배운 것이 한이 되어 머리에 서리가 허옇게 내린 나이이지만 열심히 공부했고, 그 열정은 사업으로 이어져 성장 궤도를 달리고 있다. 부족한 것을 채우기 위해 남보다 더 열심히 살다 보니 '열정'이란 큰 선물을 얻게 되었다.

열정,
그것은 내 최후의 무기

이범주 신광전기주식회사 대표 · 전국 검정고시 대구동문회 회장

· 안계중학교 졸업
· 대입 검정고시 합격
· 계명대학교 경영대학원 수료
· 경북대학교 산업대학원 최고경영자 과정 수료
· 계명문화대학 졸업
· 영남대학교 경영대학원 수료
· 한국전기공사협회 대구지부 제2종 운영위원장 역임, 본부 2종 협의원회 의원
· 국제로타리 3700지구 남대구 로타리클럽 회장 역임

아! 보릿고개

나는 경상북도 의성군 안계면 위양리 618번지에서 4남매의 장남으로 태어났다. 그때는 대부분이 먹고 살기가 어려웠지만 우리 집은 유독 더 어려웠던 것 같다. 특히 '보릿고개' 라 불리는 농사철이 시작되는 봄이 오면 먹을거리가 떨어져 끼니 걱정으로 막막한 적이 많았다. 어머니는 어떡하든지 식구를 먹여야 했으므로 들로 산으로 쏘다니시며 막 자란 나물도 캐고, 쑥도 뜯어 오셨다. 나물은 삶아서 무쳐 먹고 쑥은 밀가루를 섞어 쑥개떡을 만들거나 쑥과 함께 살짝 쪄서 쑥버무리를 해 주셨다. 또 겨우내 추위를 이기고 올라온 보리이삭이 자라는 것을 눈여겨보시다가 제대로 결실이 맺지 않은 것을 베어 가마솥에 쪘다. 그런 다음 말려서 보리쌀을 만들어 떡 보리밥을 해 춘궁기를 견뎠다. 그리고 밀 곡식은 밀가루를 만들고 남은 밀기울을 버리지 않고 모았다가 밀기울떡을 만들어 끼니를 이어 오던 어렵고 힘든 시절이었다.

나는 집안의 장남으로 어릴 때부터 부모님을 도와 얼마 안 되는 농사를 지었다. 지게를 지고 퇴비를 나르고, 산에 가서 나무를 해 오고, 살림에 조금이나마 도움이 되도록 짐승을 기르는 것이 내 일이었다.

나는 덩치가 커서 어릴 때에도 어른처럼 일을 잘한다는 칭찬을 듣고 자랐다. 그때는 초등학생들도 부모를 도와 농사일에 매달렸기에 당연한 일인 줄 알고 아무 불만 없이 농사일을 도왔던 것 같다.

가난한 집안이었지만 아버지께서는 집안의 장남이어서인지 초등학교를 졸업하자 안계중학교에 보내 주셨다. 당시 또래 친구들은 초등학교를 졸업하고 객지로 기술을 배우러 가거나 농사일에 매달리는 친구들이 많았을 때였다. 먹고 살기조차 어려울 때였지만 나는 부모님의 큰 덕으로 안계중학교에 다닐 수 있었다.

떠돌이 객지 생활

부모님께서는 집안이 가난했지만 장남만큼은 어떻게든지 가르쳐야 된다는 생각에 더욱 열심히 사셨다. 누구보다도 먼저 동트기 전에 밭으로 나가고 날이 저물어야 집에 들어오셨다. 나는 근면하신 부모님을 생각하며 공부에 더 열심을 다했고 성적은 나쁜 편은 아니었다.

부모님은 나를 고등학교까지는 가르쳐야 한다며 참 부지런히 알뜰하게 사셨다. 그러나 당시 우리 집 농사일은 겨우 먹고 살 정도 수확만 있었지 자식을 고등교육까지 가르칠 만큼 큰돈이 되지 못했다.

중학교 졸업을 앞두고 스스로 진로에 대해 고민을 많이 했다. 집안 형편상 고등학교 진학은 어려울 것 같아서였다. 기술을 배워 돈을 벌어서 동생들이라도 제대로 가르치는 게 우선이라는 결론을 내렸다. 이런 갈등과 고민 속에서 어렵게 중학교를 졸업하였고 예상대로 고등학교 진학은 못했다.

고향에 남아 농사일을 거들어 봤자 큰돈이 되지 않는다는 것은 이미 터득한 터라 객지에 나가 기술을 배워야겠다는 생각을 하였다. 그래서 중학교를 졸업하자마자 나는 돈을 벌기 위해 고향을 떠나 객지 생활을 시작했다.

이곳저곳 일터를 옮겨 다니며 객지 생활은 계속되었다. 어린 나이에 귀청을 때리는 공장 소음 속에서 철과 관련된 일을 하였다.

하루 일과를 마치면 파김치가 되어 온몸은 땀과 먼지로 뒤범벅이 되었지만 닦기조차 힘들었다. 그래도 기술을 배우면 먹고는 살 것 같아서 희망의 끈을 놓지 않고 열심히 깎고 기름칠하고 조이며 기술을 터득해 나갔다.

겨울의 차디찬 마루에서 겨울잠을 자야 했고, 나이가 어리다는 이유로 온갖 잡일과 심부름을 하면서 몇 푼 안 되는 돈을 손에 쥐기 위해 생업에 매달려야 했다. 지금 생각해도 그 시절 고생을 떠올리면 내 몸속의 살비듬이 일어나고 소름이 돋는다.

어느 날, 이렇게 고생하는 것이 중졸 학력이기 때문이라는 생각이 들었다. 고등학교만 나왔어도 좀 더 좋은 직장에서 일을 하고 있을 것이라는 생각이 들어서였다. 중졸 학력으로는 평생 철과 싸우며 힘든 생활을 할 것 같아 앞날에 대한 고민에 빠졌다. 하지만 당장 눈앞에서 고등학교 졸업장을 딸 수 있는 것도 아니고 어차피 이렇게 된 것 최고의 기술자가 되면 진급도 되고 좀 더 좋은 자리에서 일하게 될 것이란 생각이 들었다.

비록 공돌이 신세였지만 최고의 기술자가 되려는 원대한 꿈을 가지고 부지런히 기술을 연마하였다. 그러나 실력이 남들보다 훨씬 뛰어났지만 중졸이라는 학력으로 인해 진급할 수 없다는 현실의 벽에 부딪치자 앞날이 막막했다. 중졸이라는 학력이 그나마 꿈꾸었던 작은 소망마저 이룰 수 없다는 실망에 빠져 한동안 좌절하며 살았다. 기술을 요구하는 직장에서는 기술만 뛰어나면 되지 기술과 아무 관련도 없는 학력이 왜 문제가 되는지 도무지 이해할 수 가 없었다. 그리고 그런 사회가 싫었고 현실이 안타까웠다.

낡은 천막 안에서 검정고시를 준비하다

한동안 학력 콤플렉스 때문에 방황하고 있을 무렵, 입소문으로 검정고시 제도가 있다는 사실을 알게 되었다. 그 순간 너무 기뻤고 나도 할 수 있다는 희망에 들떠 한동안 흥분된 생활이 계속되었다.

나는 학원비 때문에 고시학원은 꿈도 꾸지 못하고 나 홀로 독학하기로 결심을 굳혔다. 기술을 배워 가면서 홀로 공부를 하려니 정말 어려움이 많았다. 낮에는 일을 해야 하니 주로 밤 시간을 이용해 공부하였다. 당시 직장에서 먹고 자고 했기에 나의 시간은 저녁 시간 외에는 전혀 가질 수가 없었다. 저녁 시간이라고 해도 잠자는 곳은 공장 내 한쪽 모퉁이에 진 천막이 내 삶의 공간이었다. 그 천막 안에 군용 야전침대 하나를 놓고 잠을 잤다. 정말 열악한 환경에서 책 펴놓고 공부하는 내 모습이 참으로 한심하고 처량하기 짝이 없었다. 모두들 퇴근한 후엔 나 홀로 남아 공장을 지켰다. 겨울의 찬바람은 천막 안으로 시도 때도 없이 들어와 가뜩이나 얼어 있던 마음을 더욱 떨게 만들었다. 춥고 무섭고 주위가 산만하여 공부하기가 너무 힘들었다. 정신을 바짝 차려 책에 집중을 하다가도 곧장 서러움에 눈물이 나와 책을 흥건히 적셨다. 혼자서 울기도 많이 울고 가난이 도대체 뭐라고 나를 이토록 슬프게 하는지 원망도 했다.

눈물과 땀과 한숨을 뒤로 하고 나는 굳은 맘으로 대입 검정고시 준비를 차근차근 진척시켜 나갔다. 내가 퇴근 후에 천막에서 공부하자 사람들은 쇠돌이가 공부해서 뭐하냐며 핀잔을 주기도 했다. 그런가 하면 기특하다며 열심히 해보라고 격려를 해 주기도 했다. 그럴 땐 참 용기가 났다.

나는 고독한 내 자신과 싸우며 주경야독 공부했다. 그리고 1977년 8월 5일, 대입 검정고시에 합격을 했다. 세상에 태어나 가장 기쁜 날이었고, 앞날에 대한 희망이 보였다. 무엇이든지 다 할 수 있을 것 같은 믿음이 생겼고, 용기가 주어졌다. 이젠 모든 것을 다 이루었다고 생각하였다.

이제 고등학교 졸업 학력을 인정받았으니 대학을 넘보며 은근히 눈길을 보냈다. 그러나 당장 두 동생의 학비를 벌어야 했고, 대학에 들어간다 해도 등록금이 문제였다. 나는 세상 살기가 그렇게 호락호락하지 않다는 것을 깨달았다. 일단 배움은 뒤로 밀쳐 두고 다시 공장에서 그 누구보다도 더 열심히 기술을 익혀 직장의 리더가 되겠다는 쪽에 무게를 두고 진로를 수정했다.

밤을 낮 삼아 열심히 노력한 끝에 직장에서 리더가 되었고, 다시 사회에서 리더로 활동을 하게 되었을 때, 비로소 나는 검정고시 하기를 참 잘했다는 생각을 하게 되었다. 정말 직장에서 독일병정이란 소리를 들을 정도로 열심히 최선을 다해 기술을 연마했다. 내가 대학 진학을 포기한 대신 동생들만큼은 대학을 보내서 당당하게 이 세상을 살아가도록 하고 싶었다. 그게 장남의 역할이라고 생각했다. 나는 내가 못다 한 공부를 동생들이 할 수 있도록 여건을 만들어 줘야겠다는 생각을 했다.

"형이 고등학교는 물론 대학까지 다 보내 줄 테니 공부 열심히 해라."

나는 동생들과의 약속을 지키기 위해 열심히 공장에서 일하며 동생들을 뒷바라지 한 덕에 동생들은 모두 4년제 대학을 졸업하였다. 나는 동생들을 통해 대학 못 간 한풀이를 했으며, 대리 만족을 했던 것 같다.

가난이 무서워 늦게 한 결혼

나는 결혼을 참 늦게 했다. 결혼을 하게 되면 한 가정의 가장이 되는데, 준비 없이 남의 집 귀한 딸을 데려다 고생만 시킬 것 같았기 때문이다. 나는 참 가난이 무서웠다. 그래서 정말 돈 많이 벌어서 떳떳한 모습으로 결혼하고 싶었다. 그 뜻을 이루기 위해 결혼을 잠시 미루고 더욱 열심히 노력하여 1979년에 첫 사업을 시작하였다.

꿈과 희망에 부풀어 시작한 사업, 그러나 예기치 않은 사태가 벌어져 나를 궁지에 몰아넣었다. 1980년 5월, 국가의 대혼란이 계속되자 내가 시작한 사업은 날개도 펴지 못하고 실패하고 말았다. 결국 먹고 살아야 하고 집안 경제를 책임져야 했기에 할 수 없이 다시 직장생활을 했다.

혼기를 놓친 아들을 둔 부모님은 늘 결혼 못한 나 때문에 걱정이 태산이었다. 결국 부모님의 성화에 못 이겨 중매로 맞선을 보았다. 그리고 1982년 10월에 결혼하였다.

다시 열정으로 꿈을 향하여 도전하다

결혼 후 2년 동안 성실하게 직장생활을 했다. 그리고 언젠가는 다시 전기설비업체를 설립하겠다는 포부를 가지고 기회를 보고 있었다. 사장이 되겠다는 꿈을 키우며 남과 다른 직장생활을 하던 중 우연히 기회가 왔다. 평소 알고 지내던 지인들이 내가 다시 회사를 설립해 재기하고 싶어 한다는 사실을 알고는 직극적으로 찬성하며 용기를 주셨다.

1984년 7월, 주변 분들의 도움으로 나는 작은 회사를 설립하고 원대한 꿈을 이루기 위한 첫발을 내딛었다. 지난번의 실패를 교훈 삼아 정말 조심스럽게 다시는 실패를 하지 않으리라는 각오로 차근차근 새롭게 시작했다.

회사를 운영하기 위한 경영철학도 수립했다.

"첫째, 분수에 맞게 하자. 둘째, 과열 경쟁하지 말자. 셋째, 남에게 신뢰를 주자. 넷째, 신용은 절대적인 자산이다."

이 네 가지를 바탕으로 열심히 하다 보니 사업은 점점 발전했다.

지금은 회사 설립 25년 만에 전기설비업체 가운데 같은 업종 순위 전국 1만 1200개 기업체 중 3% 내에 들어갈 정도로 회사 규모도 커졌다. 회사를 설립한 이후 오랜 세월을 보내면서 울고 웃은 사연도 많았다.

지금은 85세이신 어머니와 사랑하는 아내, 그리고 두 아들과 함께 오순도순 행복한 가정을 꾸리고 있다. 두 아들은 열심히 공부하여 장남은 한의사가 되었고 둘째 아들은 대학을 다니는데, 현재 군복무중이다.

지금은 어느 정도 사업도 자리를 잡아서 남부럽지 않을 정도로 생활하고 있다. 그래서 어려웠던 시절을 떠올리며 아내와 함께 남을 위하여 봉사활동도 하고 있다. 앞으로 나는 어린 시절 나와 같은 처지의 아이들을 돕고 나눔을 실천하려고 한다.

못다 한 공부를 다시 하다

동생들을 대학에 보내고 자식들이 성장하면서 사업도 정상 궤도에 올랐다. 사업을 키우기 위해 일에만 미친 듯이 몰두하다 보니 하고 싶었던 공부는 이미 멀리 달아나 있었다. 생활의 여유가 생기자 그 동안 미뤘던 공부에 대한 열정이 되살아났다. 한편으로는 뒤늦게 무슨 공부냐는 생각에 다소 의기소침했으나 배움에 대한 소망은 계속 마음을 흔들었다. 공부는 때를 놓치면 더 이상 기회가 오지 않는다는 생각이 들어 바로 공부를 했다. 그리고 계명대학교 경영대학원을 다녀 1992년 2월에 과정을 수료하였다.

스스로 만족하며 나는 다시 몇 년을 사업에 몰두했다. 한국전기공사협회 대구지부 제2종 운영위원장을 역임하며 열심히 사업체를 운영했다. 본부 2종 협의원회의원을 역임하면서 서울과 대구를 오가며 바쁜 생활을 보냈다.

그런데 사회적 지위가 쌓이면 쌓일수록 공부에 대한 열망이 더 거세게 타올랐다. 그래서 늦은 나이이지만 경북대학교 산업대학원 최고경영자 과정을 수료하였다. 그 곳에서 사업하는 많은 사람들을 만나 함께 어울리며 공부와 사업에 대한 이야기를 나누었다. 그리고 사회봉사에 대한 이야기를 나누며 구체적으로 실천에 옮기기도 했다.

한번 공부에 맛을 들이자 또다시 공부에 대한 아쉬움이 일었다. 그래서 공부한 지 10년이 지난 후인 2006년 2월에 계명문화대학을 졸업하고 그 해에 영남대학교 경영대학원에서 또 수료하였다.

사업과 공부를 병행하면서도 힘이 들거나 어려움은 없었다. 오히려 강의를 들으면 신이 났고 마음이 편했다. 그 동안 공부에 대한 한이 풀리는 것 같아 생각이 밝아졌다.

대구 로타리클럽 회장을 하면서 사회봉사 기회를 가지다

나는 기업체가 안정적인 궤도에 오르기까지 오직 일에만 미쳐 살았다고 해도 과언이 아니다. 나의 기업체를 정말 소중하게 생각하면서 살다 보니 사회봉사라는 것도 잘 모르고 살아왔다.

그러던 어느 날, 고향 선배의 권유로 1991년 12월에 국제로타리 3700지구 남대구 로타리클럽에 입회하게 되었다. 아직 사회에 봉사할 시간적 여유가 없다고 발을 빼자 선배는 아무나 로타리 회원이 되는 게 아니라며 적극 동참할 것을 권했다. 이제는 사업체도 성장했고 사회적 지위도 있으니 함께 봉사활동을 해보자는 것이다. 봉사라는 것이 생각은 있어도 혼자서는 쉽게 할 수 없다며 로타리클럽에 대해 자세히 설명해 주셨다.

로타리는 현재, 전 세계적으로 200여 개국에서 3만 3000개의 로타리클럽에 120만 명의 로타리안들이 활동하고 있다. 로타리는 사업, 전문 직업 및 지역사회 리더들로 구성된 전 세계적인 단체이다. '로타리안' 이라고 불리는 로타리클럽 회원들은 인도주의적 봉사를 제공하고 모든 직업의 높은 도덕적 수준을 고취하며, 세계 곳곳에서 선의와 평화를 구축하는 데 협력한다. 로타리는 개별적으로나 집단적으로 봉사의 이상을 실천하는 것을 장려할 목적으로 뭉쳐진 사업 및 전문 직업인들의 범세계적인 봉사단체이다. 로타리클럽은 지역사회를 폭넓게 대표하는 사람들을 대상으로, 로타리 강령을 실천할 수 있는 회원을 선발하기 위하여 그들의 직업 분류를 근거로 하여 선출한다. 클럽 주회에 참석하는 것은 회원 자격을 계속 유지하기 위한 최소한의 의무이며, 회원들과의 친목 도모와 계속적인 우정을 간직하기 위한 첫 걸음이다. 로타리클럽은 회원들에게 개인 생활뿐만 아니라 사업 및 전문 직업 활동에 있어서도 높은 도덕적 수준을 실천할 수 있는 기회를 마련해 준다. 1932년, 로타리안 허버트 J. 테일러는 윤리 강령이 되는 '네 가지 표준' 을 제창하였으며, 로타리는 11년 후에 이를 공식적으로 채택하였다. 100여 개 언어로 번역되어 있는 '네 가지 표준' 은 내 생활신조가 되었다.

우리가 생각하고 말하고 행동하는 데 있어서 진실한가?

모두에게 공평한가?

선의와 우정을 더하게 하는가?

모두에게 유익한가?

나는 로타리 회원이 되고 나서부터 세상 사는 기쁨을 알게 되었다. 남과 더불어 살고 어려운 이웃을 위해 함께 봉사하고 노력하는 그 모습에서 비로소 오래 전 잃어버렸던 내 자신을 찾은 것 같았기 때문이다. 사람 누구에게나 봉사하는 정신이 깃들어 있다고 나는 믿는다. 다만 여러 가지 환경과 변화에 의해서 그 본질을 꺼내지 못하는 것이라고 생각한다.

잃어버린 나를 찾은 기쁨에 그 후 열심히 적극적으로 봉사활동에 참여했다. 그리고 1998년~1999년, 국제로타리 3700지구 남대구 로타리클럽 회장을 맡았다. 로타리클럽 회장을 맡고 보니 전에 회원으로 있을 때와는 마음과 행동이 판이하게 달랐다. 우선 마음가짐에서 회원들보다 봉사정신이 남달라야 하기 때문에 어깨가 무겁고 부담되기도 했다. 또 그만큼 사회적 시선도 있어서 더 열심히 살고 로타리 행동 강령에 따라 열심히 봉사하고 노력하고자 했다. 비로소 진정으로 우리 사회의 소외되고 그늘진 곳에 눈을 돌리게 된 것이다. 그 동안 사업에만 신경 쓰느라 솔직히 내 스스로 그런 곳에 마음을 두지 못했던 것이 사실이다. 나는 이제 나 혼자만 잘사는 것은 큰 의미가 없다고 생각한다.

로터리클럽 회장을 하면서 회원들과 함께 고아원, 양로원 등을 방문했다. 그리고 어려운 학생들에게 장학금을 지원하는 데 솔선수범했다.

검정고시 동문회와의 만남

나는 우연한 기회에 검정고시동문회가 있다는 이야기를 듣고 인터넷으로 검색하여 검정고시동문회를 찾았다. 나도 동문회가 있다는 소식을 듣고는 떨리는 가슴을 진정시키고 전화를 했다. 그러자 검정고시총동문회는 대구에 검정고시동문회가 있다며 친절하게 연락처를 알려 주었다. 그 소리를 듣는 순간 마치 잃어버린 가족을 찾은 듯 전율이 전해졌다.

처음 검정고시총동문회에 연락하여 대구동문회를 찾을 수 있었다. 내가 모르고 있는 사이에 검정고시총동문회가 결성되었고, 또 나름대로 지역 동문회가 있다는 소리에 큰 감동을 받았다. 나는 대구동문회 관계자에게 전화를 걸고는 다음 모임에 나가겠다고 약속을 했다.

2003년 8월, 처음으로 검정고시동문회 모임에 참석했다. 그러나 기대와는 달리 실망이 컸다. 대구동문회가 모든 면에서 잘되어 있을 것이라는 생각을 하고 참석했는데, 겨우 동문 다섯 명 정도가 모여서 월례회를 하고 있었다. 참 어렵게 찾은 동문회를 이대로 힘없이 사장시켜서는 안 되겠다는 생각이 들었다.

나는 사업도 바쁘지만 동문회 발전을 위해서는 모이고 뭉쳐야 한다는 단순한 생각에 만사를 제쳐두고 항상 월례회에 참석했다. 대구동문회 활성화 방안에 대한 토론이 이어졌다. 우선 동문회가 있는지조차 모르거나 알고도 여러 사정으로 참여 의사를 보이지 않는 동문들을 모임에 나오도록 할 방법을 의논하기에 이르렀다. 대구동문회 발전을 꾀하자는 동문들의 뜻에 따라 2005년부터 대구동문회 회장을 맡아 활동하고 있다. 나는 적극적으로 동문회를 조직하고 활성화하여 동문간의 유대 강화에 힘을 쏟았다. 이에 대구 동문 여러분의 성원과 격려로 지금은 70여 명이나 되는 큰 동문회로 발전하였다.

대구동문회는 동문들의 애경사는 물론 여러 가지 사는 일에 대해서도 서로 흉금을 털어놓을 정도로 정감이 넘치는 화기애애한 분위기로 발전했다. 한 시대를 아픔과 좌절 속에서 살아왔던 동문들이기에 다른 학교의 어떤 동문회보다도 더욱 끈끈한 정으로 뭉쳐 있다는 것이 검정고시동문회의 장점이다. 어려운 한 시대를 헤쳐 나오면서 끝까지 포기하지 않고 열정적인 삶을 살아온 동문들을 볼 때면 대견스러움은 물론 동질감까지 느껴져 더욱 살갑게 다가온다.

검정고시 제도가 없었다면 나는 지금도 나만의 부를 채우는 일에 매달려 수전노처럼 살았을지도 모른다. 공부에 대한 열정은 머리에 서리가 내려앉은 지금까지 계속되고 있다.

나는 이 사회가 정말 열심히 일하고 노력하는 자에게 더 많은 혜택이 돌아가야 한다고 소망한다. 가난한 자에게 희망의 불빛을 살릴 수 있는 사회가 되어야 하고, 가난이 대물림되지 않는 사회가 되기를 진심으로 기도한다.

그 동안 내 삶은 열정으로 가득했다. 나는 '열정은 희망을 꿈꾸게 한다.' 는 사실을 내 60평생 삶을 통해 증명할 수 있다. 지난 세월을 되돌아보니 열정, 그것은 내 최후의 무기였던 것이다.

나는 '교육이 사람을 변화시키고, 그 사람이 세상을 변화시킨다.' 고 믿는 사람이다. 그렇다고 교육을 우리가 흔히 생각하는 '지식을 가르치는 행위' 라고 여기지는 않는다. 교육은 '~을 하고 싶다' 는 꿈을 갖게 하는 것이라고 생각한다. 사람마다 주어진 달란트가 다르므로 공부만을 강요할 수 없고, 공부 외에도 다양한 길이 있다는 게 내 생각이다. 중요한 것은 꿈을 갖게 하고 그 꿈을 이루기 위해 도전하고 그걸 성취하게 도와주는 것, 그것이 바로 교육의 역할이라는 것이다.
그러기 위해서는 교육은 감동을 주는 행위가 되어야 한다.
언어를 통해 지식을 가르치는 데 그치는 것이 아니라, 가슴 깊은 감동을 주는 '가슴 교육' 이 이루어져야 한다는 것이 내 교육 철학이다.

교육, 그 길에서 희망을 찾다

이군현 국회의원

· 중앙대학교 졸업
· 캔자스 주립대학교 대학원 교육행정학 박사
· 카이스트(KAIST) 교수
· 중앙대학교 교수
· 한국교총회장

진정한 교육의 의미

집안 형편이 어려웠던 나는 초등학교를 졸업하고 3년 넘게 평화시장 직공생활을 거쳐 고입 검정고시를 통해 상업고등학교에 진학할 수 있었다. 이후 고등학교, 대학교, 미국 유학을 마칠 때까지 그와 비슷한 일이 계속됐다. 그래서인지 공부에 대한 욕심이 매우 컸다. 이는 나뿐만 아니라 우리 형제들도 마찬가지였다. 형제 중 네 명이 박사가 되었다. 가정이 어려워서 부모로부터의 학비 지원은 기대하기 어려워서 모두가 아르바이트를 하면서 공부를 해야 했다.

둘째 형님은 어려서부터 두뇌가 명석했으나 가정 형편 때문에 상고를 졸업한 후 대학의 꿈을 접고 은행원 생활을 했다. 그러다가 서른이 넘은 나이에 다시 공부를 시작하여 캐나다 칼톤 대학에 1학년으로 입학했다. 대학원 과정은 캐나다 토론토 대학과 미국 하버드 대학에서 종교역사철학으로 석사학위를 받았다. 그러고는 영국 버밍엄 대학으로 옮겨 비교문화신학으로 박사학위를 받았다. 박사학위를 마쳤을 때 형님의 나이는 마흔 중반, 학위를 취득하기 위해 공부했다기보다는 젊은 시절에 공부할 기회를 놓친 안타까움과 배움에 대한 욕구와 갈증 때문이었던 것 같다.

형님의 뒤를 이어 나와 남동생은 미국에서 교육행정학을, 여동생은 캐나다와 국내 대학에서 교육심리학을 공부해 박사가 되었다. 네 남매 모두 어려운 여건에서도 박사학위를 마칠 수 있었던 것은 꺾이지 않는 도전 정신의 결과였다고 생각된다.

훗날 나는 바로 우리 형제들의 모습 속에서 진정한 교육의 의미를 찾았다. 단편적인 지식을 가르치는 것이 교육이 아니라, 현실에 안주하지 않고 꿈을 이루기 위해 도전하고 그걸 성취하도록 도와주는 것, 그것이 바로 진정한 교육이라고 생각한다.

내 고향 남쪽 바다 '통영'

내 고향은 경상남도 통영시 산양읍 남평리다. 산양읍은 미륵도 안에 있다.

미륵도에서도 내가 살았던 곳은 '쪽빛 들녘' 이란 뜻을 가진 '남평' 이다. 고향을 생각하면 언제나 어머니 품처럼 포근하다. 에메랄드빛 같은 쪽빛 햇살과 들녘, 갯내음이 항상 느껴진다. 그래서 항상 내 마음속에 고향을 간직하고 고향의 순수하고 청명한 모습을 닮고 싶었기에 고향 마을 이름을 따서 '남평' 이라 호를 지었다.

우리 집은 남평에서 농사를 지었다. 그러나 농사를 지어도 자식들과 먹고살기 힘들고, 더 이상 농사지을 땅이 남아 있지 않아서 고향 마을을 떠나 통영 시내로 이사를 했다. 아버지는 통영에서도 여러 차례 이사를 했다. 그래서 나는 통영에서만도 세 번이나 전학을 다녀 충렬 · 통영 · 유영 초등학교에 적을 두었다. 미륵도를 떠나 통영으로 이사를 와서도 가정 형편 때문에 여러 차례 이사를 다녔다.

4학년 때, 나는 중학교 다니던 형과 함께 신문 배달원도 했고, 5학년 때는 아이스케키 장사도 했다. 특히 서울로 떠나기 1년 전부터 가정이 경제적으로 많이 어려웠다. 결국 부모님은 둘째 형만 남겨 두고 7남매를 데리고 아무 연고도 없는 서울로 무작정 상경하기로 했다.

"사람 많은 도시로 가보재이. 너그들한테도 통영보단 서울이 나을 기다."

나는 어렸기 때문에 아무것도 모르고 부모의 결정에 따를 수 밖에 없었다. 그러나 중학교 2학년이었던 둘째 형님은 서울로 올라가지 않고 고향에서 중학교를 마치겠다고 했다. 형님이 남는다고 해서 부모님이 해 줄 수 있는 것은 아무것도 없었다. 그런데도 형님은 뜻을 굽히지 않았다. 알아서 할 테니 걱정 말라고 했다. 형님을 이해할 수 있었던 것은 내가 중학교에 가야 할 시기에 이르러서였다. 이대로 가족을 따라 서울로 가면 중학교조차 졸업할 수 없다는 것을 이미 알았던 것 같다.

인왕산 달동네

우리는 1962년, 둘째 형님을 제외하고는 내가 초등학교 5학년 때 서울로 올라왔다. 통영에서 밤배를 타고 부산까지 간 다음 부산에서 서울행 기차를 탔다. 서울에는 우리 가족을 기다리는 친척도, 아는 사람도 없었다. 가족이 무작정 상경한 것이다.

서울로 가는 기차 안에서 아버지는 우리에게 계속해서 말씀하셨다.

"서울에 도착하면 정신 바짝 차려야 한데이. 눈 감으면 코 베어가는 곳이 서울이란 걸 잊으면 안 된데이."

잠이 들어서도 난 아버지 말을 떠올렸다. 눈 감으면 코 베어가는 곳, 어린 나에게 그 말은 낯설기만 한 서울을 더욱더 섬뜩하게 만들었다.

서울로 이사 온 날, 인왕산 중턱에 방 두 칸짜리 집을 마련했다. 남들이 말하는 달동네에 보금자리를 마련한 것이다. 그나마 식구들이 모여 살 수 있는 집이 있다는 것에 우리는 감사했다.

1960년대 초, 인왕산 기슭은 서울의 대표적인 달동네였다. 집 밖에 나와 달을 쳐다보면 너무 커서 마치 내 머리 위에 떠 있는 것 같았다. 왜 사람들이 달동네라고 부르는지 이해가 갔다.

달동네의 집들은 흙벽돌로 벽을 만들고 루핑으로 지붕을 올린 후 허술하게 대문을 달아놓은 정도였다. 전국 각지에서 올라온 이들이 산자락에 빼곡하게 자리를 잡아 발 디딜 틈도 없었다. 그나마 중턱까지는 집 꼴을 갖췄지만 중턱 이후부터는 말이 집이지 움막에 가까웠다.

루핑 지붕은 두껍게 기름 먹인 종이에 콜타르를 먹인 것으로 여름이면 무척 덥고, 겨울이면 추웠다. 특히 기름종이여서 불이 나면 속수무책이었다. 생활환경도 열악해 산동네 아래에 있는 공중수도에서 물을 길어다 사용해야 했고, 여러 세대가 함께 사용하는 공중화장실을 대부분 사용했다.

인왕산에 살 때 이 모든 불편함은 이겨 낼 수 있었지만, 시시때때로 찾아와 무허가 집을 부수는 시청 철거반원들의 위협에는 속수무책이었다. 철거반원들이 다녀간 날이면 마을은 전쟁 통에

폭격을 당한 것처럼 여기저기 부서진 집들로 아수라장이었다. 벽에 구멍이 크게 뚫린 정도는 그나마 다행이었다. 형체를 알아보기 힘들 정도로 완전히 부서진 집도 있었다.

처음 우리 집이 철거반원들에 의해 형체를 알아볼 수 없을 정도로 부서졌을 때, 나는 학교에 가서도 집 걱정으로 풀 죽어 있었다. 한겨울 저녁에 철거를 당하면 그날 밤은 꼼짝없이 한뎃잠을 자야 했는데, 인왕산 칼바람은 살을 엘 정도로 추웠다.

우리 집은 그나마 아버지가 계시고 형제들이 있어서 쉽게 다시 집을 고칠 수 있었다. 그리고 아예 흙벽돌 찍는 기계를 만들어 놓고는 수시로 벽돌을 찍어 사용했다. 그러나 아버지 없이 어머니와 혼자 사는 집은 상황이 어려웠다. 며칠이 지나서도 집을 고칠 엄두가 나질 않아 이불이나 천으로 바람을 대충 막고는 지내야 했다.

우리 집 바로 위에 초등학교 동기가 있었다. 홀어머니가 빚에 쪼들리자 친구는 정신이 돌아버렸고, 그 후 친구 엄마도 실성하였다. 그러더니 얼마 가지 않아 결국 어려움에 처한 그 친구와 어머니는 말없이 인왕산 달동네를 떠났다.

지금도 휘영청 보름달이 뜨면 가끔 외로움과 추위에 떨었을 그 친구가 생각나 마음이 시리고 모두 생활이 어려웠던 시절, 포근한 정으로 넘쳐나던 인왕산 달동네의 추억이 되살아난다.

인왕산 산기슭에서 철거를 경험하며 나는 이미 열두 살에 서울의 삶이 얼마나 치열하고 팍팍한지를 알아가고 있었다.

가난했지만
가족애가 넘쳤던 우리 집

고향에서 농사만 짓던 아버지는 특별한 기술이 없어서 시장에서 짐을 날라주는 인부나 새로 길을 만드는 공사 현장의 인부로 일했다. 당시는 공사 현장이 꽤 많았지만 그렇다고 매일 일할 수 있는 것은 아니었다. 일이 없는 날이면 아버지는 어머니를 따라 시장에 가셨다. 어머니는 중앙시장에서 생선을 떼어다 집 근처 시장의 쌀가게 앞에서 생선을 팔았다. 그렇게 일해도 우리 집 살림은 나아지지 않았다. 그래도 우리 식구는 큰 불만이 없었다. 비록 산 중턱이긴 하지만 식구들이 모여 살 수 있는 집이 있고, 방도 두 칸이나 되어 나와 형님, 나중에 중학교를 마치고 올라온 작은형님까지 함께 공부방 삼아 따로 쓸 방이 있는 것만으로도 만족했다.

하루 끼니 걱정을 하며 사는 달동네 사람들이 많았다. 우리 집도 예외는 아니었다. 나와 누님은 밥 대신 시래기국이라도 끓여 먹으려고 비지를 싸게 사기 위해 종종 두부공장 앞에 줄을 설 때도 있었다. 두부공장 앞은 늘 비지를 사려는 사람들로 줄져 있었다. 때로는 새벽 5시에 줄을 서야 하고, 사람이 많을 때는 추위에 떨며 기다려야 했지만 불평하지 않았다. 비지를 구한 후에는 무악재를 넘어 독립문 영천시장으로 달려갔다. 야채 가게 앞에 떨어진 배춧잎을 주워 집으로 가져왔다. 그리고 저녁때 온 가족이 오순도순 둘러앉아 비지죽을 쒀서 맛있게 먹으면 그렇게 행복할 수가 없었다.

서울에 올라와 내가 다녔던 안산초등학교에는 인왕산 기슭 판자촌에 사는 아이들이 많았다. 그리고 무악재 근처 불광동에는 한국전쟁으로 생긴 고아들이 많이 다녔다. 판자촌 생활도 어려웠지만 고아원 아이들의 삶도 고달파 보였다. 그 아이들이나 나나 배를 곯기는 마찬가지였다. 하지만 다행히도 내겐 배고픈 설움은 있어도 부모 없는 설움은 없었다.

청계천 평화시장
'영미사' 미싱 보조 꼬마

초등학교 졸업 후 나도 중학교에 가고 싶었지만 경제적 상황으로 볼 때 어려웠다. 중학교 입학을 앞둔 무렵 우리 집은 둘째 형님이 시골에서 중학교를 마치고 올라와 장학생으로 대경상업고등학교에 다니고 있었고, 내 밑으로는 네 명의 동생들이 초등학교에 다니고 있거나 입학을 앞두고 있었다.

만약 내가 중학교에 들어간다면 학생만 여섯이 되는 셈이었다. 그것은 내가 생각해도 무리였다.

그러던 어느 날, 아버지께서 저녁상을 물리시고는 누나와 나를 작은방으로 불러 놓고는 말씀을 하셨다.

"형편이 좋았으면 기선이는 서울 오자마자 중학교에 갔을 거고, 군현이도 올해 중학교에 가야 할 긴데, 그라질 몬해 미안테이."

아버지의 말씀에 나와 누님은 아무 말도 하지 못했다.

이렇게 해서 나는 초등학교 졸업하고 몇 달 후에 평화시장 안에 있는 수백 개의 공장 중 한 곳인 '영미사'에서 미싱사 보조로 사회 첫발을 내딛었다.

영미사는 신사복을 전문으로 만드는 곳이었다. 약 스무 명 정도가 함께 일했는데, 미싱공과 재단공이 10여 명 있었고 그 밑에 두세 명의 보조공이 배치되었다. 그 곳에서 미싱공과 재단공은 '오야'로, 그 아래 보조공은 '시다'로 통했다. 나는 시다들 중에서도 가장 나이가 어려 이름보다 '꼬마'로 불렸다.

내 오야는 미싱을 담당하는 누나였다. 나는 누나를 도와 재단사 아저씨가 재단해 놓은 천을 누나가 박기 쉬운 위치에 나르는 일부터 시작해 완성된 옷에 단추를 다는 일, 실밥을 깨끗이 정리하는 일 등 기본적인 것부터 배워 나갔다.

영미사 일은 열네 살이 감당하기에 결코 쉬운 일이 아니었다. 공장은 창문이 없어 사방이 밀폐되어 있었는데, 그 안에서 서른 명 넘는 사람들이 아침부터 밤늦은 시간까지 일을 하노라면 머리가 지끈지끈 아팠다. 거기에다 하루 종일 돌아가는 미싱의 둔탁한 기계음 때문에 귀가 언제나 멍멍했다. 가장 견디기 어려운 때는 여름에 야근을 할 때였다. 한여름 공장 안은 40도가 넘었는데, 희미한 전등불 아래 여기저기 뛰어다니다 보면 온몸이 땀투성이가 되었다.

열악한 환경 속에서도 영미사에 다니는 시다들은 모두 꿈이 있었다. 그것은 하루빨리 기술을 배워 오야가 되는 것이었다. 그런 희망이 있기에 어려움을 견딜 수 있었다. 그런데 나에게는 좀처럼 그런 희망이 생기지 않았다. 다만 나를 지탱해 주는 힘은 내가 가족을 위해 뭔가를 하고 있다는 보람이었다. 당시 1967년도에 그만둘 때 내 월급은 고작 6백 원에 불과했다.

나는 집에 더 많은 도움이 되도록 용돈을 줄이기 위해 가능한 한 전차를 타지 않고 뛰어다녔다. 때로는 막차가 끊겨 동대문에서 인왕산 꼭대기까지 걸어다닐 때도 많았다. 가는 길에 통금 시간이 지났다 하여 종로파출소에 여러 번 잡힌 적도 있었다. 어두운 밤길을 달려 집으로 가며 나는 이런 생각을 했다.

'언젠가는 이 곳을 떠나야지. 떠날 거면 가능한 빨리 떠나는 게 좋다.'

언젠가는 평화시장을 떠난다는 희망, 그리고 학교로 돌아가야 한다는 희망! 그것이 나에게는 유일한 바람이었다. 그런 희망이 있었기에 청계천 어두운 골목길을 오가면서도 내 마음은 항상 밝아 있었다.

아름다운 기억의 저편

지옥 같은 여름을 세 번이나 보내고 나서야 나는 마침내 공장을 떠날 수 있었다. 상고를 졸업한 둘째 형님이 은행에 취직해 집안이 조금씩 안정이 되어갔고 그로 인해 나도 공부할 수 있는 기회를 얻게 되었다.

"군현아, 더 늦으면 공부하고 싶어도 못한다. 올해는 꼭 공부를 시작하자. 집안일은 이제 내가 맡을 테니, 너는 고등학교에 들어갈 수 있는 준비를 해 봐라."

나는 친구들이 학교에 다니는 동안 평화시장 직공으로 있느라 4년이나 늦었다. 그러나 만약 그해에 중학교 졸업 검정고시에 합격을 하고 고등학교에 진학한다면 1년밖에 늦지 않았다. 그래서 3개월 남겨 놓고 5월에 있는 검정고시 시험을 목표로 준비했다. 초등학교 졸업 이후 밀린 공부를 3개월 만에 마쳐야 했으므로 시험 결과는 겨우 합격점을 맞은 미술 한 과목을 제외하고는 모두 불합격이었다. 평화시장에서 옷과 씨름한 3년의 기간이 결코 짧은 시간이 아니었던 것이다. 너무 늦었다는 생각도 할 겨를 없이 10월에 있을 검정고시를 대비하였다. 나는 공부하는 시간을 벌기 위해 독서실에서 먹고 자면서 공부에 전념했다. 그 결과 10월 시험에 간신히 합격할 수 있었다. 합격 사실을 확인하는 순간 갑자기 눈물이 앞을 가렸다.

집으로 돌아오는 길, 초등학교를 졸업하고 처음 영미사에 찾아갔을 때, 야근을 하고 늦게 집으로 돌아오다가 통금에 걸려 파출소에 잡혀 있던 일, 비 오는 날 젖은 바지를 입은 채로 다리미질을 해서 말리겠다고 하다가 화상을 입은 일, 첫 월급을 탔을 때의 기쁨, 월급 날 도시락 대신 사 먹던 자장면, 한자로 '이군현' 이라는 이름 석 자도 못 써 동사무소 직원이 안타까이 여겨 《상용한자 3천 자》를 사러 가던 날의 아픔, 3년여 동안 친구들처럼 교복을 입고 공부는 하지 못했지만 대신 남보다 일찍 사회생활을 경험한 소중한 기억들을 가슴에 묻고는 평화시장을 떠났다.

검정고시의 합격은 교복이 얼마나 소중한지, 공부한다는 것이 얼마나 감사하고 행복한 일인지를 깨닫게 하였다. 이처럼 검정고시는 막막했던 내 앞날에 대한 희망을 꿈꾸게 하였다.

내가 검정고시에 합격하자 둘째 형님은 나를 데리고 자신이 다녔던 대경상고를 방문했다. 그리고 교감선생님께 어려운 사정을 이야기하고는 내가 장학생으로 학교에 다닐 수 있도록 부탁

했다.

"선생님, 균현이가 공부할 수 있도록 도와주세요. 그 은혜는 잊지 않겠습니다. 열심히 할 겁니다."

형님의 간곡한 부탁에 교감선생님은 그 자리에서 나를 상대로 간단한 테스트를 치른 뒤 장학생으로 입학시켜 주었다.

내가 실력이 있어서가 아니라 둘째 형님이 두터운 신임을 받고 있어서 나를 장학생으로 받아들인 것이다. 둘째 형님은 입학해서 졸업할 때까지 3년 동안 수석을 놓치지 않았다. 더구나 중소기업은행 입사 시험에서 전국 차석으로 합격해 학교를 빛낸 자랑스러운 학생이었다.

나는 친구들과 함께 공부하며 소박한 꿈을 갖게 되었다. 내 꿈은 '야간 대학에 다니는 은행원'이 되는 것이었다. 비로소 내 미래에 대한 희망이 살짝 엿보였다.

수업이 끝나면 공부에 관심 있는 친구들과 밤늦게까지 학교 도서실에 남아 공부를 했다. 늦은 밤까지 훤하게 불을 켜고 공부를 하면 수위아저씨가 들락거리며 집에 가라고 할 때마다 눈치가 보였다. 언젠가 한번은 참다못해 내가 일어서서는 수위 아저씨께 말을 했다.

"아저씨! 학생이 독서실에서 공부하겠다는데 뭐가 문제인가요? 우리들은 집에 가 봐야 공부할 방이 없다는 것도 잘 아시잖아요."

내 말에 수위 아저씨는 아무 말도 못하고 조용히 나갔다. 훗날 독서실에서 함께 공부했던 후배들은 그때 당당하게 수위 아저씨께 말하는 내 모습이 너무 멋있었다고 한다.

지금도 고등학교 다닐 때에 생각나는 사람은 속기를 가르쳤던 고 2때 담임선생님과 독서실 주인아저씨이다. 선생님께 배운 속기는 전혀 기억에 남아 있지 않다. 그러나 선생님께서는 우리를 집으로 불러 자장면을 만들어 주며 인생에서 공부보다 중요한 것이 용기라며, 용기를 잃지 말라고 격려해 줬던 모습은 지금까지도 생생하게 남아 있다. 나는 그 선생님 모습을 보며 교사의 꿈을 키워나갔고, 더욱더 공부에 매진할 수 있었다.

이렇듯 교육은 가르치는 데서 끝나지 않고, 교육자의 역할도 잘 가르치는 것만으로는 부족하다. 현실에 안주하지 않고 꿈을 이루기 위해 도전하고 그걸 성취하도록 도와주는 것, 그것이 바로 진정한 교육인 것이다.

또 우리가 대학을 목표로 내 집처럼 생활했던 독서실 사장님은 따뜻한 마음을 가진 분이셨다. 가정 형편이 어려워 독서실비가 여러 달 밀려도 한 번도 싫은 표정을 짓거나 내라는 말씀이 없으셨다. 밥 때가 되면 가끔 집으로 데려가 따뜻한 밥상을 차려 주셨다. 우리들이 미안해하는 표정을 지으면 미소 지으며 한마디 하셨다.

"이놈들아, 공짜가 아니다~. 훗날 잘돼서 갚아라!"

나는 옥수동 언저리를 지날 때마다 그 독서실 사장님이 떠오르곤 한다. 언젠가 친구들을 만나 독서실 사장님 이야기를 꺼냈는데, 지금은 그 독서실이 없어졌다고 한다. 아쉽게도 사장님을 만날 수는 없지만 그분이 우리에게 남긴 소중한 기억은 오래도록 잊지 못할 것 같다. 나는 이런 분이 교육자이고 그것이 산교육이라고 믿는다.

1972년 봄, 나는 초등학교 동기들보다 2년 늦게 중앙대학교 사범대학에 입학했다. 청계천 평화시장 미싱 보조가 어엿한 대학생이 된 것에 나는 마음속으로 '감사하다'는 말을 수없이 되뇌었다.

내가 원하는 일에 처음으로 도전해 이루어 냈다는 것이 나에게는 감격 그 자체였다. 정말 그 순간은 모든 것에 감사했다. 나를 낳아 준 부모님, 공부할 기회를 잃지 않게 해 준 형님, 그리고 어렸을 적 친구들과 선생님들……. 심지어 학교 교문마저 나를 위해 서 있는 것 같아 고맙고 감사했다.

나의 대학생활은 낭만과는 거리가 멀었다. 나는 입학식이 끝나자마자 학과 교수님을 찾아가 유학을 가고자 하는 나의 꿈과 가장이 되어야 하는 현실을 이야기하고 나서 가정교사로 일할 곳을 추천해달라고 부탁드렸다.

이때 가정교사를 하게 된 집이 중앙대 가정학과 교수님 댁이었다. 나는 그 교수님 댁에서 6년간 아이들 셋을 가르쳤다. 그 집에서 거의 6년간 밥을 먹었으니 이 두 분은 제2의 부모 같은 분들이다. 이 어른들로부터 참으로 많은 것을 배웠다. 특히 교육자의 자세와 매사에 경우 바르게 사는 법 등 삶의 참된 본을 보여주신 고마운 분들이라 지금도 그 은혜를 잊지 못하고 있다.

대학 졸업 후 교사가 되다

나는 사범대학 졸업 후 처음으로 마산 제일여자중학교에서 학생들을 가르쳤다. 학생들은 순수하면서 배움에 대한 열정이 강해 가르치는 보람이 컸다. 초보 교사인 내가 아이들에게 가르쳐주려고 했던 것은 지식뿐만이 아니었다. 어떻게든 형편이 가난한 아이들에게 힘이 되어 주고 싶었다. 나도 가난했던 내 어린 시절이 있었으므로…….

우리 반 아이들 중에 유난히 손이 거칠어 보이는 영숙이가 있었다. 가난을 경험해 본 나는 남의 일 같지 않아 영숙이가 어떻게 사는지 환경을 살피기 위해 집을 방문했다.

생각한 대로 영숙이 아버지는 사고로 누워계셨고, 어머니는 돈을 벌기 위해 밖에 나가 없었다. 그래서 집안일에 아버지 병수발까지 해야 하는 어린 영숙이의 손이 농사꾼 손처럼 거칠어져 있었던 것이다. 내가 영숙이에게 해 줄 수 있는 것은 위로보다는 용기였다.

"선생님도 어릴 적에 너무 가난해서 중학교도 못 갔었데이. 그카고 공장에서 일했다 아이가. 공장에서 일하면서 선생님이 무슨 생각 한 줄 아나? '지금은 작업복 입고 양복 맨들지만 커서는 양복 입고 일하는 훌륭한 사람이 될 끼다.' 하고 생각하면서 멋진 양복 입은 내 모습을 상상했다. 그러면 일이 하나도 힘들지 않았다. 영숙이 니도 힘들 때는 10년 후 멋진 모습이 돼 있을 니 모습을 생각해라. 꿈이 있으면 아무리 어려워도 이겨 낼 수 있다, 알겠제?"

내 말에 영숙이는 그저 고개만 끄덕였다.

다음 날, 나는 교직원 회의에서 영숙이에게 '신달래싱'을 줄 것을 제안했다. 진달래상은 모범이 되는 학생들에게 주는 상이었는데, 그 상으로나마 영숙이를 응원하고 싶었다. 다행히 영숙이는 밝은 모습을 잃지 않았고 성적도 전교 55등에서 전교 10등으로 올라 반 아이들의 부러움을 받으며 1학년을 마쳤다.

1학년을 마치기 전, 영숙이 어머니가 학교에 오셨다. 어머니는 내가 가정 방문 이후 영숙이가 몰라보게 표정이 밝아졌다면서 연신 고맙다는 말씀만 하다가 누런 포대 봉지를 손에 쥐어 주셨다. 나는 아주 감사한 마음으로 그것을 받았다. 정확히 무엇인지 알 수는 없었지만 어머니의 마음과 정성이 담긴 것이라고 직감했다. 봉투 안에는 갈치 두 마리가 들어 있었다. 그리고 한 귀퉁이에는 담배 두 갑도 보였다. 내용물을 보는 순간, 코끝이 찡해지며 눈시울이 뜨거워졌다. 영숙이 어머니의 정성과 마음이 고스란히 느껴졌기 때문이다. 또, 없는 형편에 무언가를 사기 위해 어머니가 얼마나 많은 고민을 했을지 생각하니 더 마음이 찡했다. 갈치 두 마리와 담배 두 갑, 내가 지금도 잊을 수 없는 촌지였다.

이듬해 서울로 학교를 옮기면서 제일여중을 떠났지만 영숙이는 계속 편지로 소식을 전해 왔다. 중학교를 졸업하면서 전교 1등을 했다는 소식, 제일여고에 입학했다는 소식, 부산대 사범대 영문과에 입학했다는 소식, 선생님이 되었다는 소식, 첫 발령이 났다는 소식, 아이를 낳았다는 소식…….

영숙이를 가르치면서 나는 종종 햇볕 아래 자라고 있는 식물에게 물을 주는 심정이 되곤 했다. 그 물에는 '용기' 도 들어 있었고, '희망' 도 들어 있었다. 하지만 후에 나는 알았다. 내가 영숙이에게 물이 되어 준 것이 아니라 영숙이가 나에게 물이 되어 주었다는 것을, 영숙이는 내 제자이긴 하지만 그 아이를 통해 나는 희망을 보았고, 나 역시 내 희망을 놓지 않을 수 있었다.

더 큰 꿈을 향하여

한때, 교사가 된 것이 가장 보람되고 만족스러웠다. 이렇게 평생 교사로 사는 것도 보람되고 의미 있다고 생각하였다. 하지만 '학교에서 학생을 가르치면 그 학생들을 변화시킬 수 있지만, 교육 정책을 이끌어가는 위치에 서면 우리나라 전체 학생들을 변화시킬 수 있다.' 는 생각을 하게 되었다.

나는 현실에 안주하려는 약한 마음을 다시 다잡고 유학 준비에 박차를 가하기 위해 서울에 있는 고등학교로 학교를 옮겼다. 그것은 곧 유학을 떠나겠다는 내 마음이었고, 유학을 떠나기 전까지 조금이라도 가족들과 함께 지내야겠다는 생각이 들어서였다.

서울로 올라온 얼마 후, 로터리 인터내셔널 클럽 한국본부에서 친선 대사 자격으로 미국 포트 헤이즈 캔자스 주립대학 석사과정에 입학할 교환 장학생을 뽑는다는 공고가 났다. 다행히 그 기회가 나에게 주어졌다. 합격통지를 받던 날, 너무 기쁜 마음에 학교에서부터 환호성을 지르며 버스 정류장까지 달려 단숨에 집으로 갔다. 가장 먼저 부모님께 소식을 전하고 싶었기 때문이다.

"그래, 해낼 줄 알았데이, 나는 해낼 줄 알았데이……."

합격 소식을 들은 어머니는 계속해서 이 말을 반복하시다가 끝내 눈물을 흘리셨다.

나 역시 그날만큼은 설렘 때문에 잠이 오시 않있다. 벌써 내 마음은 미국으로 가 있었다.

미국 로터리 인터내셔널 클럽에서는 석사과정 2년 동안의 학비와 생활비를 지원받을 수 있었다. 나는 어떠한 일이 있더라도 미국에서 박사까지 마칠 각오를 하였다. 내가 가진 대책은 '나는 할 수 있다.' 라는 자신감 하나뿐이었다.

다행히 그 무렵엔 여동생이 대학 졸업 후 교편을 잡게 되었고, 남동생은 군에 입대하게 되어 집 걱정은 덜 수 있었다.

그때가 1979년 1월, 1971년 대경상고를 졸업하며 처음으로 내가 가야 할 길을 정한 지 8년 만의 일이었다. 그 8년간은 내가 가장 자신감에 넘쳐 살았던 시기였던 것 같다.

자신이 이루고자 하는 목표를 성취해 나가는 보람, 세상에 그것만큼 즐거운 일이 없다는 걸 나는 서른을 앞두고서야 깨달았다.

결혼, 그리고 무일푼 유학의 길

유학이 결정되자 나는 사귀는 사람도 없었지만 결혼을 해서 유학을 가겠다는 꿈을 갖고 있었다. 마침 은광여고 교사로 재직 중인 여동생 동료 교사 중에 마음에 드는 여성이 있었다. 물론 내색한 적은 없었다. 하지만 여동생으로부터 학교 이야기를 들을 때나 혹은 소풍 다녀온 사진을 보면서 나 혼자 마음을 키워나갔다. 그래서인지 결혼해야겠다는 생각이 들었을 때 가장 먼저 그녀를 만나보고 싶었다.

만남을 주선하려는 여동생은 그녀가 아직 결혼 생각이 없다고 했다. 더구나 교사와는 결혼하고 싶지 않다는 것이었다. 하지만 나 역시 포기할 상황이 아니었다. 나는 무조건 만나게만 해달라고 여동생을 설득해 겨우 만날 기회를 얻어 낼 수 있었다. 여동생은 자신의 체면을 봐서 한 번만 오빠를 만나달라고 어렵게 설득했다고 한다.

처음 그녀를 만난 날, 돈이 있어서 유학을 가는 것이 아니며, 교사 생활하면서 모은 돈은 모두 생활하는 데 보태 썼고 8월에 미국으로 공부하러 간다, 거기서 석사와 박사 마치려면 최소한 5년 정도 걸린다…….

상황 설명을 한 후, 그 자리에서 프러포즈를 했다.

"결혼해서 같이 가면 고생은 될 겁니다. 그러나 보람도 있을 겁니다. 젊었을 때 새로운 미지의 세계에 도전해 보지 않으면 언제 하겠습니까?"

내 말에 그녀는 당황하는 기색이 역력했다. 하지만 나는 틈을 두지 않고 말을 이어 나갔다.

"물론 유학을 다녀온 후에도 당장 변하는 건 없을 수도 있어요. 하지만 나는 지금 가진 게 없기 때문에 망할 것도 없는 사람입니다. 앞으로 남은 것은 조금씩 일어나는 일뿐입니다. 이런 나를 믿고 미국에 함께 가 주시면 어떻겠습니까?"

내 말을 듣는 그녀는 한마디로 황당해하는 표정이었다. 하지만 자리를 박차고 일어나지 않은 것에 희망을 걸고 기대를 했다.

그녀는 30번이나 넘게 선을 보았는데, 모두 남자가 마음에 안 들었다고 한다. 그런데 아내와 나 두 사람 모두 처음 봤을 때 바로 '아, 이 사람이구나!' 하는 느낌은 있었다.

그러기에 아내는 결혼 후 내가 지내던 방에 신혼 방을 꾸미고 나서야 아무것도 가진 게 없다는 내 말이 실감났어도 결혼이 후회되지는 않았다고 했다. 아니, 오히려 가진 것 없어도 배짱 하나만은 두둑한 내가 좋았다고 한다.

서른 나이에 나는 무일푼으로 열정 하나만 믿고 아내와 함께 미국 유학을 떠났다. 그러기에 '가능한 한 빠른 시간에 석사와 박사를 마친다.'는 목표를 세웠다. 그래서 나와 아내는 유학길에 오르면서 석사 기간 동안 아르바이트를 통해 박사과정을 위한 최소한의 경비를 마련하자는 결심을 하게 되었다. 그래서 유학 기간 내내 일과 아르바이트로 생활을 해야 하므로 시간과의 전쟁을 치렀다. 많은 일 가운데 우선 급한 순서대로 정해 놓은 다음 하나씩 처리해 나갔다. 그런 철저한 시간관리 덕에 미국 유학 내내 경제적 어려움을 극복하고는 더 큰 세상을 위해 일할 수 있는 희망을 꿈꾸었다.

유학 생활 동안 건강을 위해 미국 사람들이 먹지 않는 잉어와 사골 국물을 많이 먹었다. 몸에 좋은 사골이나 소꼬리가 공짜나 다름없을 정도로 가격이 저렴했기 때문이다.

박사과정을 시작한 후 첫 시험을 볼 때, 어머니께서 돌아가셨다는 소식을 접했다. 2년 전 유학을 떠나면서 우리 부부의 가장 큰 걱정은 역시 어머니의 건강이었다. 토론토에서 유학중이던 둘째 형님과의 전화 통화에서 어머니가 돌아가셨다는 사실을 들었다. 둘째 형님과 나는 수화기를 붙들고 한참을 그렇게 울었다. 둘째 형님은 혼자 다녀올 테니 시험을 포기하지 말고 미국에 있으라고 했다. 어머니 상을 치르기 위해 지금 가면 장례식 날에나 겨우 도착할 것 같다며 시험을 치르라고 했다. 시험을 보지 못하면 한 학기를 더 다녀야 한다는 현실의 벽에 부닥쳐 나는 아무 말도 할 수가 없었다. 당시 나는 현실 앞에 '나는 어쩔 수 없다.' 라는 생각을 했다.

그러나 어머니 장례식에 가지 못한 내 행동은 지금까지 살아오면서 가장 잘못된 판단이자 가장 후회되는 일로 가슴에 남아 있다.

'어머니, 보고 싶습니다. 그리고 죄송합니다, 어머니…….'

'정직, 성실, 원칙'을 지켜라

1983년 봄에 공부를 마치고 한국으로 돌아온 나는 한국교육개발원에서 1년 정도 근무하다가 카이스트(KAIST) 교수로 새로운 삶을 시작했다. 그리고 중앙대학교 교수를 거치면서 교육전문가로서의 경륜을 쌓았다.

대한민국 40만 교원을 대표하는 한국교총의 최연소 회장으로 당선되어 한국교육의 나아갈 방향에 대한 역사적 소명의식을 갖게 되었다. 그리고 대한민국 교원을 대표하여 국회에 입성, 미래의 한국 발전을 위해 한 걸음 한 걸음 나아가고 있다.

국회의원이 되기 전, 망설임이 전혀 없었던 것은 아니다. 교총 회장이라는 직분을 통해 다양한 행정 경험을 쌓긴 했지만, 정치 경험이 전혀 없는 내가 험난한 정치인의 길을 제대로 걸어갈 수 있을지 많은 생각을 해 보았다. 하지만 곰곰이 생각해 보니, 이 시대에 필요한 정치인은 정치 경험이 많은 사람이 아니라, 정치에 대한 올바른 소신과 어떤 분야에 대한 전문 지식을 갖춘 사람이라는 판단이 들었다. 왜냐하면 정책을 바꾸는 일은 매우 신중해야 하고, 그 분야에 식견을 가지고 있어야 가능한 일이기 때문이다. 비록 정치 경력은 없었지만, 내가 공부한 교육행정 지식과 경험을 활용해 교육발전은 물론 국가발전에 일익을 담당하고 싶었다.

교육행정은 교육정책을 연구하고 그 실행을 따져보는 이론적 학문이라기보다는 실천적 학문 분야라 할 수 있다. 그러므로 교육행정을 통해 쌓은 지식과 교총 회장을 역임하며 쌓은 현장감을 결합하면 교육위원회 소속 국회의원으로서 제 역할을 해낼 수 있을 거라는 자신감이 생겼다. 하지만 서두를 생각은 없었다.

'호랑이의 눈으로 보고, 소의 걸음으로 걷겠다.'

국회의원으로 첫발을 내디디며 마음속으로 다진 각오다. 이는 내가 즐겨 쓰는 사자성어 '호시우행(虎視牛行)'을 풀어놓은 것으로, 판단은 예리하게 하되 행동은 신중히 하자는 결심의 표현이다. 그런 마음가짐으로 교육과학기술위원회 소속 국회의원으로 활동하고 있다.

아버지는 돌아가시기 직전, 국회의원이 된 후에도 나를 앉혀 놓고 '정직, 성실, 원칙'을 당부하셨다.

"군현아, 국회의원이 됐으니 더 정직하고 성실해야 한데이. 그리고 원칙을 잃으면 안 되는 기라. 이 세 가지만 명심하면 못 배운 사람도 다른 이들한테 존경받을 수 있는 기라. 더구나 정치인은 신뢰가 생명 아이가? 이 세 가지만 잘하면 신뢰 얻는 건 시간문제인 기라. 신뢰를 잃으면 정치꾼밖에 안 된데이. 내 말 알겠제?"

'정직, 성실, 원칙!' 아버지는 이 세 가지를 지키면서 마을 사람들로부터 '법 없이도 살 사람'이라는 평을 받으며 평생 사셨다. 나는 이 세 가지 아버지 말씀을 마음속에 그리며 앞으로도 살아갈 것이다.

한때 자존심과 명예를 짓밟힌 치욕을 당했다고 삶을 포기하지 말라!

나는 벗 '이릉' 장군을 변호하다 무 황제의 노여움을 사서 생식기가 잘리는 궁형의 치욕을 당하고도 목숨을 부지하였다. 당시 궁형의 수치를 못 참고 자살하는 이가 많았으나 죽음이 두려워서가 아니라 못다 이룬 역사적 사명을 다하기 위하여 죽음을 선택할 수가 없었다. 나는 거세된 남자가 모진 생명을 질기게 끌고 간다는 온갖 조롱을 참아 내며 옥중에서도 저술을 계속하여 마침내 《사기》를 완성한 불세출의 역사가가 되었다.

역사가 **사마천**

남산은 내게 꿈과 희망을 준 큰바위 얼굴이다. 열다섯 어린 나이에 서울에 올라와
바라본 남산은 아버지 같은 커다란 존재였다. 내 삶의 대부분은 남산자락에
의지해 이루어졌다. 그래서인지 지금도 나는 중구의 비전을 생각하며 자주
남산에 오른다. 남산에 오르면 서울 시내가 한눈에 다 보인다.
자연히 내 눈길은 중구 지역에 오래 머물게 된다. 이렇게 내려다보노라면
중구의 속살을 보는 것 같다.
다닥다닥 붙은 산동네를 내려다보니 참으로 많은 사연이 스며 있는 것 같아
가슴이 뭉클하다. 어느새 내 삶의 켜켜이 묵은 기억들이 하나둘씩 떠오른다.
신혼의 단꿈을 꾸며 자리를 잡고 살았던 신당동 산동네, 첫아이를 낳아 기르며
잘살아 보자는 희망으로 버티며 젊음을 쏟았던 약수동 산비탈, 젊은 시절
리어카 과일 행상을 하며 골목골목을 누비던 일들, 못다 한 공부한다고
늦은 나이에 검정고시를 거쳐 대학에 들어간 일들이 스멀스멀 되살아난다.
내 삶의 반려자 아내와 함께 땀과 희망의 눈물을 뿌렸던 중구,
이 곳은 내 삶이 고스란히 배어 있어서 꼭 내 몸 구석구석을 돌고 있는
실핏줄 같다. 중구는 오랜 세월 동안 내 땀과 정열 그리고 희망을 키운 곳으로,
영원한 내 고향이나 다를 바 없다. 앞으로 나는, 남아 있는 이 열정을
중구의 도약을 위하여 혼신을 다할 것이다.

도전하는 인생이 아름답다

정동일 서울특별시 중구청장

· 동국대학교 졸업
· 동국대학교 행정대학원 행정학 석사
· 연세대학교 행정대학원 정치학 석사
· 동국대학교 일반 대학원 행정학과 정책학 박사과정 수료
· 2009년 대한민국 장한 한국인상 수상
· 2009년 세계자유민주연맹 자유장
· 2008년 하반기 대한민국관광문화정책 대상 문화관광정책종합대상
· 제6회 대한민국 환경대상(자치단체지도자 대상)
· 제5회 대한민국지방자치경영대전 보건복지가족부장관상

눈물의 하얀 카네이션

1954년, 구천동 계곡과 스키장으로 유명한 전라북도 무주에서 나는 막내로 태어났다. 어머니는 내가 다섯 살 때, 병환으로 3년 동안 병원에 누워계시다가 돌아가셨다.

어느 날, 큰누님과 함께 덜컹거리는 버스를 타고 시내로 갔다. 버스 안에서 큰누님은 내 옷매무새를 정성스레 매만져 주면서 말했다.

"동일아, 엄마한테 예쁘게 보여야지."

큰누님과 나는 병실에 들어섰다. 엄마는 힘없이 누워계셨다. 무척 아파보였다. 나는 "엄마!" 하고 병상으로 달려가 와락 엄마를 껴안았다. 엄마는 말없이 잔잔한 미소를 머금고는 내 머리를 계속 쓰다듬어 주셨다. 잠시 후, 엄마와 헤어져 막 돌아서는데 힘없는 엄마의 나직한 목소리가 들렸다.

"동일아!……."

순간 나는 엄마를 향해 고개를 돌렸다. 엄마는 따뜻한 정을 가득 담은 얼굴로 한동안 나를 쳐다보더니, 이내 어서 가라고 손짓하셨다. 그날이 내 평생 어머니와의 마지막이었다.

자식 둘을 길러 낸 부모 입장에서 그때의 어머니를 생각하니, 어머니께서는 죽음의 문턱에서도 내 인생을 생각하시고는 무척이나 가엾게 여기셨던 것 같다. 생과 사를 넘나드는 그 힘겨운 싸움을 계속하면서도 어린 자식 걱정에 안쓰러워 머리를 쓰다듬어 주시고, 사력을 다해 사랑을 듬뿍 담아 따뜻한 미소를 보여 주었던 어머니. 그런 어머니를 나는 영영 잊을 수가 없다. 헌데 그날의 상황은 그렇게 또렷이 잘 기억나면서 유독 어머니의 얼굴이 정확히 떠오르지 않는 이유는 무엇일까?

나는 그때까지만 해도 어려서인지 죽음에 대해 깊이 생각하지 못했다. 어머니가 돌아가시고 얼마 후, 나는 남들처럼 초등학교에 들어갔다. 그리고 '어머니날' 이 되어서야 내가 엄마가 없다는 사실을 실감했다.

지금은 매년 5월 8일이 '어버이날' 이지만 내가 초등학교 다닐 때는 '어머니날' 이라고 했다. 그때는 그 어머니날에 아이들이 가슴에 카네이션 꽃을 달았다. 어떤 이유에서인지는 몰라도 어머니가 있는 아이는 빨간색 카네이션을, 어머니가 없는 아이는 하얀색 카네이션을 달게 했다. 아마도 돌아가신 어머니를 기억하라는 뜻이 아니었을까? 나는 하얀색 카네이션을 가슴에 달고는 학교에 갔다. 카네이션 색깔로 금방 누가 어머니가 있고 없는지 알 수가 있었다.

"너 엄마 없구나!"

아이들은 생각 없이 그렇게 말했다. 그러나 엄마 없는 나는 서글프고 곧 마음의 상처가 되었다. 엄마 없는 게 무슨 죄라도 되는 듯 괜히 주눅 들고 눈물이 났다. 그러다 나중에는 부아가 치밀었다.

"그래 없다!"

나는 아이들을 흘겨보다가 결국 티격태격 싸움까지 벌이기도 했다.

농사일에 매달렸던 어린 시절

유년 시절, 나는 성장이 빠른 편이어서 어른스러웠다. 늘 주위에서 인정받는 그런 아이였다. 그렇지만 가슴 한구석에는 허전함과 외로움이 늘 자리하고 있었다. 어머니의 부재는 다른 무엇으로도 대신 채울 수 없었던 것이다. 예나 지금이나 아이들에게는 그저 어머니의 존재가 절대적이다 싶다.

소풍을 갈 때나 운동회 때에는 더욱 어머니 생각이 났다. 예전에는 이런 학교 행사 때면 어머니가 맛있는 음식을 싸와서는 먹었다. 그때마다 나는 어린 마음에 괜히 주눅이 들었고 속이 상해 눈물이 글썽거렸다.

"얘야, 너도 이리 와서 같이 먹자."

친구의 어머니가 불러도 나는 주위를 뱅뱅 돌기만 했다. 마음이 아프고 쓰려 그날이 빨리 지나가기만을 기다렸다. 그런 날은 어머니의 빈자리가 더욱 크게 느껴져 아무도 안 보이는 곳에 가서 훌쩍훌쩍 울었다. 여느 아이들에게는 즐거웠을 이 소풍날이 나에게는 결코 반갑지만은 않은 쓸쓸한 날이었다.

가슴에 슬픔을 지닌 사람들이 그렇듯, 나는 텔레비전 같은 데서 슬픈 장면이 나오면 금방 눈물을 잘도 흘린다. 어머니의 정을 받지 못하고 자라서 그런지 정에도 참 약하다. 그렇다고 해서 한 번도 부모님을 원망한 적은 없다. 어떤 악조건이나 역경 속에서도 부모님께 의존하지 않고 스스로 극복하려고 무진장 노력했다. 지나간 것을 후회하기보다는 앞날에 대비하는 태도를 가지려 했고, 늘 깨어 있는 정신으로 이를 악물고 열심히 살아왔다.

많은 사람들의 축복 속에서 태어나고 자연스럽게 세상의 모든 것을 누릴 수 있다면 그 얼마나 복 받은 삶이겠는가? 배고픔의 고통도 모를 것이고 배움에 대한 애끓는 갈망도 없을 것이니 말이다. 하지만 지금 나는 배고팠던 시절을 진심으로 감사하게 생각한다. 그 시절이 있었기에 코흘리개 꼬마 시절부터 인생이 녹녹치 않음을 알았고, 초등학교 졸업장이 전부였던 시골 소년은 초연함을 배울 수 있었다.

어머니가 3년 동안 병상에 있는 동안 우리 집 논은 30마지기에서 다섯 마지기로, 나중에는 세 마지기만 남게 되었다. 훗날 형님에게 들어서 안 일이지만 그야말로 속수무책이었다고 한다.

결국 가난해진 집안을 일으켜 세우기 위해 아버지를 비롯해 형님들 그리고 초등학생이었던 나까지 온 집안 식구가 농사일에 매달렸다. 나는 또래 아이들보다 덩치가 크고 힘이 세서 형들만큼 일을 했다. 소를 돌보고 소꼴을 베어 오는 일도 했다. 사람들은 나를 보고 힘이 장사라며 칭찬을 아끼지 않았다. 그런데 집안 형편은 좀처럼 나아지질 않았다. 끼니 때우기도 버거웠다. 참으로 어려운 때였다. 보릿고개 때는 쑥을 뜯어서 밀가루를 조금 섞어 먹기도 하고, 채 익지도 않은 보리로 죽을 끓여 먹기도 했다. 겨울에는 고구마와 김치가 주식이었다. 하루하루 먹고 살기에도 참 팍팍한 나날이었다.

그렇게도 어려운 시절, 나는 아직 어려 철이 덜 들었던지 한때는 소를 돌보다가도 틈만 나면 요리조리 노는 데 정신을 쏟았다. 그러다 보면 소가 제대로 꼴을 먹지 않기 일쑤였다. 그래서 소의 배가 홀쭉해지면 나는 형한테 혼날까 봐 소를 도랑에 끌고 가서 물을 먹였다. 그때는 내 또래 아이들이 모두 그런 식으로 어른들 눈속임을 하였다.

비가 오면 소꼴을 먹이거나 농사일을 거들지 않고 쉴 수 있어서 일 년 내내 비만 왔으면 좋겠다고 생각한 적도 있었다.

이런 생활은 초등학교를 졸업할 때까지 계속되었고, 나는 집안 사정상 일반 중학교에도 진학하지 못했다. 아버지께서는 어디에서 알고 오셨는지 정규 학교는 아니지만 검정고시 준비를 위주로 하는 재건중학교에 입학하라며 미안해하셨다. 비록 정규 학교는 아니지만 나는 검정고시를 목표로 열심히 공부했다. 그런데 이게 웬일인가. 그나마 재건중학교도 2학년 1학기 때 폐교되었다. 결국 배움의 기쁨도 잠시, 나는 이제 마땅히 갈 곳이 없었다.

도전과 기회의 땅, 서울

어머니의 죽음과 어쩔 수 없는 학업의 중단, 나는 가슴 속에 흐르는 슬픔을 뒤로 하고는 굳은 마음으로 서울행 열차에 몸을 실었다. 남들처럼 부푼 꿈을 안고 서울행을 결정한 것은 아니었지만, 그 날 이후 지금까지의 삶은 인간 정동일 도전사의 서막이었다.

아무런 준비 없이 무작정 올라온 서울 땅에 선 것이 1969년, 내 나이 열다섯 살이었다. 세상 물정 모르는 어린 나이였지만 어려서부터 주변에서 영민하다는 말을 들었고, 무엇보다 체력에 있어서만큼은 누구에게도 뒤지지 않는다는 자신감에 언제나 희망의 끈을 놓지 않고 열심히 살았다.

당시 지방에서 상경한 대부분의 사람들이 그랬듯이 먹여 주고 재워 준다는 두 가지 조건만 있으면 나는 어떤 일이든 마다하지 않고 성심을 다해 일했다.

연필 대신 스패너를 잡고 손가락 마디마디에 검은 때를 묻혀 가며 배우고 익힌 자동차 정비는 날로 익숙해졌다. 어느 날, 나는 정비업체 사장님께 공부하고 싶다고 말했다. 재건중학교를 졸업하지 못한 것이 못내 서운했던 것 같다.

"네가 공부해서 뭣에 쓰려고 하냐? 그럴 시간 있으면 기술이라도 하나 더 배워서 먹고사는 데 지장 없도록 해."

내 뜻을 알아주지 못하는 사장님의 훈계에 객지 생활의 설움을 느꼈다. 나 같은 사람은 공부하는 게 아닌 모양이라고 생각하기도 했다. 그럴 때마다 남산을 보면서 고향의 뒷동산을 떠올렸고, 기억나지 않는 어머니의 얼굴을 그려보았다. 아버지, 형님, 큰누님, 작은누님 모두 그리웠다.

나는 공부에 대한 생각을 뒤로 미루고 우선은 내 직장에서 최선을 다해 기술을 익혀야겠다는 생각을 했다. 남들보다 더욱 부지런히 한 발 앞서 움직였더니 나를 믿고 찾는 손님들이 점점 늘었다. 이젠 정비에 있어 가장 복잡한 엔진 부분까지 섭렵하게 되면서 맡은 일에 대한 자신감은 물론 자동차에 있어서 최고라는 자부심도 갖게 되었다.

1973년, 나는 운전면허를 취득하였다. 당시 운전면허를 가진 사람이 얼마 없었을 때였다.

"어이 정 박사, 축하해. 운전면허까지 땄다면서!"

자동차에 대한 열정과 해박한 지식으로 '정 박사'라는 별명까지 갖게 되었다. 채 스무 살이 되기 전에 나는 내가 일하는 곳에서 박사가 된 것이다. 지금도 나는 엔진 소리만 들으면 차의 어디가 이상이 있는지 안다. 손수 자동차를 점검하고 웬만한 것은 수리도 할 수 있다.

자동차에 있어서는 누구보다도 해박했지만 남들과 같이 학교에 다니며 공부하지 못한 것이 늘 서운해 배움에 대한 열망은 점점 높아갔다. 어느 날, 정비 일을 마치고 나는 검정고시 학원에 찾아가 상담을 했다. 그리고는 다시 공부를 시작해야 한다고 마음을 다잡았다.

하지만 현실은 쉽지 않았다. 공부는 나의 삶과는 동떨어진 꿈 같은 얘기였다. 이런 상황이 참 서러웠다. 그래도 나는 남들과 같이 학생이라는 신분을 갖고 공부할 날이 오리라 믿으며 더 열심히 살아야겠다고 다짐하고 또 다짐하였다.

몇 년 후, 나는 군대에 갔다. 그 곳에서 운전이라는 적성을 살려 스타급 장성을 모시는 운전병으로 근무했다. 덕분에 나는 윗사람을 모시는 예의와 사회생활에 관한 많은 것들을 배울 수 있었다.

아! 사랑하는 아버지

스물다섯 살, 나는 군 생활을 잘 마치고 제대했다. 그리고 곧 취직을 했다. 장군 운전병 경력 덕에 모 회사 사장 기사로 일하게 된 것이다. 나는 사장 운전기사였지만 회사일이라면 이일 저일 가리지 않고 찾아다니며 열심히 일했다. 그러다 보니 자연스럽게 직원들과도 안면이 생겼다.

어느 날, 다소곳이 앉아 있는 여직원이 눈에 들어왔다. 아담한 키에 표정이 무척 밝았다. 스무 살이라고는 하지만 고등학생으로밖에 안 보였다. 그저 첫인상이 좋다는 것, 그러나 그 이상의 뭔가가 가슴에 툭 떨어지는 느낌이었다.

그 여직원과 나는 곧 친하게 지냈다. 나는 회사 사장의 운전기사로 근무했기 때문에 호출되면 사랑하는 애인과 소중한 데이트를 하다가도 부리나케 가야 했다. 또 시키지 않은 일까지 찾아서 하느라 늘 바빠 데이트 시간이 부족했다. 데이트를 하다가도 금방 헤어져야 하는 경우가 많았다. 그래서 아쉬운 적이 한두 번이 아니었다.

훗날 아내는 나를 처음 봤을 때, 젊은 사람답지 않게 예의가 깍듯한 인상을 받았다고 한다. 역시 장군을 모신 사람이라 뭐가 달라도 다르다고 느꼈단다. 나도 아내를 처음 봤을 때, 아내가 부잣집 딸인 줄 알았다. 그만큼 귀티가 났던 것이다.

한 여자를 만나 연애하는 동안 팍팍했던 내 가슴은 여유로움이 가득했다. 그렇게 즐거운 생활이 한 일 년 정도 이어졌다. 그러던 중 1979년 3월, 시골에 계신 아버지께서 갑자기 쓰러져 돌아가셨다. 정말 너무 허무하게 돌아가셨다.

아버지는 어린 나이에 엄마 사랑도 받지 못하고 자란 나를 끔찍이 여기셨다. 형제들도 막내랍시고 나를 부모처럼 도와주고 아껴 주었다.

어느 날, 설레는 가슴을 안고 아버지를 따라 6km 떨어진 읍내 장터에 갔던 적이 있다. 그 당시 시골에서는 자장면을 먹어보는 것이 꿈이었던 시절이었다. 아버지는 그 귀한 자장면 한 그릇을 시키셨다. 그리고 아버지는 자장면 대신 막걸리 한잔을 잡수시면서 나에게 어서 많이 먹으라고 하셨다. 아버지는 돈을 절약하시려고 먹고 싶은 자장면도 안 잡수시고 나에게만 먹인 것이다. 지금도 그때를 생각하면 눈시울이 붉어진다.

난 어려서부터 아버지한테 배워 온 것이 하나 있다. 아버지는 종종 내게 말씀하셨다.

"동일아, 목마를 때 물 한 모금 주는 사람의 은혜를 잊지 마라. 그리고 배곯을 때 보리밥 한 그릇 주는 사람의 은혜를 절대 잊어서는 안 된다."

돈 벌어서 잘 모시려고 했는데, 아버지가 돌아가신 것이다. 너무나 원통했다. 지금도 아버지를 생각하면 살아생전 잘 모시지 못한 것이 참으로 후회된다. 그래서 나는 보속하는 의미로 항상 이렇게 가슴에 되새기곤 한다.

'이 못난 자식은 부모님 기대에 어긋나지 않게 정의롭고 정직하게 그리고 아주 열심히 살아가겠습니다.'

희망을 안고 중구에 보금자리를 마련하다

아버지가 돌아가신 그해 가을, 나는 데이트하던 여자에게 정식으로 청혼을 했다. 당시 아내는 장인어른이 돌아가신 후 언니들과 함께 가계를 책임지고 있었다. 학교 다니는 동생들도 많아서 결혼 생각은 아예 할 형편이 아니었다. 그러니 결혼 준비가 있었겠는가. 그러나 사랑 앞에 그것이 무슨 상관이랴. 외로운 사람끼리 함께 힘을 보태는 데 아내도 곧 동의했다. 그때 우리는 돈 같은 것은 신경도 안 썼다. 아니 쓸 수도 없었다. 그래도 우린 행복한 마음으로 결혼 준비를 했다.

1979년 11월 25일, 아내와 나는 동대문 고려예식장에서 결혼식을 올렸다. 그리고 마포구 신수동의 한 칸짜리 셋방에서 신접살림을 시작했다. 우리는 모든 것을 아껴야 했다. 먹는 것에서부터 입는 것까지, 무엇이든 마음껏 할 수 있는 처지가 아니었다.

그해 겨울은 유난히도 추위가 기승을 부렸지만 불구멍을 단단히 막고 연탄 한 장, 라면 반개로 하루를 버텼다.

그리고 얼마 후, 기쁘게도 아내가 첫아이를 임신했다. 나는 임신한 몸에 무리라도 갈까 적잖이 걱정을 했다.

"아랫목이라도 뜨끈뜨끈하게 연탄 좀 더 때지."

보다 못한 내가 아내에게 말하면, 그럴 때마다 아내는 오히려 나를 생각해 주었다.

"저는 괜찮아요. 피곤하시죠? 이쪽 따뜻한 데로 오세요."

나는 종종 아내 몰래 새벽에 일어나 연탄을 갈았다. 새 연탄구멍으로 솟아오르는 불길을 보며 나는 아내와 뱃속에 든 아이의 건강을 빌고 또 빌었다. 비록 다음 날 연탄이 많이 들어간다며 아내한테 야단을 들었어도 나는 흐뭇했다. 그러면서 속으로는 반드시 호강시켜 주리라 더욱 단단히 결심하였다.

내 아내는 참 알뜰했다. 라면도 반개씩 끓여 먹을 정도였다. 라면 한 봉지를 뜯으면 반으로 조심스레 쪼개어 반만 끓이고 나머지 반은 소중하게 보관하던 아내의 모습이 지금도 기억에 생생하다.

지금, 그때의 일을 뒤돌아보면 가슴 찡할 만큼 측은한 마음이 든다. 그래도 그 시절, 우리는 참 행복했다. 마치 '가난한 날의 행복'이라는 글처럼 우리는 오순도순 서로를 다독이면서, 서로에게 감동하면서 하루하루를 보냈다.

그렇게 힘든 겨울을 나고 1980년 봄, 우리는 중구 신당동으로 이사를 했다. 그리고 8월에 첫아이가 태어났다.

그때부터 내 제2의 고향이라고 할 수 있는 중구에 터전을 잡게 되었다. 그 터 밭에서 열심히 노력하며 사업을 펼쳤고, 가난한 시절을 떠올리며 이웃에 봉사하는 삶을 살았다. 운명처럼 중구에 들어와 열정적인 삶을 펼친 덕에 오늘날 내가 중구청장이 되는 소중한 인연을 맺게 된 것 같다.

리어카 과일 장사를 하다

아이가 태어나자 앞으로의 삶에 대해 깊은 생각을 하게 되었다. 한 10년 정도 운전기사로 일하면 내 몸 둘 집 한 채는 장만할 수 있겠지만, 젊은 시절을 모조리 남의 집 기사노릇을 하면서 보낼 수는 없었다. 내가 일을 그만두겠다고 하자 사장은 극구 말렸다. 하지만 나의 결심은 확고했다.

막상 일을 그만두니 마땅히 할 것이 없었다. 자동차 기술은 있었지만 뭔가 다른 일을 하고 싶었다. 조그마한 일이라도 내 사업을 하고 싶었다. 하지만 밑천도 없는 내가 할 수 있는 사업은 많지 않았다.

별 밑천 없이 쉽게 시작할 수 있는 장사로는 과일 장사가 제격이었다. 어려서부터 힘 하나는 자신 있던 터라 당장 리어카 과일 장사를 하기로 결정했다.

나는 왕십리 중앙시장에서 하루 500원에 리어카를 대여하고, 새벽같이 시장에 나가 과일을 떼어다 팔았다. 그때나 지금이나 과일 행상은 발품을 많이 팔아야 했다.

"과일 사세요……."

과일 사라는 말 한 마디가 입 안에서만 맴돌 뿐 좀처럼 입 밖으로 나오지 않았다. 과일을 리어카에 싣고 이리저리 열심히만 다녔지 제대로 된 매상 없이 일주일을 보냈다.

그 허송세월 일주일을 보내던 날 아침, 나만 바라보는 가족들 생각에 다시금 나는 마음을 다부지게 먹었다.

'오늘은 꼭 목소리를 내야지. 과일 사세요!'

용기를 내기 위해 막걸리를 한 사발 죽 들이켰다. 그런 다음 심호흡을 했다. 각오를 단단히 하고는 소리를 내기 위한 준비 '하나, 둘, 셋' 을 속으로 셌다. 그리고 눈을 감고 냅다 소리쳤다.

"토마토 사세요!"

"토마토 사세요!"

막걸리 덕분인지 신기하게도 목소리가 터져 나왔다. 그날 이후 내 목소리는 중구의 이 골목 저 골목으로 번져 나갔다.

한여름의 찌는 듯한 무더위와 엄동설한의 살을 에는 추위 속에서도 장충단 고개를 넘어 남산자락을 굽이돌며 리어카와 한 몸이 되어 누구보다 열심히, 아주 열심히 장사를 했다. 보다 저렴하고 보다 신선한 과일을 준비해 팔다 보니 많은 분들의 사랑을 받았다. 내 과일을 사려고 기다리는 고객이 있을 정도였다.

꿈을 키운 가게 전소

1984년, 그 동안 노력으로 빚은 작은 결실 하나하나가 밑거름이 되어 드디어 종로 5가에 자그마한 가게 하나를 갖게 되었다. 그간 모은 돈과 약간의 빚을 내었다. 그리고 전에 모셨던 사장님께서 꼭 성공하라면서 빌려 준 1000만 원으로 시작된 가게다. 그 외 여러 사람들에게서 도움을 받았는데, 그때 도와주신 모든 분들께 지금도 감사함을 잊지 않고 있다.

이렇게 시작된 나의 작은 사업이 오늘의 큰 성공을 있게 한 '치킨 사업' 의 밑거름이 된 것이다.

치킨 집 운영 당시 나는 저녁 퇴근 시간이 되면 어김없이 가게 문을 활짝 열어 놓고는 구미 당기는 치킨 냄새를 밖으로 내보냈다. 일 끝내고 시장기에 서둘러 퇴근하던 사람들은 이 구수한 치킨 냄새에 끌려 우리 가게에 들어왔다. 덕분에 매상이 짭짤했다. 우리 가게에서는 술도 팔았다. 그러다 보니 장사는 새벽녘이 돼서야 끝이 났고, 취객과 실랑이를 벌이느라 아내와 난 늘 녹초가 되기 일쑤였다. 거의 매일 24시간 가게에 불을 밝혔다. 지금이야 밤새 문을 여는 가게들이 많지만 당시만 해도 드문 일이었다. 새벽까지 장사를 하다가 테이블을 모아 새우잠을 잔 적도 부지기수다. 아무리 체력에 자신이 있어도 쉬운 일이 아니었다.

아내의 고생은 나보다 더 고되었다. 살림하랴 가게 일 하랴, 젖먹이 아이들에게 젖 줄 시간도 없이 일에 매달려야 했다. 경험이 없어서 우리는 더욱 힘들었다. 우리 부부는 힘들어도 서로 격려의 눈빛을 나누며 각오를 새롭게 다졌다. 그리고 아무리 쪼들려도 빌린 돈은 약속한 날짜에 꼬박꼬박 갚아 나갔다.

어느 날 아침, 가게 일에 정신 팔려 출근하는데 그 근처 어딘가에서 연기가 났다. 곧이어 소방차들이 사이렌을 요란하게 울리며 급하게 지나갔다. 종로 5가 쪽이었다.

"아침부터 불이 났나 보군."

나는 무심코 혼잣말을 하며 우리 가게 쪽으로 발길을 재촉했다. 그런데 이게 웬일인가. 점점 우리 가게에 가까워질수록 검은 연기가 짙어졌다. 갑자기 마음이 불안해졌다. 가슴까지 쿵쾅거렸다. 역시 예상대로 우리 가게에서 불이 났던 것이다. 순간 눈앞이 아득했다. 순간적이었지만 절망적인 생각도 들었다. 시뻘건 불길과 검은 연기가 악마의 혓바닥처럼 널름거리며 가게를 불태우고 있었다.

나는 안 되겠다 싶어 일단 정신부터 차렸다. 마냥 넋 놓고 있을 수만은 없었다.

얼마 후 불길은 잡혔다. 그러나 우리 가게는 전소되고 말았다. 진원을 알아보니 옆집 창고의 불이 번져 우리 가게에 옮겨 붙은 것이었다.

아내의 눈에서 눈물이 쉬지 않고 흘러내렸다.

"여보, 이제 우리 어떻게 살아요, 흑흑!"

참 난감했다. 그러나 좌절할 수는 없었다. 나는 아내를 달래며 생각했다.

'어떻게 일궈온 터전인데……. 더구나 나는 열두 식구의 가장이다.'

이런 내 형편에 그깟 가게가 불타 버렸다고 실망해 그대로 주저앉을 수는 없었다. 내 한 목숨에 열한 식구의 목줄이 걸려 있었으니 실망, 좌절, 이런 것도 맘대로 할 수가 없었다.

당시 우리는 약수동 꼭대기, 그야말로 산동네에 살았다. 그 허름한 곳에 식구가 자그마치 열둘이나 되었다. 시골에서 처남과 처제, 그리고 내 형님의 자녀들까지 불러들여 살고 있었기 때문이다.

처남과 처제들은 장인과 장모가 돌아가신 후 돌볼 사람이 없어 아내와 의논한 끝에 우리가 서울에서 공부시키며 보살피기로 하였다. 또 누구보다도 학업에 대한 집념이 강했던 나는 조카들이라도 서울에서 공부시키고 싶었다. 조카도 서울에서 재수하기를 원했고, 그 동생도 서울에 있는 학교에 다니길 희망했다. 결코 여유롭지 않은 형편이었지만 아내와 나는 눈살 한 번 찌푸리지 않고 한마음으로 받아 주었다.

"학교 다녀오겠습니다."

"학교 다녀오겠습니다."

아이들의 목소리가 합창하듯 골목 안에까지 크게 울렸다. 서울의 한 중심에 대가족이 살게 된 것이다.

아침이 되면 아내는 우리 아이들 것까지 해서 열 개의 도시락을 쌌다. 말이 열 개지 도시락 열 개를 싸려면 아내는 새벽같이 일어나 동동거려야 했다.

아내는 택시비 아끼느라 약수동 꼭대기까지 낑낑대며 그 무거운 장바구니를 들고 어깨 빠지게 시장을 봐 왔다. 그러나 이틀을 채 넘기지 못했다. 아내는 아이들이 다 클 때까지 약수동의 그 가파른 비탈길을 쉼 없이 오르락내리락했다. 한여름에는 흐르는 땀을 주체하지 못해 몇 번이나 장바구니를 내렸다 다시 들기 일쑤였고, 추운 겨울에는 비탈길이 온통 얼어붙어 그냥 걷기에도 힘든 그 길을 아내는 짜증 한 번 내는 일 없이 혼자 다 해냈다.

아이들이 한창 때에는 사과 한 짝을 갖다 놔도 그 자리에서 뚝딱 다 해치웠다. 아이들의 먹성을 도무지 감당하기 힘들었다. 그래도 우리는 처남과 처제, 조카들을 우리 아이들과 똑같이 먹이고 입혔다. 아내는 아이들 모두에게 간식을 댈 수 없을 때는 자기 동생들이나 자기 자식에게는 간식을 주지 않고 재수하는 조카에게만 신경을 써주었다. 정말 조카를 자식같이 여겼던 것이다. 아내의 그런 마음 씀씀이가 너무나 고맙고 기특했다. 그럴 때면 나는 마음속으로 그런 아내를 위해서라도 더욱 열심히 살겠다고 다짐하고 또 다짐했다.

전화위복, 그리고 '둘둘치킨'의 신화 창조

아내와 나는 화재가 난 바로 그날부터 팔을 걷어붙이고 복구에 매달렸다.

"하늘은 스스로 돕는 자를 돕는다."고 했던가. 이 화재 사고가 전화위복되어 가게를 2층으로 올렸다. 그리고 사업은 점점 번창하였다. 신나게 열심히 일 한 덕에 일 년 만에 빌린 돈을 모두 갚았다.

1990년, 마침내 서울의 중심인 중구의 한복판 명동에 치킨 가게를 오픈하게 되었다. 이 곳이 바로 현재 전국 500여 개의 체인점을 둔 '둘둘치킨' 의 모태가 된 곳이다.

장소를 옮겨 오픈한 치킨 가게이니 만큼 대한민국 어디에서도 맛 볼 수 없는 새로운 맛을 개발하여 세계 최고의 치킨을 만들겠다는 신념으로 연구하고 또 연구했다.

특히 치킨의 맛은 튀김 상태와 소스에 달렸다고 결론짓고 지금까지의 방식과는 전혀 다른 튀김 기계 개발을 위해 밤낮없이 실험에 몰두했다. 그 결과 치킨의 맛을 배가시키는, 속살까지 골고루 익히는 특수 압력기를 탄생시켰다.

"고생 끝에 낙이 온다."는 말이 무색하지 않게 새로 개발된 치킨은 그야말로 날개 돋친 듯 팔렸다. 일 년 중 하루도 쉬는 날 없이 연중무휴로 매일매일 새벽까지 우리 가게는 문전성시를 이뤘다. 첫맛으로 승부하는 '둘둘치킨' 의 위력을 소비자들에게 입증시켜 나갔다.

"둘둘치킨은 식어도 맛있어요."

회식을 하러 온 회사원들은 나가면서 치킨을 주문해 집으로 가져갔다. 이상하게 '둘둘치킨' 은 집에 가는 동안 식어도 맛있다는 것이다. 이런 소문이 나자 체인점을 개설하자는 주문이 들어왔다.

당시 프랜차이즈 외식사업이 우후죽순처럼 창업되어 체인점을 개설하기 위한 유혹도 많았지만, 완벽한 맛을 이룩한 다음에야 사업을 확장하겠다는 초심을 잃지 않고 나는 때를 기다렸다.

1997년, 드디어 대학로 서울대병원 옆에 1호점을 열게 되었다. 무엇보다도 체인점과 본사와의 굳건한 신뢰를 통한 협력관계가 절실하다고 느끼며 하나하나의 체인점 관리에 심혈을 기울여 사업을 진척시켜 나갔다.

계속해 '둘둘치킨' 이 입소문나면서 체인점을 내고 싶어 하는 사람들이 많았다. 잘하면 한몫 챙길 수 있다는 유혹도 있었지만 나는 한사코 거절했다. 왜냐하면 한 가족처럼 지낸 직원들을 독립시키기 위한 나름대로의 계획이 있었기 때문이다.

나는 그 동안 열심히 일 해 준 직원 15명에게 무이자로 자금을 빌려주면서 '둘둘치킨' 의 간판을 걸게 했다. 이것이 체인 사업을 시작한 계기가 됐고, 지금까지 사업을 성공적으로 추진해 오는 밑거름이 됐다. 직원과 함께 발전해 가야 한다는 신념이 결실을 맺은 것이다.

이렇게 상호 협력을 토대로 발전시킨 '둘둘치킨' 은 그 험난한 IMF의 파고를 힘차게 넘어서 대한민국의 대표 외식 프랜차이즈로 성장하였다. 미국, 일본, 중국 등 세계로 나아가는 한국의 자랑스러운 맛으로 사랑받게 된 것이다. 외국 브랜드가 밀려오는 이때에 오히려 외국 업체에 단 한 푼의 로열티도 지급하지 않는 순수 토종 치킨을 이만큼 성장시켜 온 데에 나는 큰 자부심을 느낀다.

고아들의 치킨아저씨

"엄마, 엄마!"

열댓 명의 꼬마들이 우리 치킨 가게에서 웅성거리고 있었다. 아이들은 하나같이 똑같은 옷을 입고 있었는데, 몹시 궁색해 보였다.

아직 손님이 들기에는 이른 시간이었다. 이상해서 유심히 바라보니 '엄마'라 불리는 이는 젊은 아가씨가 아닌가. 게다가 치킨을 단 한 마리 주문했다.

'저들에게 특별한 사연이 있겠구나.'

나는 그렇게 생각하고 치킨을 넉넉히 주었다. 넉넉히 주었지만 치킨 한 마리는 순식간에 사라졌다. 먹성 좋은 아이들 열댓 명에게 치킨 한 마리는 가당치도 않았던 것이다.

"아가씨, 이 아이들은 누굽니까?"

나는 궁금해서 물어보았다. 그러자 아가씨는 빙그레 웃으며 대답했다.

"예, 모두 고아원 아이들인데 닭 좀 먹이러 왔습니다."

나는 아무 말 없이 치킨 몇 마리를 무상으로 제공했다. 아이들이 양껏 먹을 수 있었으면 하는 마음뿐이었다. 아이들은 환호성을 울리며 신나게 먹기 시작했다. 여선생은 나에게 거듭 고맙다는 인사를 했다.

그들은 남산 숭의여전 옆에 있는 군경유자녀원에서 온 아이들로, 주로 군경유자녀들로 구성된 고아들이었다.

고아원에는 60명 정도의 아이들이 있다고 했다. 나중에 알아보니 고아원 총무 일을 보는 사람이 나와 동갑내기다. 그의 어머니가 원장으로 있었고, 3대째 계속 내려온 가업이었다. 거기서는 성인이 되어 자활하기 전까지 유치원, 초 · 중 · 고등학생 고아들을 돌보고 있었다.

나는 1991년부터 한 달에 한 번씩 셋째 일요일에 치킨 30마리를 들고 고아원을 방문한다. 큰 도움이 되진 않겠지만 나름대로 그들을 돕고 싶었다. 고생과 배고픔을 경험한 사람으로서 그냥 눈감고 지나칠 수가 없었다. 한 달에 한 번이라도 아이들이 치킨을 실컷 먹게 하고 싶었다.

아이들은 나를 '치킨아저씨' 라고 부른다. 내가 가면 아이들이 그렇게 좋아할 수가 없었다.

치킨을 들고 고아원을 방문하는 날이 되면 아이들은 멀리까지 마중 나와 나를 기다렸다.

"치킨아저씨, 어서 오세요!"

"치킨아저씨, 고맙습니다!"

나는 아이들과 친해지고자 노력했고, 아이들도 나를 스스럼없이 대했다. 그럴수록 더 자주 방문하지 못하고, 더 많은 도움을 주지 못하는 내가 부끄러웠다. 그래서 형편이 되는 대로 겨울철

난방 연료로 사용하는 석유를 지원하기도 했고, 고아원 수리하는 데 작은 도움을 주기도 했다.

아이들은 내가 방문할 때마다 고사리 같은 손으로 쓴 편지로 감사의 마음을 전했다. 특히 은행잎으로 정성껏 만든 엽서를 받았을 때는 가슴이 뭉클하고 흐뭇했다.

그 동안 사회에 나간 아이들은 월급을 타면 잊지 않고 꼭 우리 가게에 찾아왔다. 그들은 나를 떠올리면서 여건이 허락되는 대로 어려운 사람들을 돕는다고 했다. 그들의 장성한 모습을 보면 별로 해 준 것이 없는데도 큰 보람과 정을 느낀다.

나는 나 혼자 힘으로 살아왔다고 생각하지 않는다. 모두 주위의 인정과 도움이 있었기 때문에 오늘의 내가 있다고 생각한다. 조그마한 베풂과 나눔이라도 결실이 있기 마련이다. 그것이 보태져 이 사회를 풍요롭게 만든다.

고생한 끝에 자수성가한 사람은 자신의 소유에 집착하는 경향이 더러 있는데, 그것은 결코 바람직하지 않다고 본다. 고생한 만큼 베풀 줄 알아야 한다.

기본적으로 기업은 사회 환원을 염두에 두어야 한다고 생각한다. 거창한 기업철학이 아니더라도 사회가 풍요로워야 기업도 잘 되는 것이 아닌가. 기업의 성공도 사회의 혜택이라고 할 수 있다.

주위를 조금만 둘러봐도 봉사할 기회는 얼마든지 있다. 가까운 데서부터, 인연이 닿는 데부터 지금 바로 실천에 옮기는 것이 중요하다. 누구라도 '치킨아저씨' 가 될 수 있는 것이다.

도전과 응전의 연속, 정치에 입문하다

사업이 번창해 나가며 정신없이 돌아가는 일상 속에서도 순간 순간 나를 돌아보게 되었다. 고향을 등지고 서울로 올라와 수십 년간 고생했던 나날들이 주마등처럼 스쳤다.

불현듯 이만큼 성공을 거둔 것이 모두 내 주변의 이웃과 이 사회가 도와준 덕이 아닌가라는 생각이 들었다. 그래서 미력하나마 국가와 민족에 봉사하고 지역사회 발전에 기여하는 일이 무엇일까를 고민했다.

그러던 중, 평소 고아원 등 어려운 이웃에 대한 작은 후원 활동을 눈여겨보던 지역 정치인들이 추천하여 1995년 지방선거에 중구 구의원 출마를 결심하게 되었다.

선거전은 점점 과열되어갔고 하나의 유기체와 같은 정치라는 것은 정말 변화무쌍하였다. 결국 어느 순간 다른 후보가 공천을 받는 상황에 이르렀다. 이처럼 나의 첫 정치 역정은 한마디로 사면초가에 몰리는 위기 그 자체였다.

이대로 무너질 수 없다는 생각으로 고민 끝에 무소속 출마를 선언하였다. 그리고 구민들께 지역사회 발전을 위한 나의 뜻을 알려야 한다고 생각했다. 결과는 6명의 출마자 중 3위를 기록하며 정치 역정의 첫발을 내딛었다.

구의원 낙선은 정치인으로서 내 인격을 더욱 성숙시키는 계기가 되었다. 낙선은 내 자신을 뒤돌아보며 어떻게 하면 보다 나은 중구를 만들고, 또 구민을 행복하게 할 수 있는가에 대하여 더 큰 숙제를 남겨 주었다.

더 많은 분들을 만나보고 그분들의 목소리에 귀 기울여 밤낮을 가리지 않고 중구의 이곳저곳을 살폈다. 그 결과 1998년 6월 지방선거에서 당선되어 제3대 중구의회에 입성하는 기쁨을 맛보았다.

'중구의 마당발' 이란 내 별명처럼 나는 필요한 일이 있으면 언제 어디라도 달려가 문제가 해결될 수 있도록 노력했다. 설사 일이 잘 풀리지 않을지라도 함께 고민하여 어려움에 빠진 많은 분들의 마음을 헤아리려 노력했다.

그 결과 구의원을 거쳐 시의원에 당선되어 보다 폭넓은 정치활동을 펼치게 되었다. 특히 복지와 교육문제의 전문가로 다양한 활동을 전개해 나가면서 정치적 역량을 쌓았다. 그리고 지방정치의 중심이라 할 수 있는 민선 구청장에 도전하여 제2의 고향인 중구를 진정한 서울의 중심으로 키워야 한다는 결심을 굳혀 갔다.

중구민의 일꾼 '중구청장'이 되다

시의원으로 중구민을 위해 밤낮없이 봉사하고 활동하다 보니 더 큰 틀에서 중구민들을 위해 봉사할 기회가 생겼다.

2006년 7월 1일은 내 인생의 또 다른 막이 오르는 순간으로 기억된다. 제4회 전국동시지방선거에서 13만 중구민의 성원으로 구청장에 당선된 것이다.

민선 4기 정동일 호(號)는 '강한 중구, 행복 중구'를 향한 여정을 시작하게 되었다.

수십 년간 중구민으로 살아오고 중구에 터전을 잡고 사업을 키워나가면서 중구만이 가진 강점과 아울러 반드시 풀어나가야 할 문제점들을 누구보다 잘 알고 있다고 생각했다.

한동안 중구는 600년 고도 수도 서울의 중심으로서 대한민국 경제 · 금융 · 문화 · 관광 · 쇼핑의 핵심적인 역할을 해 왔다. 하지만 지난 6, 70년대의 도심개발 억제 정책과 상대적으로 부각된 강남 등의 발전으로 중구는 점점 도심의 기능을 상실한 채 쇠락의 길을 걷게 되었다. 이러한 상황에서 나는 무엇보다도 더 많은 사람들이 우리 중구에서 편안하고 만족해하며 생활하고 사업할 수 있도록, 이 중구라는 큰 그릇을 키워야겠다는 신념으로 정책 개발에 매진하고 있다.

하나하나 축적된 노하우가 역점사업이라는 틀을 갖추어 진행되었고, 7대 역점사업이라는 핵심과제를 선정하여 강력하게 추진하고 있다.

나는 누구보다도 중구를 사랑하는 구청장으로서 그간 중구의 낡은 이미지를 거둬들이고 진정한 서울의 중심으로 새롭게 도약하여 경제 · 문화 · 교육 · 복지 · 환경 등 다방면에 걸쳐 눈부신 발전을 이뤄 내겠다는 각오와 열정으로 최선을 다하고 있다.

사람들은 나를 만나면 '효도구청장, 소나무 구청장, 교육구청장' 이라고 말한다. 그 말을 듣는 게 참으로 기쁘고 보람되다.

때를 기다리며 항상 준비하는 마음으로

나는 공부할 때를 놓치고 수십 년이 지나서야 다시 공부를 하게 되었다. 계속해서 확장되는 사업과 정치에 입문하면서 정신없이 지냈다. 그런 와중에서도 언제나 마음 한구석에는 배움에 대한 미련이 남아 계속 나를 자극했다.

어느 정도 생활이 안정된 1995년, 수도학원을 다니면서 공부를 다시 시작했다. 사업과 정치활동을 병행하면서 다시 학업을 시작한다는 것이 만만한 일은 아니었지만, 지금이 아니면 다시는 할 수 없다는 심정으로 틈나는 대로 공부에 매진하였다.

이윽고 고입 검정고시를 거쳐 대입 검정고시에 합격하였다.

합격증을 받아 든 그날, 25년 전 망설임 끝에 검정고시 학원 앞에서 눈물을 머금고 뒤돌아서야만 했던 시간을 떠올리며 흐르는 눈물을 멈출 수가 없었다.

마침내 자식뻘 되는 어린 학생들과 함께 대학입학 수학능력시험을 치러 동국대에 입학하여 꿈에도 그리던 대학생활을 시작했다. 그 후 동국대 행정대학원 행정학 석사, 연세대 행정대학원 정치학 석사, 동국대에서 정책학 박사 과정을 마치는 등 끊임없이 배움에 대한 열정을 불태웠다.

남들과 같이 정상적인 교육 과정을 밟지 못한 나였기에 점점 더 배움에 대한 열망이 커 박사 과정까지 쉬지 않고 끝마칠 수 있었다. 덕분에 대학에서 배운 전공을 구정에 접목시켜 더 많은 결실로 꽃피울 수 있었다.

때로는 지치고 이 정도면 됐다고 생각할 때도 있었다. 하지만 한 단계씩 한 단계씩 올라가며 맛보는 배움의 기쁨은 내가 이만큼 오기까지 가장 큰 힘이 되었다.

지금 이 순간에도 힘들게 일하며 짬을 내어 학업에 매진하시는 분들이 참 많은 줄 안다. 고학을 한 선배로서 꼭 당부하고 싶은 점은 인생이란 참으로 긴 여정이며, 한 순간 한 순간 최선을 다하다 보면 반드시 기회가 찾아온다는 것이다.

모든 사람에게 기회가 찾아오긴 하지만 어떤 이는 눈앞에서 놓치기도 하고, 또 다른 이는 소중한 기회가 온 것조차 모르고 지나가는 경우를 많이 볼 수 있다. 이런 점에서 때를 기다리며 항상 준비하는 마음으로 하루하루를 살다보면 '진인사대천명(盡人事待天命)'이란 말처럼 언젠가는 반드시 기회가 올 것이다. 또한 그 기회를 또렷하게 볼 수 있는 혜안을 갖게 될 것이라 확신한다.

세상이 공평한 것은 힘든 시련을 겪어 낸 이들만이 진심으로 상대의 아픔을 이해할 수 있을 테니, 지난날의 시련이 오늘날 값진 선물로 돌아오지 않나 싶다.

늦었다고 생각하지 말고, 특히 해낼 수 있다는 자신감을 가지고 학업은 물론 매사에 적극적으로 살기를 바란다.

늘 깨어서 도전하는 인생은 아름답다.

마음은 아직 팔팔한 2,30대인데 벌써 50대 중반을 넘어섰다.
앞으로 남은 생애 동안 해야 할 일이나 이루고 싶은 일이 많은 만큼
진로 점검을 겸하여 시련과 성취로 이루어진 지난 삶의 발자취를
반추해 보는 것도 나름대로 의미 있으리라고 본다.
직업 활동으로는 전문 기술자로서 기계, 전기, 소방 설비 분야의 설계 · 감리 · 점검 업무를 수행하는 업체인 ㈜청우이엔지 대표이사로 12년 전부터 주로 소방용역사업에 종사해 오고 있다.
종교적 신념에 따라 정직 · 진실 · 근면 · 순결 · 성실의 덕목을 추구하는 한편, 술 · 담배 · 커피 · 홍차 및 외도를 멀리하는 점이 사업상 상당한 약점이 될 수도 있으나 관련 전문 분야의 3종목 기술사 자격이 전문기술 분야 사업의 밑바탕이 되고 있고, 인정해 주고 도움 주시는 고마운 분들과 훌륭한 사업 동료들 및 임직원들이 있어서 큰 힘이 되고 있다.

진리와 생명과 성공

이원강 ㈜청우이엔지 대표이사 · 전국 검정고시총동문회 부회장

· 한양대학교 공과대학 기계공학과 졸업

· 서울시립대 도시과학대학원에서 방재분야 공학석사

· 전주대학교 대학원 공학박사 과정

· 서울시립대 대학원 재난과학박사 과정

어린 시절의 집안 환경

나는 도산서원에서 4km 정도 더 들어가서 낙동강 건너편에 있는 '내살미' 라고도 하는 경북 안동시 도산면 원천리에서 4남 1녀의 셋째 아들로 태어났다.

집안은 선생(퇴계) 할아버지의 후손이라는 자부심이 면면히 이어져 오기는 하나 증조부는 글을 가르치는 선비이셨지만 조부께서는 평생 한량이셨다. 때문에 없는 살림에 할머니와 자식들인 윗대 어른들의 고생은 당시의 시대적인 어려움에 더하여 더욱 심하였다. 집안 장남이면서도 불과 9세 때부터 입에 풀칠을 위해 머슴살이를 시작했다는 아버지는 젊은 시절 얼마 동안 잡화

점의 점원을 한 것 이외에는 평생 농사일만 하셨다. 겨우 한글을 읽으시는 어머니는 시집 온 후 친정아버지께서 딸이 사는 것을 보러 처음 방문하셨을 때, 식사 대접할 곡식이 없어서 옆집에 빌리러 갔다가 그 집 부엌에 있던 이웃 할머니 앞에서 너무 서글퍼 엉엉 울었다고 한다. 그런 가난 가운데 가정을 이룬 부모님은 억척스런 노력으로 농사를 지으셔서 전답과 집도 마련하였고, 가끔 돈 꾸러 오는 이웃이 있을 만큼 먹고는 사는 정도의 집안이 되었다.

이 세상에서 내가 가장 존경하는 분인 아버지는 평소에 '작인(作人)이 되라.' 고 가르치셨다. 그때마다 몸 안에 전율을 느끼면서 속으로 그러리라고 다지곤 하였다. 그 작인이란, 양심 바르고 알곡처럼 충실한 삶 정도로 여겨졌으며, 가장 훌륭한 사람이 되고 싶었다.

소중한 경험과 인생에 대한 질문

어린 시절 동안 소중한 감상적인 경험 세 가지가 있었으니, 삶의 중요한 자양분이 되었다.

첫째는, 10살 때 어머니랑 길쌈하시던 모습이 눈에 아련한 할머니께서 돌아가셔서 장례를 치르는 온 가족과 함께 나도 덩달아 많이 울었던 적이 있다. 처음으로 죽음이라는 것을 보게 된 나는 사람이 태어나서 부모의 보살핌으로 자라고, 장성하여 가족을 이루며 살다가 늙어 죽어서 이 세상을 떠나는데, 사람은 죽은 후 어떻게 되나 하는 진지한 의문을 갖게 된 것이다. 그렇다면 먼저 돌아가신 할아버지나 그 윗대 수많은 대대의 선조들은 모두 어디로 가셨을까? 나의 의문은 계속 마음속에서 솟구쳐 올랐다. 나중에 어른이 되어 지식과 이해력이 넓어지면 그때 언젠가는 알게 되기를 기대하면서 그 의문을 마음속에 담아 두었다. 이유는 그 당시 부모님이나 주변 어른들은 주어진 삶을 성실히 사실 뿐 그런 질문에 대한 답을 갖고 있지 않았기 때문이다. 나는 나중에 꼭 알아봐야겠다는 간절한 소망과 의지를 지니고 있었다.

둘째로는, 어린 시절 봄철에 울 밑에서 소록소록 솟아나오는 새싹들을 유심히 관찰하면서 생명의 신비에 커다란 감명을 받은 적이 있다. 어떻게 씨앗에서 싹이 나서 자라는지, 그리고 넝쿨이나 나무가 되고 꽃이 피고 열매를 맺어 그와 같은 씨앗을 또 만들어 내는지, 호박이나 나팔꽃은 어떻게 그 줄기에서 손을 내밀어 울타리를 붙잡으며 위로 올라가는지, 누가 그렇게 하도록 가르쳐 주었는지, 아무리 봐도 신기하기 그지없었다. 신비로운 생명 현상의 근원은 무엇일까? 그 시절에 느낀 생명의 신비에 대한 감동은 가슴이 벅찰 지경이었다.

셋째로, 시골의 밤하늘은 쏟아질 듯한 별들 때문에 너무나 아름다웠다. 별들 사이에서 순식간에 하얀 줄을 긋고는 사라지는 별똥별은 얼마나 많은지, 하늘의 커다란 신작로 같은 은하수는 어떻게 그런 모습을 하고 있는지, 그리고 무엇보다도 별들이 끊임없이 깜박이고 있었는데 내 눈에는 분명 뭐라고 속삭이는 것 같았다. 저 별들이 나에게 속삭이는 말은 무엇일까? 그것이 너무나 궁금할 뿐 알 길은 없었다.

조물주가 계시다

중학교 다닐 때, 과학시간에 보이지 않는 인력의 끈으로 태양에 매달려 공전과 자전을 규칙적으로 계속 하고 있는 지구와 여러 위성과 행성에 대해서 배웠다. 그때 나는 그 조화로움과 위대함에 참으로 경이로움을 느끼지 않을 수 없었다. 그런데 중학교 2학년 때쯤 어느 글에서 "삼라만상을 창조하신 조물주의 솜씨가 참으로 오묘하다……."라는 구절을 읽었을 때, '조물주'라는 단어를 나는 처음 접하게 되었다. 그리고는 마음속으로 탄성을 질렀다.

"맞다! 그분이 바로 조물주다."

'조물주'나 '창조주'라는 절대자의 그 호칭을 그때 처음 접하고는 그 말이 참으로 가슴 깊이 큰 기쁨으로 다가와 새겨졌다.

삼라만상과 인생이 존재하게 하고, 생명의 신비와 조화를 있게 하신 분이 바로 창조주라는 사실과 특히, 밤하늘의 별들이 그토록 나에게 깜박임으로 속삭인 그 속삭임이 바로 "조물주가 계신다."라고 반복하는 그 말이었음을 그제야 깨닫게 되어서 얼마나 기뻤는지…, 매우 중요하고 오래된 수수께끼 하나가 풀리는 그런 기쁜 순간이었다.

그런데 자연 현상을 통해 조물주의 실재성은 분명하게 느끼고 알 수 있었지만 그 존재의 형상이나 성격은 알 수도, 상상할 수도 없어서 그저 막연하기만 했다. 언젠가는 풀어야 할 조물주와 관계된 '인생의 의미와 목적은 무엇인가'에 대한 의문은 여전히 가슴속에 남았다.

고교 진학 실패 후의 외로운 객지 생활

근면하신 아버지는 일을 하든 공부를 하든, 둘 중에 하나는 해야지 놀아서는 안 된다고 가르치셨다.

농촌 일 중 소 먹이는 건 그나마 쉬웠다. 꼴 베다가 손가락을 베는 일은 부지기수였는데, 지금도 흉터로 남아 있다. 뙤약볕 아래 밭에서 김매는 건 나로서는 너무나 감당하기 힘든 일이었다.

한학을 공부한 큰형님은 내게 기대하며 말했다.

"너는 집안에서 제일 공부를 잘하니 집안이 어려워도 열심히 하면 대학에 보내 주마."

사실 나는 힘든 농사일이 하기 싫어서 회피 수단으로써 억지로 공부하는 척하던 때가 많았는데, 그 때문에 그렇게 인정받았는지도 모른다. 나는 공부하는 흉내만 낼 뿐 사실 공부 요령도 몰랐다. 주위의 어떤 자극이나 일깨움도 없어서 방 안에서 밥상 위에 책만 펴놓고 앉았기만 했지 온갖 상념이 오락가락하여 공부가 잘되지는 않았다. 상상이 지나쳐서 집중력이 매우 떨어진 그런 상태였는데, 그래도 막연하게나마 자신이 가능한 한 최선으로 될 수 있는 존재에 대한 꿈과 욕구는 가지고 있었다. 자신의 분수나 형편이 어떻든 간에 최선의 것이 아니면 만족할 수 없는 내면적인 욕구를 지니고 있었던 것은 어쩌면 하나의 타고난 기질이 아니었을까 여겨지기도 한다.

성적이 우수하지 않았기 때문에 만족할 수 없는 그에 맞는 학교에 진학해야 했다. 담임선생님의 설득에도 불구하고 분수에 맞지 않게 그 지역에서 제일가는 학교가 아니면 안 간다며 끝내 그 고등학교에 지원했다. 염려한 대로 나는 고등학교 입학시험에 낙방하였다. 그때 나는 처음으로 좌절을 맛보았다. 사랑마루의 기둥을 붙잡고 혼자 울었던 기억이 지금도 생생하다. 당시 시골에서는 진학을 위해 재수한다는 것은 들어 본 적도, 생각할 수도 없었다. 그래서 나는 일단 직업 전선으로 나갈 수밖에 없었다.

다행히도 큰형님께서 기술학원 다니기를 권하여 일단은 기술을 배우기로 했다. 나는 안동 시내에 있는 'TV 전기기술학원'을 수료했지만 만족하지 못하여 학원 동료들과 함께 당시 서울 청계천에 있는 '문화 TV학원'에 다시 등록하여 수료하였다.

한번은 큰형님이 부모님의 뜻에 따라 서울 보낸 동생을 뒷바라지하기 위해 시골의 살림 밑천인 소 판 돈 8만 원을 가지고 당시 자취하고 있던 서울 답십리에 오셨다. 그런데 형님은 기차 안에서 그만 소매치기를 당하고 말았다. 형님은 친구들이랑 같이 지내는 자취집에 들어오지도 못하고 나를 불러내어 근처 어느 집 담장 밑에 앉아서 그 사실을 털어놓고는 얼마나 속이 상하셨는지 우셨다. 나를 돕기 위해 이처럼 헌신하신 부모님과 형님이 얼마나 고맙고 감사한 분들인지 지금도 가끔 생각하면 콧등이 시큰해진다.

학원 수료 후, 나는 직장 두 곳을 거치며 경험을 쌓았다. 그 후 19세 때, 친구들과 동업하여 인수한 은평구 대조동에 있는 현대전파사에서 기사 겸 종업원으로 일했다. 처음에는 라디오 및 전기부품 가게 수준이었고, 나중에는 좀 더 커져서 TV, 냉장고 등 가전제품 수리와 판매, 소규모 주택과 상가의 전기공사, 조명기구 및 전기기기 판매 등의 일이었다.

나는 우주 속의 미아인가

아침에는 사장이 싸 온 도시락을 먹고 일하고, 밤에는 점포에서 야전 침대를 펴고 혼자 잤다. 어린 나이의 객지 생활인지라 외로움과 향수에 젖는 날이 많았다. 고향의 부모님을 생각하면서 망향가를 불렀고, 눈물로 지내는 날이 하루 이틀이 아니었다. 그러는 동안 사랑하는 내 육신의 부모는 시골에 계시는데, 내 영혼의 부모는 누구이며 어디에 있는가 하는 의문이 줄곧 머릿속을 떠나지 않았다. 어린 시절에 품었던 '사람이 죽으면 어떻게 되는가', 즉 '사람의 존재와 삶의 의미는 무엇인가' 하는 생각이 점점 강력해졌다.

일상 속에서 사람들과 같이 어울려도, 주변의 친구들과 밤 깊은 줄 모르고 개똥철학을 논하는 그 순간에도 마음속의 그 외로움은 결코 덜어지지 않았다. 그것은 향수에 대한 외로움과는 다른 절대적인 고독이었다.

서울 생활 하면서 첫 봉급을 탔을 때, 지식에 대한 갈증을 채울 요량으로 연신내 어느 서점에서 생애 처음으로 책을 구입했다. 철학자인 하이데카의 《진리(眞理)란 무엇인가》와 니이체의 《초인(超人)의 철리(哲理)》 그리고 고려대 김민수 교수의 《국어사전》, 이렇게 세 권이었다. 두 가지 책은 제목이 너무나 마음에 들어서 구입하게 된 것인데, '진리(眞理)'나 '철리(哲理)', '초인(超

人)' 그리고 '생명(生命)' 이라는 단어에 크게 매료되었다. 내가 누구인지, 왜 이 곳에서 살고 있는지, 이생이 끝나면 어떻게 될 것인지, 인생의 의미와 목적을 알 수 있는 생명과 같은 진리를 몹시도 갈망하였다. "아침에 진리를 안다면 저녁에 죽어도 좋다." 고 한 공자의 말씀을 하루에도 수도 없이 되뇌곤 했다. 보던 책이나 일기장 또는 낙서장에는 '진리는 생명', '성공' 이라는 단어를 늘 새기곤 했다.

힘든 구도의 과정을 지나 드디어 참된 종교를 찾음

내가 지닌 인생의 근본 의문에 대한 해답을 철학에서 얻기를 기대하고 관련된 책들을 손에 닿는 대로 탐독했다. 결국 유심론, 유신론, 유물론 등으로 구성된 철학은 인생 문제에 해답을 찾는데 얼마간 유익하기는 하나 충분한 도구도 아니며, 만족스런 목적지도 아니었다. 철학으로 인생의 근본 문제를 해결하려는 것은 마치 부지깽이나 지게 작대기로 하늘의 높이를 재어보려고 애쓰는 이의 형상이라는 생각이 들었다. 내가 찾는 집은 찬란한 빛과 생명이 넘치는 영광의 궁전인데, 철학은 시골의 초가집이나 기껏해야 기와집 정도로 비유할 수 있었다. 그래서 종교에 관심을 가지고 인류의 위대한 스승인 공자, 석가, 예수의 생애와 가르침을 공부하게 되었다.

유교의 공자님은 참으로 하늘을 경외하는 뛰어난 도덕 생활 스승이다. 그러나 한 제자가 사후의 세계에 대해 질문했을 때, "나는 이생도 잘 모르는데 내세를 어떻게 알겠는가?"라고 밝히신 바와 같이, 하늘을 대신해서 인생의 근본적인 의미와 목적을 가르치는 입장이 아니었다.

불교의 시조이신 석가의 생애를 살펴보면, 그분은 '사람이 왜 생로병사의 고통을 겪는가, 그리고 이러한 고뇌를 벗어날 길은 없는가.' 라는 것이 주된 주제였다. 조카 아난다가 죽음 이후의 세계에 대해 묻자 석가는 "나는 모른다."라고 솔직하게 대답하셨다. 사람이 사는 목적과 죽음 이후의 상태가 어떤지 그분이 해답을 갖고 있지 않았음이 확인되었다.

예수 그리스도의 생애는 그 어느 성인과는 달리 인류 역사상 아주 특별한 삶을 사셨는데, 수백 년 전의 탄생 예언, 기적적인 탄생 과정, 많은 병자를 고치는 등의 이적, 지혜와 권능과 권세의 가르침, 자신의 신분을 하나님의 아들 · 길 · 진리 · 생명이라고 밝힘, 33년의 짧은 생애로써 예언대로 인류의 죄 대속 위한 무고한 사형과 3일 만의 부활과 승천, 제자들이 목숨을 바쳐 이를 증인한 사실 등은 놀라운 일이 아닐 수 없다. 인류의 희망이 있다면 바로 예수 그리스도라고 믿게 되었다.

그런데 문제는 사도 바울처럼 예수 그리스도와 직접 대면하는 계기가 없다면 그분과 나 사이의 안내자로서 교회나 종교 지도자가 있어야 할 텐데, 그렇다면 어느 교회의 그 누구인가 하는 것이 문제였다.

여호와의 증인들과 성경공부 과정도 가졌고, 주로 개신교회에도 참석해 보며 신학서적으로 공부도 하였다. 그 중에서 '삼위일체론' 은 세 분이 한 몸이 되었다가 분리되었다 하는 모습이 되니, 하나님은 상상하기 어려운 모호한 존재가 되어 매우 혼란스러워졌다.

교리로 구원의 원리, 원죄의 문제, 예정설과 만인구원설, 나의 운명과 의롭게 사신 공자나 석가 및 퇴계 할아버지를 포함한 조상들의 구원 여부 등에 대해 속 시원하게 알려 주는 종교가 없어서 매우 번뇌하게 되었고, 참된 진리를 갈망하는 심한 홍역을 치르고 있었다.

이때, 우리가 인수받기 전에 현대전파사를 운영하셨던 이호정 사장님이 오랜만에 오셔서 신학서적을 통해 사실과 다르게 알고 있었던 예수 그리스도 후기성도(몰몬교)의 선교사를 소개해 주셨다. 순수한 눈을 가진 고결한 인품의 선교사들을 만나 보니, 세상에 천사들이 있다면 바로 이들이라는 느낌까지 들어 그들을 거절할 수 없었다. 그들의 진실한 간증에 힘입어 성경과 몰몬경을 중심으로 토론을 이어갔는데, 한참 후에야 '교리와 성약' 및

'값진 진주' 라는 경전을 읽게 되었다. 나는 그 내용에 크게 감화받으면서 성신의 임재를 강하게 느꼈는데, 하늘에서 온몸을 통과하여 땅으로 쏟아지는 억센 소나기처럼 강한 전율의 흐름을 느끼며 행복과 기쁨에 싸였으며, 드디어 영혼의 오랜 갈증이 완전히 해소되었다. 그때 너무 기뻐 외쳤다.

"하나님, 이제 됐습니다. 찾았습니다. 이것으로 됐습니다!"

이제 구하던 핵심 진리는 응답받아 얻었지만, 아직 신앙은 굳건하지 못했다.

군 입대를 앞두고 주님과 성약을 맺고 계명을 온전히 지킬 자신이 없어서 침례를 미루고 있었다. 그런데 나중에 다시 만난 새로운 선교사에게서 계기를 얻어 회개하고는 1976년 2월에 죄의 씻음과 성약의 상징으로 침례를 받게 되었다.

영원한 행복을 주는 너무나 귀중하고 복음 진리인지라 주변 친지들에게 전하고 싶었지만, 사람마다 생각이 다르고 더욱이 복음에 관심을 두는 이가 드물어 적극적으로 알리는 일은 자제하게 되었다.

한편, 참된 복음을 알게 되어 종교에 귀의했더라도 사회적인 생활을 영위하는 일과 장래 가족의 생계를 책임져 나가는 과제에서 해방된 것은 아니므로, 세상에 나아가 더욱 충실히 이마에 땀 흘릴 것이 요구되었다.

각종 기술자격증 취득

군에 가기 전에 몸담고 있던 현대전파사를 친구들과 셋이서 동업으로 인수 받을 당시, 시골에서 부모님을 설득하여 소 판 돈 30만 원을 조달하였다. 그 전까지 군대 간다는 생각은 막연했는데, 막상 신체검사를 받고 보니 현실로 다가온 문제였다. 군에 갔다 오면 기술 분야는 더욱 발전할 것이어서 제대 후 적응이 염려되었고, 당시 운영하던 전파사로서는 장차 가족을 부양할 수 없다고 판단되어 다른 방도를 마련해야 했다. 그래서 동업 친구들에게 양해를 구해서 투자된 내 몫을 인계하기로 하고, 그 돈으로 냉동기술 및 보일러기술학원에 다니며 장차 생계를 보장 받을 수 있는 자격증 취득 공부에 열을 올렸다.

1973년 말 국가기술자격법이 제정되었는데, 기능사 2급, 기능사 1급, 기사 2급, 기사1급, 기능장, 기술사 체계로 되어 있었다. 학력이 없어도 기능사보에는 응시가 가능했지만 기능사 1급이나 기사 2급만 해도 전문대를 졸업해야 응시 자격이 주어져 나로서는 그런 기술 자격이 아득히 멀고 높게만 느껴졌다. 그래도 언젠가는 최고 기술자가 되고 싶다는 소망을 갖게 되었다.

그런데 당시 보일러 폭발사고가 많던 시절이라서 원동기 취급단속법 규정에 의해 원동기 취급기능사 1급 자격자 수요가 많아 과학기술처에서는 특별히 인정하는 학원의 교육 과정을 이수하면 응시 자격을 부여하는 제도가 임시로 시행되었다. 나는 이를 이수하고 응시하여 1975년 12월 31일에 다행히 이 자격을 첫 번째로 취득하였다. 이것으로 다른 시험까지 볼 수 있는 자격을 얻게 되었다. 그래서 위험물취급기능사 2급, 열관리기능사 2급, 공해관리기사 2급 자격시험에 연이어 합격하고는 군에 입대하였다.

보일러 병으로 군 입대

자대 배치 대기 중에 같은 고향 출신의 인사행정병이 배치 희망 부대를 물어서 훈련 동기 한 명과 같이 고향과 가까운 사단본부를 신청하였다. 그러나 나는 원하던 곳이 아닌 아주 먼 강릉에 있는 부대로 전입하게 되었다.

처음에는 실망했지만 막상 그 곳에 가보니 현대식 막사였고 대형 보일러실도 있었다. 마침 담당 보일러 기술병이 제대를 앞두고 있었다. 신입병을 인솔하였던 인사 참모는 나를 기다렸다며 반겨 주었다. 참 다행이다 싶었지만, 당시에 구타 근절 문화가 뿌리내리려는 즈음이었음에도 열외병이 되는 나에게 군기 잡아야 한다며 본부대 내무반에서는 없어졌던 신고식을 부활시켜 호된 구둣발 세례의 신고식을 치르고는 힘든 내무반 생활이 이어졌다.

나중에 보일러 및 배관병과로 주특기가 변경되었으나, 처음에는 보급병과여서 보급업무와 내무반 생활 그리고 야간에는 보일러 가동 업무를 함께 하게 되었다. 전입 초기에는 행군하면 선두 대열에서 달렸는데, 겨울철이 되어 야간에 보일러 운전업무를 겸할 때는 행군 도중에 기진하여 쓰러질 만큼 체력이 약화되었다.

원래 보일러병은 하절기에는 급수병으로 업무를 보며 4계절 열외였는데도 나에게는 유류 보급 행정업무와 겸하도록 요구되어 초반기에는 고되기 그지없는 군 생활이었다. 그러다가 군 생활 후반기에 접어들면서 다행히 원하던 대로 보일러 업무만 보게 되었고, 그때부터 정식 열외병이 되었다. 그래서 나는 임무를 수행하면서도 성경 등 경전 공부와 기술자격 공부를 할 수 있었다.

유류 보급 업무를 볼 때는 처음에는 모르고 지나칠 때도 있었지만 원칙대로 운행거리를 근거로 손실 없이 관리했는데, 내가 그 일에서 손을 놓게 되자 이제 잘 돌아간다며(마빠구 칠 수 있게 되어 - 운행시 스페어 기름통의 기름을 빼다 민간에 조금씩 넘겨주고 돈 쓰는 일) 수송대 운전병들이 좋아하였다. 그리고 그 후 대관령 새 막사에서는 보일러의 효율적인 운영으로 난방 유류를 인가된 양보다 크게 절감하여 나중에 보급관의 승진심사 때 주요 공적으로 올라가기도 했다.

제대 무렵, 군 경력으로 위험물취급기능사 1급, 고압가스냉동기계기능사 2급 및 열관리기사 1급을 취득하였고, 제대 후 환경

관리기사 1급을, 그리고 그 후 공조냉동기계기사 1급을 취득하였다. 아마 확인한다면 중졸 학력으로서 기사 1급 자격을 취득한 최초의 기록이 될 터인데, 더 빠른 코스가 없었기 때문이다.

그 후에 대학 재학 중에 간간히 소방기사와 전기기사 시험 준비도 했지만 아쉽게도 공부만 하고 자격 취득은 하지 못했다.

직장 생활과 대학 진학

군대에 가기 전에 종로 3가에 있는 미동냉동학원과 종로 5가에 있는 제일원동기학원을 다닐 때, 광화문 근처에 있는 대학입시학원인 종로학원, 대성학원 등을 본 적이 있었다. 거기 드나드는 사람들은 왠지 나와는 차원이 다른 사람들 같았고 부러움의 대상이었다. 언젠가는 대학 진학을 해야 되겠는데, 그건 40대쯤 생활이 안정되면 해야지 하는 막연한 생각을 가지고 있었다.

군 제대 후, 기술자격증이 있어서 취직은 바로 할 수 있었다. 1979년 5월에 제대하고 6월에 당시 경기도 남양주에 있는 오성섬유공업사의 기관실 및 공해관리 담당 대리로 취직하여 좋은 대우를 받으며 일했다. 그렇지만 받는 대우에 비해 학력의 공백을 느꼈다. 누가 뭐라는 건 아니지만 스스로 뭔가 가슴속이 텅 빈 듯 허전하고 만족스럽지 못했다. 대학 입학 공부가 쉬운 일도 아닌데 나중에 결혼한 다음에 한다는 건 생계유지 문제를 초래할 수 있어서 아무래도 더더욱 어려울 것 같았다. 지금 미혼일 때 도전하여 결판을 내지 않으면 안 되겠다는 생각이 절박했다.

이때가 적기라고 생각한 나는 취업한 지 약 3개월 만에 공장장님께 양해를 구하여 사표를 쓰고는 짐을 챙겨 종로에 있는 독서실로 들어갔다. 그리고 고려검정고시학원에 등록하였다. 그 동안 시골 부모님한테 많은 도움을 받았고, 또 조카들 뒷바라지로도 여유가 없어서 더 이상 손을 내밀 수 없는 형편이었다. 그런데 다행히도 다니던 직장에서 사직 처리를 하지 않고 소액이지만 매월 수당을 지급해 주었다. 그래도 거주하는 독서실, 식당 식권, 학원 등록, 이 세 가지의 비용 조달이 어려워 내내 불안한 생활이었다. 그런데 환경관리 분야의 업체와 그 후에 주택관리 업체의 아르바이트 형식의 지원을 받게 되면서 근근이 생활 유지가 가능해졌다.

다음 해, 목표를 가지고 열심히 공부하여 약 7개월 만에 대입 검정고시에 합격하였다. 그러나 나는 좀 더 좋은 점수를 받고 싶은 욕심에 4개월 후 재 응시하여 높은 점수로 다시 합격하였다. 그때를 회상하면 학원에서 10개월이 넘게 같이 공부한 동료들이 그립다. 그간 생활 사정으로 서로 연락이 닿지 않아 궁금하고 아쉬움이 컸는데, 나중에 검정고시동문회에 나오면서 마음을 나누는 친구들을 갖게 되고 든든한 선후배를 만나게 되어 행복을 주는 하나의 큰 자산이 되고 있다.

나는 곧바로 예비고사를 거쳐 대학에 진학했다. 기술자격증을 소유한 산업체근로자 특별전형 제도가 있어서 학교를 선택해서 갈 수 있었는데, 건축과 전기 및 기계 분야에 다 관심이 많았지만 취득한 자격증이 주로 기계 분야였기 때문에 한양대학교 공과대학 기계공학과를 81학번으로 입학하게 되었다. 8년이나 어린 학생들과 함께 공부했지만, 나와 비슷한 이들도 꽤 있어서 다행스러웠다.

생계와 학업이 모두 여의치 않아 휴학도 해 가며 간신히 졸업하였다. 교회에서 만나 대학교 3학년 때 결혼한 아내의 격려에 힘입어 포기하지 않고 간신히 견딜 수 있었던 것 같다. 학업을 처음 시작할 때는 대학 졸업자도 취득하기 어려운 기사 1급 자격도 어렵지 않게 취득했는데, 막상 대학 공부를 하려니 생각 같지 않았다. 학업의 어려움은 마치 앞을 향해 달리다가 벽에 부딪친 것처럼 진전 없이 어려웠는데, 그나마 졸업한 것이 얼마나 다행인지 모른다.

대학 다니는 동안 휴학 중에는 아파트 관리사무소의 열관리기사로, 재학 중에는 모교 시설과의 폐수처리시설 공해관리기사 등으로 일하며 학비와 생활비를 조달했는데, 학기 등록 횟수 중 절반 정도는 부모님과 두 형님의 고마운 도움으로 등록이 가능하였다.

졸업 후 취직과 경력 관리

1986년 후반기 졸업 후 대기업체에 취직을 알아보니 연령 제한으로 응시 가능한 곳은 두 곳이었다. 그 중 공조냉동기계 업계의 선두주자였던 '경원세기공업주식회사(CENTURY)'에 다니게 되었다. 신입사원 50명을 선발했는데, 나중에 내 입사시험 성적은 그 중 두 번째였던 것을 우연히 알게 되었다. 원래 건축설비설계 분야에 종사하고 싶었고 경원세기에서도 그 분야의 일을 할 수 있다는 점을 고려해 입사했지만, 부천 공장 설계부에 배치되어 냉동기계 히트펌프 설계업무를 하였다. 나중에 이 조직은 기술연구소로 바뀌었다.

1994년, 입사동기 중 제일 먼저 과장으로 승진하였다. 공조냉동기계기술사 자격을 동기 중 유일하게 취득하였던 덕분이다. 여러 가지 기술자격증을 취득한 덕분에 사내 직업훈련소 강사나 소방법에 의한 사내 위험물취급주임 업무는 부수적으로 수행하였고, 품질관리를 도입하면서 품질관리 교육을 받고 참여하기도 하였으며, 특허 교육도 이수했는데, 이것은 후일 사업하는 데 큰 도움이 되었다. 재직 중 힘들었을 때 일본과 프랑스에 출장여행을 다녀오도록 배려해 준 것도 매우 특별하고 고마운 일이었다.

그 후 다니던 회사에서 한계를 느끼게 되면서 건축기계설비기술사 시험 합격 예정 상태에서 새로운 계기가 되어 유력한 건축 감리전문회사인 T 엔지니어링 이사직으로 자리를 옮겼다.

경원세기공업주식회사는 젊은 2세 경영인이 취임하면서 영업상 뒷돈 거래를 지양하고, 품질 중심 · 원칙 중심의 경영을 추진하였는데, 그런 영향 탓인지 그 후 IMF 경제 위기를 겪으면서 경영 악화로 사업부별로 분사되어 다른 회사로 경영권이 넘어가 참 안타까웠다.

한편, 나는 경원세기에 재직하던 기간에 1991년도부터 약 2,3년간 부평 부개동에 있는 동아아파트 입주자대표회의 총무이사로 봉사하다가, 직장생활을 늦게 시작한 공백만큼 부족한 생활비 충당을 위해 부업거리를 찾던 중 기회가 되어 아파트 마을버스 운영 책임자로 일을 하게 되었다. 인천시에 한정면허 제도를 건의하여 시행하게 하고, 열심히 정직하게 일 하여 버스운영비용 공적자금 2400만 원도 오직 스스로의 노력으로 확보했다. 그러나 경쟁업자의 상상을 초월한 험한 도발, 구청의 면허 발급 과정의 결격 사유가 명백한 경쟁업체를 면허하고 우리를 배제하는 불법 처분, 그리고 대표회의는 계약 조건에 의한 내 사업 몫의 버스운영비를 차지해 버리고 손해만 나에게 떠안게 하는 계약 불이행 등 나는 엄청난 고생만 하고 어렵게 마련한 아파트까지 날리게 되었다.

실패로 힘겨울 때, 그 어려운 상태를 탈출할 수 있었던 것은 몇 년을 공부해도 어렵다는 기술사(공조냉동기계기술사 1993.12) 자격을 공부한 지 두 달 만에 취득한 것이다. 평소 회사 업무 중에도 잡지에 게재된 출제 문제를 유심히 봐 왔던 것이 도움이 되었다. 그리고 무엇보다도 질박한 상황에서 열심히 한 아내의 기도 덕분에 하늘의 도움을 받았다고 믿고 있다.

종합감리회사에서 시작한 사업

건설 분야의 감리 사업은 국내에서 당시 여러 대형 안전사고를 경험한 다음이라서 제도적으로 감리를 강화하고 있었다. 이때에 한참 성장가도를 달리는 종합감리전문회사로서 규모로는 국내에서 다섯 손가락 안에 드는 T 엔지니어링에 비상주 기계설비 담당 이사직을 겸하면서 소방사업본부장으로 일하게 되었다. 그 당시 소방사업 분야에서 회사 이름을 사용하고 개인 사업 형식으로 할 수 있도록 배려해 달라고 사장에게 부탁해 사업을 보장한다는 조건의 사업업무계약을 체결하고는 공증을 받아 놓고 본사 업무와 병행하여 별도로 추진하였다.

얼마 후 본사와 다른 건물에 사무실을 내 수행했는데, 설계 업무는 야근도 많고 때로는 철야까지 했다. 나는 본사의 설비 감리 업무를 포함하여 소방 감리와 수주 업무로 낮 동안 밖에서 활동하고 회사에 들어오면 종합감리부에서 퇴근하는 임직원들과 마주칠 때가 많았다. 그렇게 남들이 퇴근할 때 두 번째로 다시 출근하는 셈이 될 만큼 부지런히 사업을 수행하여 어느 정도 성과를 올리며 기반을 다져가고 있었다. 이 무렵 대학에서 강사로 강의도 했는데, 무엇보다도 오직 사업에 전력 몰두하고 있었다.

그런데 사업이 막 3년째 접어들면서 수주 잔고가 20억 원 정도 되는 무렵에 회사의 사장은 돌연 이 소방사업을 흡수하겠다고 일방적으로 선언하고 나서서 심각한 갈등을 초래하였다. 돌이켜 보면 나는 공증까지 하였기에 사업계약 내용의 유효성을 원리 원칙대로 순수하게 믿었고, 사고의 폭이 보통보다 넓은 사장은 계약은 체결하더라도 언제든지 무효화시킬 수 있는 것이라고 믿었던 데서 문제가 있었던 것이다. 그 즈음 사장이 새로 임용한 경리 이사가 들어왔고, 그는 사업 특성도 잘 모르는 채 즉흥적이고 변화무쌍의 전투형 사장에게 '소방사업을 회사에서 흡수해야 한다.' 고 건의한 것이 발단이 되었다. 결국 이 문제는 법정소송까지 가는 불행을 초래했고 모두에게 고통을 안겨 준 결과가 되었다.

당초에 이 사업을 빼앗기면 나는 생존이 어렵다는 위기의식 때문에 사업계약 조건에 의한 권리를 주장하며 원리 원칙을 고집하다가 결과적으로 당초 예기치 못한 엄청난 고생과 손해를 치렀다. 나는 이 사건을 돌아보면서 갈등 발생 초기에 파트너였던 상대방의 생각을 고칠 수 없을 바에는 좀 여유를 갖고 상대방 수준에 맞추어 과감하고 유연하게 손해를 감수했으면 양 쪽 모두 겪게 된 더 큰 고통은 피할 수 있었을 것이라는 회한을 갖게 되었다.

한편, 생애에서 직면하는 고통은 피하고 싶은 것이지만, 시련 그 자체는 영혼을 정련시키는 과정이니 마음에 겸손함과 순수성을 지킬 수만 있다면 그렇게 무익한 것만은 아니라는 사실에 위안으로 삼았다.

아픈만큼 성숙하다

(주)청우이엔지(www.cwe.co.kr)로 옮기는 과정에 새롭게 사업을 수행하면서 수년간 그 전 회사와 소송에 휩싸이면서도 원자력발전소 및 화력발전소 등의 소방용역을 수주하여 수행하는 등 꾸준히 사업이 진행될 수 있었던 것은 천우신조였다. 또한 도움을 주신 분들과 훌륭한 사업 동료들과 임직원들 덕분이었으니 감사할 따름이다.

몇 년 후, 원전 사업에서도 입찰 평가 과정에서 경쟁 상대방의 부당 행위로 손해가 발생하여 또 다른 어려움을 약 2년 정도 겪었다. 이때 나는 사업의 존립 위기감에 의해 상대방의 권력 동원에는 동일한 힘으로 대응하며 원리 원칙이 위법 부당함을 당연히 우선한다는 신념에 따라 규정대로, 원리 원칙대로 해 줄 것을 허용된 방법과 절차에 따라 다른 피해 사업자와 연대하여 요구하였다. 그러나 오랜 기간의 심한 진통만 있었을 뿐 믿고 기대했던 바와는 달리 이루 말할 수 없는 실망스런 결과를 얻었다.

이런 아픈 경험을 통해서 나는 이 세상에 어느 정도의 질서는 있지만 경우에 따라 아무리 위법 부당한 사실일지라도 권력의 힘을 통해 덮기로 마음먹으면 뭐든 묻어버릴 수 있다는 것, 원리 원칙이 아니라 힘이 지배하는 왜곡된 세상에 우리는 살고 있다는 것을 다시 한 번 통감하면서, 한편으로는 그렇게 에너지 낭비까지 겹쳐 이중으로 손해를 본 와중에도 비록 어려웠지만 사업이 존속할 수 있었다는 점에서 결국은 생존을 위해 그런 피해 복구 노력에 매진할 일이 아니었음도 알게 되었다.

그간의 경험들을 바탕으로 스스로도 지나친 점이 없었는가를 반성하면서, 그 이후에는 설령 경쟁 상대방의 위법 동원으로 손해가 발생하더라도 정성껏 최선의 호소로 설득하는 정도에 그치고, 그 결과에 대해 의분을 갖지 않고 수용하는 온화한 대응을 선택하게 된 것이 과거와 달라진 점이다.

인생의 근본 문제에 대해 갈구하여 하늘의 응답으로 인해 내적인 무한한 행복을 얻은 한편, 이 험난한 세상의 삶에서 작은 성취와 더불어 커다란 좌절과 고통을 통하여 나름대로 부드러움과 겸손함과 성숙함으로 다듬어지는 과정이 아니었나 생각하게 된다.

미래의 꿈을 향하여

그 동안 소방사업 위주로 해 오면서 다행이도 최근에 새로운 분야를 개척할 수 있었다. 얼마 전에 종사하는 기술 분야 정립을 위해 서울시립대 도시과학대학원에서 방재분야 공학석사를 취득하고, 전주대학교 대학원 공학박사 과정 및 서울시립대 대학원 재난과학박사 과정을 진행하는 과정에서 소방 및 일반 겸용 비상 발전기를 개발하여 국내 및 국제특허를 출원 필하였는데, 이는 소방 또는 일반 비상용 전력부하 중 한쪽의 단일 용량으로 설치 비용이 적은, 경제성과 안전성을 만족시키는 소방 겸용 비상 발전기이다.

이것은 기존 소방전문사업자들과의 경쟁이 전혀 없는 틈새시장 부분이고, 법적인 국가화재 안전기준의 관련 규정을 실질적으로 충족시키므로 설계자와 관할 감독기관에는 안전 확보를 충족시킴으로써 그간의 불안 요소를 해소하는 것이고, 수요자에게는 안전성과 함께 설치비 절감의 유익을 제공한다. 또 특허 통상사용권을 활용할 경우 발전기 업체에도 매출 증대에 기여할 수 있으므로 그 누구도 손해되는 일이 없는 아이템이라서 좋다. 사업 운영하기 어려운 경제 환경인데, 사업상 안정을 기대할 수 있게 되어 큰 축복이 되므로 얼마나 감사한지 모른다. 더불어 기존 사업의 꾸준한 발전과 안정을 바라고 있다.

향후 평범하고 소박한 일상 가운데 경전의 가르침대로 더욱 충실하게 진리요, 생명이신 그리스도를 더욱 닮아가는 면에서 성공하고 싶다. 이생의 죽음은 소멸이나 끝이 아니라 삶의 형태의 변화일 뿐이고 또 다른 영원한 시작이라는 진실에 바탕을 둘 때, 이 세상에서 감사와 기쁨으로 소망과 신앙과 사랑의 삶을 사는 것보다 더 중요한 것이 없기 때문이다.

어릴 때 폭발 사고로 장애를 갖게 된 형을 대신해 나는 실질적인 집안의 가장으로
평생을 살았다. 어린 나이에 일찍 세상을 경험하였고, 사춘기 때엔 이런 세상이
싫어서 자살을 시도하기도 했다. 군대 가기 전, 동생들 학비를 벌기 위해
막장인생들이 모이는 오징어잡이배도 타 보았다.
어렵게 검정고시를 통해 은행원, 국회의원 비서관, 창업 그리고 실패의 연속.
신불자를 거쳐 지금은 연 100억 매출 달성을 목표로 사업체를 운영하고 있다.
그런데 어찌된 일인지 나에게 또 한번의 시련이 닥쳤다.
지적 장애의 스물세 살 난 딸에 평생 장애로 살아온 형님은 골수암 판정을,
게다가 나까지 사고로 왼쪽 눈 시신경이 손상된 시각장애 6급 판정을 받았다.
한때, 장애가족이라는 암담한 현실에 하나님을 원망도 했다.
그러나 하나님께서 이렇게 크나큰 시련과 고통을 주시는 것은 더 큰 일을
예비하신 뜻이 있다는 생각이 들었다.
나는 그 동안 거센 파도를 막아 내며 고군분투하는 고향 앞바다의 단단한
바위처럼 살았다. 이제 나는 부서지지 않는 바위섬이 아니라, 설악산 대청봉
휘어진 소나무 하늘 받들어 고고한 자태를 뽐내듯, '**소**중한 **나**눔, **무**한한 행복'을
이야기하는 그런 **'소나무'** 한 그루를 내 가슴에 심으려고 한다.

소중한 나눔 무한한 행복, '소나무' 처럼 살리라

유종국 솔로몬산업 대표 · 전국 검정고시총동문회 부회장

· 한양대 행정대학원 졸업(행정학석사)
· 서울대 환경대학원 도시환경 최고전문가 과정 수료
· 외환은행, 동화은행 근무
· 국회의원 비서관
· 한나라당 나눔봉사위원회 상임위원, 중앙위원회 총간사
· 어린이재단(구 한국복지재단) 후원회 부회장
· 서울시 사회복지협의회 이사
· 서울특별시장 표창(불우이웃돕기)
· 중소기업청장 표창(장애인 우수 중소기업)

그해 겨울, 세상을 열어젖히는 소리

1955년 세상이 하얀 눈으로 덮인 추운 겨울날, 나는 강원도 속초에서 3남 1녀 중 둘째로 태어났다. 원래 아버지 고향은 함경남도 안변인데, 1 · 4 후퇴 때 공산치하가 싫어서 월남하셨다. 부농의 아들로 남부러울 것 없이 살았던 아버지는 북한 공산정권이 들어서자 제일 먼저 부르주아라는 이유로 낙인 찍혔다. 아버지는 시도 때도 없이 군중들 앞에 끌려가 자아비판을 받았고, 온갖 수모와 고초를 겪었다. 격분한 할아버지는 북한 공산당원들에 저항하다가 돌아가셨다. 이에 울분을 참지 못한 아버지는 공산당원 몇 명을 처치하고는 그 밤에 어머니 친정이 있는 속초로 월남하셨다.

속초는 청호동을 비롯해 실향민들이 많이 모여 살았다. 아버지는 고향 생각이 날 때마다 청호동 '아바이' 동네를 찾아 술 한 잔으로 마음을 달래곤 하였다. 속초에 정착한 이후에도 아버지는 한동안 고향 생각에 마음의 갈피를 잡지 못하고 술과 한탄으로 세월을 지내셨다.

아버지는 내가 태어나자 이제부터는 속초가 고향이라며 그날로 북한 고향 생각을 접으셨다고 한다. 실향민들이 대개 그렇듯 아버지도 자식 사랑이 끔찍했다.

고향에서 손에 흙 한 번 안 묻히고 사셨던 아버지는 가족을 먹여 살리기 위해 집짓는 일을 배웠다. 나중에는 속초 일대의 집짓는 일을 도맡아하셨다. 아버지 덕분에 우리 집은 넉넉하지는 않았지만 집이 세 채나 될 정도로 먹고는 살 만했다. 이렇게 나는 평범한 가정에서 초등학교를 다녔다. 그런데 내 인생 앞날에 엄청난 변화를 가져다주는 일생일대의 큰 사건이 일어났다.

형의 사고와 아버지의 방황

어느 날, 형은 친구들과 속초 외갓집 뒷산에 탄피를 주우러 갔다. 그런데 갑자기 폭발물이 터져 오른쪽 손목이 절단되는 사고를 당했다. 한쪽 손이 없는 장애인이 되어버린 큰아들의 모습에 아버지는 삶의 의욕을 잃었다.

그때부터 아버지는 다시 술로 세월을 보냈다. 아버지는 정신 나간 사람처럼 멍하니 북녘 하늘을 바라보며 긴 한숨을 내쉬었다. 때로는 한탄을 하며 꾹꾹 참았던 아픔을 눈물로 쏟아 냈다. 집안 분위기는 점점 어두워졌고 얼마 지나지 않아 극한 상황으로 치닫게 되었다. 어머니는 장남의 사고와 아버지의 방황 때문에 신경성 위장병이 생겨 생명이 위독할 정도였다. 우리 집은 형과 어머니의 병환, 아버지의 방황으로 세 채나 되었던 집을 모두 팔고는 셋방을 전전하는 신세가 되었다. 결국 형은 가정 형편 때문에 초등학교를 겨우 졸업하고 중학교 진학을 포기했다.

그때부터 나는 형 대신 장남 역할을 해야 한다는 무거운 책임감을 느꼈다. 나는 곧 초등학교를 졸업하고 속초중학교에 입학했다. 그러나 아버지의 낙심과 방황은 계속되었다. 아버지는 당신이 월남하지만 않았어도 귀한 장남이 사고당하지 않았을 것이라는 자책감에 갈수록 주벽은 심해져 갔다. 나는 온전하게 학업에 열중할 수가 없었다. 당시 사춘기인 나는 아버지의 가슴 아픈 방황을 이해하지 못하여 중학교 졸업 전까지 아버지와의 갈등 속에서 많은 아픈 추억을 남겼다.

나는 아버지의 주벽이 무섭고 가난이 싫었다. 차라리 이 시끄러운 세상 죽으면 편할 거라는 생각에 나는 자살을 결심했다. 어느 날, 약국에서 쥐약을 샀다. 나는 속초 영랑호 부근 보광사에서 쥐약을 삼켰다. 정말 모든 것을 끝내고 싶었다. 그런데 다행히 옆집 형이 지나가다가 길가에 쓰러져 있는 나를 발견했다. 옆집 형은 나를 들쳐 업고 병원으로 뛰었다.

"종국아, 넌 꼭 살아야 돼. 걱정 마! 내가 널 꼭 살릴게!"

옆집 형의 울먹이는 소리가 희미해지면서 나는 곧 정신을 잃었다. 의식불명으로 생사를 넘나들던 나는 기적적으로 3일 만에 깨어났다.

병원에서 퇴원한 후에도 나는 가난과 삶에 회의를 느껴 계속 방황을 했다.

어머니는 우리 4남매를 먹여 살리기 위해 아픈 몸으로 노가리 덕장에 나가 생선 다듬는 일을 하였다. 그런 어머니를 돕기 위해 나는 매서운 겨울 바닷바람을 맞으며 덕장에 나가 명태 새끼 배를 가르고 내장을 발라내는 일을 하였다. 그런 다음 꼬챙이에 노가리를 끼워 덕장에다가 말렸다. 한 꼬챙이를 다 끼워 말려야 20원인가의 돈을 주었다.

덕장은 바람막이도 없어서 몸이 언 상태로 일을 해야만 했다. 손이 꽁꽁 얼어 손가락을 제대로 움직일 수가 없었다. 손과 얼굴은 터서 진물이 흘렀고, 세찬 겨울바람이 얼굴을 스치고 지나갈 때마다 날카로운 유리가 박히듯 아팠다. 대충 입은 옷 속으로는 냉기가 스며들어 몸은 사시나무 떨듯 그랬다.

가출, 그리고 실질적인 가장 생활의 연속

어느 날, 이렇게 살다가는 이 지긋지긋한 가난이 해결되지 않는다는 생각이 들었다. 서울에 가서 돈을 벌어 동생들도 공부시키고 부모님이 살 집을 마련해야겠다는 생각을 하였다. 중학교 3학년 여름방학 무렵, 나는 돈 2천 원을 들고 속초에서 버스를 타고 무작정 상경했다.

서울은 열다섯 살 시골 촌놈이 살기에 그리 녹녹치 않은 곳이었다. 터미널 부근의 독서실에 둥지를 틀고 서울 생활을 시작했다. 겨우 등을 대고 몸을 누일 정도의 작은 공간이었다. 나는 그곳에 누워 앞으로 어떻게 살아가야 할지 깊은 생각을 해보았지만, 좀처럼 길이 보이질 않았다.

여기저기 일거리를 찾아 기웃거렸다. 그러나 일거리 잡기가 쉽지 않았다. 먹고는 살아야 했기에 어리지만 결국 막노동도 하였다. 한때는 그 무거운 어린이전집 책을 떼어다 등에 짊어지고는 이곳저곳 다니며 팔아 생계를 유지했다. 먼지 나는 길거리에 책을 펼쳐 놓고는 좌판을 열기도 했다. 또 자전거에 드럼통을 싣고는 식당을 돌아다니며 먹다 남은 음식을 받아다 오리 농장에 주고는 품삯을 받는 일도 했다. 기술도, 아는 사람도 없는 내가 할 수 있는 일이란 서울에서 눈 씻고 찾아봐도 없었다.

어느 날, 늦은 시간까지 일을 끝내고 독서실로 돌아와 지친 몸을 뉘였다. 계속 낮은 천장이 내 가슴으로 밀려와 곧 숨이 막힐 것 같아 선잠에서 깼다. 너무 외롭고 춥고 배고파서 혼자서 펑펑 울었다. 그날 밤, 그토록 무섭고 싫었던 아버지께 편지를 썼다. 이 곳 서울 생활이 너무 살기가 힘들고 가족들이 보고 싶다고……. 처음으로 아버지께 나약한 내 모습을 보였던 것 같다. 의지할 곳 없는 서울의 한 모퉁이에서 중학교 3학년 어린 학생이 혼자서 인생을 감당하기가 쉽지 않았으리라!

집 나간 아들의 편지를 받은 아버지는 부리나케 서울로 오셨다. 터미널에 도착한 아버지의 모습이 눈에 들어오는 순간, 닭똥 같은 눈물이 줄줄 흘러 내렸다. 아버지는 아무 말 없이 내 등을 토닥거려 주었다. 그 동안 아버지는 가출한 아들 생각에 걱정이 많았던 것 같았다. 아버지 앞에서 그렇게 펑펑 울고 나니 그 동안 아버지와의 불편했던 관계가 한순간에 사라졌다. 피는 물보다 진하다더니, 부모 자식 간에는 어떤 어려운 상황이 있더라도 그 혈육의 정은 끊을 수 없구나 하는 생각이 들었다.

나는 아버지를 따라 속초에 내려와 겨우 중학교를 졸업할 수 있었다.

6년 전 아버지가 돌아가셨을 때, 나는 이틀 동안 식음을 전폐하고 통곡했다. 평생 이산가족의 한을 품고 사셨던 아버지, 젊었을 때엔 그런 아버지의 아픔을 이해하지 못해 많은 갈등을 빚어 그 가슴에 못을 박았다. 모든 것이 다 당신의 잘못된 운명으로 돌리고는 이산가족 찾기에도 신청하지 않았던 아버지. 답답함을 참지 못한 내가 나서서 신청해 고모와 사촌들을 찾았을 때, 말없이 눈물만 흘리시던 아버지. 밀년에 내가 실식으로 많은 도움을 드리지 못해 어렵게 생활하셨던 아버지. 나는 죄스런 마음으로 아버지 영정 앞에서 참회의 눈물을 흘려야만 했다.

고등학교 진학 포기, 가장 역할을 하다

아버지를 따라 서울에서 내려와 어렵게 중학교는 졸업했지만 집안 형편상 고등학교 진학은 꿈도 꿀 수가 없었다. 나는 동생들이 공부할 수 있도록 돈을 벌겠다며 고등학교 진학을 포기했다. 빨리 돈 벌어서 동생들이 공부를 계속 할 수 있도록 해야겠다는 생각뿐이었다. 다행히 어머니의 병세가 호전되어 속초 재래시장에 나가 길거리에서 장사를 하셨다. 눈이 오나 비가 오나 철마다 길거리에 좌판을 펼쳐 놓고는 생선, 야채 등 반찬거리를 팔아 식구들이 겨우 먹고 살았다.

나는 중학교를 졸업한 그때부터 실질적인 가장 노릇을 해야만 했다. 중학교 졸업 학력으로 동사무소 사환, 사방공사 현장 잡부 등 닥치는 대로 일을 하며 살림에 보탰다. 6 · 25 전쟁으로 폐허가 되고 땔감으로 나무가 잘려 나간 강원도의 높은 산등성이를 오르내리며 나무도 심었다. 지금도 간혹 그 곳을 지나면 힘들었던 옛날 일들이 떠올라 슬며시 눈가에 이슬이 맺히곤 한다.

나는 집안의 실질적인 장남으로서의 책임감에 힘든 일을 마다하지 않고 닥치는 대로 열심히 일했다. 그러나 돈이 그렇게 쉽게 벌리는 게 아니었다. 결국 궁핍함에 쫓겨 생각한 것이 오징어잡이배 타는 일이었다. 아버지는 나의 제안에 극구 반대셨다. 형도 온전치 못한데 나까지 그 먼 바다에 나가 혹 잃을지도 모른다는 염려에서였다. 속초는 바닷가여서 오징어잡이배 탔다가 사고를 당하는 일이 다반사였다. 아버지는 어떤 어려움이 있더라도 절대로 배만은 타지 말라며 신신당부하셨다.

그러나 이 어려운 형편에 목돈이 생기는 오징어잡이배의 유혹을 떨칠 수가 없었다. 오징어를 많이 잡으면 선주를 비롯해 선원들에게도 이익금이 많이 돌아간다는 조건에 욕심이 생겼다. 그 당시 사정이 어려운 외지 사람들도 목돈의 유혹에 끌려 오징어잡이배를 타러 오거나 탄광촌에 갔다. 탄광에서 석탄을 캐는 사람이나 오징어잡이배를 타는 사람이나 모두 막장인생이었다.

결국 나는 우리 집안의 가장으로서 책임을 다하기 위해 한번 바다에 나가면 한 달씩 떠서 오징어를 잡는 '남바리'라 불리는 오징어잡이배를 탔다. 내가 탄 어선은 남해까지 나가 오징어를 잡고 속초로 귀항하면 한 달 정도가 걸렸다.

수영도 못하는 나는 파도의 위험에 시달리면서도 오로지 목돈을 만지기 위해 추운 밤 바닷바람과 싸우며 오징어를 잡았다. 낮에는 좁은 배 선실에서 잠깐 눈을 붙이고, 밤이면 '발광등'이라고 하는 '집어등'을 환하게 켜놓고는 오징어를 유인했다. 그리고 동이 틀 무렵까지 정신없이 채낚시를 돌렸다. 잡힌 오징어들은 연방 얼굴에 물을 쏘아 댔다. 그래도 나는 오징어만 많이 잡히면 그렇게 신이 날 수 없었다. 돈만 많이 번다면 난 아무래도 괜찮았다. 얼굴과 손은 피부병이 걸릴 정도로 거칠어졌다. 또 밤새 강한 불빛에 오징어를 낚다 보니 눈도 벌겋게 충혈되었다.

군 입대 전까지 오징어잡이배를 타면서 힘들지만 버텨 온 덕에 남동생은 속초고등학교를, 여동생은 속초여자고등학교를 졸업했다.

해양경찰에 지원하다

군대에 갈 나이가 되어 해양경찰순경(의무전경)으로 지원했다. 당시 중졸 이상자만 시험 응시 자격이 있었지만, 군복무가 편하다는 소문에 고졸과 대학 재학생 등 고학력자들이 많이 지원하였다. 공무원 시험 보듯 경쟁이 심했다. 중졸 학력으로 배만 탔던 나는 첫 번째 응시에 당연히 떨어졌다.

그래서 군대에 가기 전까지 할 수 있는 다른 일을 찾아보았다.

마침 이웃에 살던 해양경찰경비함 팀장은 내가 오징어잡이배를 타 봤다는 경력을 인정해 경비정 화장으로 추천했다. 화장은 경비정에서 근무하는 경찰들에게 밥을 해 주는 직업이다.

해양경찰경비정은 한번 항구를 출발하면 3박 4일 동안 바다 위를 떠다니며 경비 업무에 만전을 기했다. 나는 해양경찰경비정 화장으로 그들을 위해 세 끼 식사를 만들었고, 야참까지 준비하며 함께 생활했다.

한겨울 파도에 밀려 롤링이 심할 때는 한 손으로는 난간을 붙잡고, 다른 한 손으로는 음식물을 들고 선실과 주방을 드나들었다. 동해의 높은 파도는 경비정 마스트를 넘어 갑판으로 쏟아졌다. 거센 바람에 파도가 치는 날엔 해우가 날렸는데, 그때마다 옷이 후줄근하게 젖어 추워서 몸살이 날 지경이었다.

밥시간이 끝나고 조금 짬이 나면 나는 책을 꺼내 들고는 공부를 했다. 파도에 배가 심하게 흔들려 눈이 어지러웠지만 그래도 공부할 수 있어서 그 시간이 행복했다. 그리고 일 년 남짓 시간이 흐른 뒤, 다시 의무전경 시험에 도전하여 합격하였다.

중졸 학력으로 원하던 해양경찰에 입대했다. 추운 겨울, 훈련소를 거쳐 해양경찰학교에 입소, 혹독한 훈련과정이 시작되었다. 동기생들 중에 정신질환자가 생길 정도로 힘든 훈련을 받았다. 동기생 중 나 혼자만이 중졸 학력이라는 사실을 알았을 때, 자격지심에 더 열심히 훈련받고 공부했다. 그 결과 동기생 184

명 중 6등이라는 우수한 성적으로 해양경찰학교를 졸업했다. 당시 졸업 점수 10등 이내는 해경본부(당시 부산)로 발령 났지만 나는 고향 속초해경에 지원했다. 속초는 최전방이라 지원자가 없는데 자진하여 속초로 가겠다고 하자 간부들은 의아해했다. 나는 누구보다도 고향의 바다를 잘 알고 있었고, 집과도 가까운 곳이어서 속초해경에서 근무하기를 원했다.

사회에서 떠도는 소문만큼 해양경찰 생활이 그리 녹녹하지는 않았다. 어느 거센 바람이 부는 날, 경비정을 타고 해양훈련을 하던 중 오른쪽 팔목 골절상을 입었다. 그때 이후로 지금도 오른팔이 제대로 구부러지지 않는 약간의 장애 후유증을 안고 있다. 한번은 깊은 바닷물에 빠져 죽을 고비를 겪기도 했다.

속초해양경찰서장 부속실(비서)에 근무할 때는 피부병으로 얼굴에 백반증이 생겼다. 젊은 사람 얼굴에 백반증이 번져 흉물스러웠다. 앞으로 장가가기는 틀렸고, 직장 구하기도 어렵겠다는 생각이 들자 가슴이 답답했다. 내가 무슨 죄를 많이 져서 이렇게까지 시련이 많은지 서글프기도 하고 참 억울했다. 나에게 있어서 백반증은 또 한 번의 시련이었지만, 교회에 열심히 다니며 신앙생활을 하는 계기가 되었다. 나는 혐오스런 백반증을 치료하기 위해 온갖 힘든 과정을 거쳐야 했다. 다행히 제대 무렵 완전히 낫는 기적이 일어났다. "하나님 감사합니다."라는 기도가 저절로 나왔다. 이제 제대하면 새로운 삶을 살아야겠다는 용기와 희망까지 생겼다.

해양경찰순경 특채를 뒤로 하고 검정고시를 보기 위해 상경하다

해양경찰로 군복무를 다할 무렵, 3년 만기 제대 시 해양경찰순경으로 특별 채용하는 제도가 있어 동기생 가운데 여러 명이 지원했다. 그때 지원한 친했던 동기생은 현재 총경으로 재직하고 있다. 나는 우수한 성적으로 해양경찰학교를 수료했기 때문에 그리 어렵지 않게 특별 채용 될 수 있는 조건이 되었다. 그러나 나는 더 공부하고 싶은 욕망에 지원하지 않았다.

나는 해양경찰 군복무 제대비로 받은 돈을 가지고 새 희망을 꿈꾸며 서울행 고속버스에 올랐다. 정확히 말해 두 번째 상경이었다. 서울 동대문 주변 시장 통 안에 조그마한 독서실에 짐을 풀었다. 그리고는 청계천 헌책방에서 책을 사다가 공부하기 시작하였다.

0.5평 남짓 칸막이 책상에서 공부하다 그 자리에서 쪼그려 잠자고, 지하실 식당에서 밥 한 끼 150원짜리로 끼니를 때우면서 악착같이 독학했다. 주변에는 유명한 검정고시 전문 수도학원이 있었지만 학원비 때문에 다닐 형편이 아니었다.

드디어 기다리던 대입 검정고시 시험 날, 솔직히 전 과목 동시 합격은 자신 없었다. 그러나 꼭 한 번에 합격해서 고졸자격을 얻어야만 하는 절박함 때문에 상당히 부담되고 긴장되었다. 고졸 학력을 갖고 어엿한 직장에 취직하여 부모님과 동생들에게 생활비를 보내야 한다는 각오로 죽기 살기로 공부에 매달렸다.

수학 시험이 끝나자 나는 수학 과목 과락으로 떨어질 것 같은 불안감에 휩싸였다. 그래서 시험 감독에게 다가가 사정했다.

"선생님, 수학 시험을 어떻게 보았는지 알고 싶습니다."

감독 선생은 규정에 어긋난다며 안 된다고 했다. 나는 절박한 마음에 급기야 눈물을 보이며 통사정했다. 이번 고졸 검정고시에 합격하지 못하면 더 이상 공부할 상황이 아니었다. 당장 취직해 돈을 벌어 어려운 가정 형편에 보태야 했기 때문이다. 당시 장남이나 진배없던 나에게 공부는 사치였다. 군대까지 갔다 온 젊은이가 눈물을 보이며 통사정하자 감독 선생은 내 처지를 이해하였는지 수학 시험지를 눈으로 주욱 살펴보며 확인 작업에 들어갔다. 나는 감독 선생의 얼굴 표정에 눈길을 주고는 긴장하며 서 있었다. 잠시 후, 감독관은 빙그레 웃으면서 걱정 말고 결과를 기다리라고 했다.

다소 안심은 되었으나 잘못 본 수학 점수 때문에 시종 불안한 마음으로 발표를 기다렸다. 얼마 후, 합격통지서를 받았다. 그토록 애타게 했던 수학은 예상대로 50점의 낮은 점수를 받았지만 평균 67점으로 전 과목 합격이었다. 합격 통지서를 들고 나도 모르게 한없이 울면서 기도했다.

"하나님 감사합니다, 하나님 감사합니다,……."

그토록 갈망했던 고등학교 졸업자격을 얻었으니 대학 진학에 눈을 돌릴 만도 했지만, 당장 직장을 구하는 게 급선무였다. 나는 매일매일 신문 구직난을 살펴보는 게 하루 일과였다.

"(사)한국청년회의소(JCI) 중앙회 사무국에서 총무과장 1명, 홍보과, 경리 등 직원 채용"

신문에 난 직원 채용 공고가 눈에 확 들어왔다. 예전에 비슷한 봉사단체인 라이온스 클럽 사무국 간사로 근무한 적이 있었기에 경험 삼아 지원했다. 일반상식 등 기본적인 시험과 면접을 통해 나는 당당히 합격했다. 총무과장은 석사학위 소유 경력자를 뽑았고 나는 총무간사직으로 채용됐다.

그 당시 면접 책임자인 백정환 사무총장은 내 소개서를 보고 어려운 환경을 적극적으로 극복한 점과 속초에서의 교회 청년회 활동과 봉사 등 신앙생활 경험에 큰 점수를 주었다고 한다. 교회 장로이신 그분과의 인연, 30년이 지난 지금도 내 인생의 멘토와 멘토리다. 그 후 그분은 JCI 중앙회 상임부회장을 거쳐 중앙회장에 출마하면서 서울대 상대 동기, 선배를 통하여 나를 외환은행에 전직시켜 주셨다.

나는 은행원 생활을 하면서도 주경야독하여 학비가 저렴한 국립 한국방송통신대학교 경제학과(경제학사), 한양대 행정대학원(행정학 석사)을 졸업했다.

은행원 생활을 하며 공부할 때, 자취를 하면서 절약하여 월급을 모아 셋방살이로 전전하시는 고향 부모님께 집을 마련해 드렸다. 참 마음이 든든했다. 내 도움을 받은 남동생은 육군 장교(현역 육군 중령)로, 여동생은 대학 교직원이 되어 집안 생활이 조금 나아졌다.

동화은행으로 이직, 그리고 국회의원 비서관

집안은 안정되었지만 욕심과 교만으로 나는 또 한 번의 인생 전환점을 맞게 되었다.

나는 당시 외환은행 재직 중 실향민 주주들이 창업한 동화은행으로 이직하였다. 그때 국회의원 선거가 있었다. 마침 내 고향 속초에 출마한 분이 은행장 출신이었다. 아버지는 그분을 도와 선거운동에 참여했고, 그래서 나는 인사차 고향을 방문하게 되었다. 나는 선거사무실에 들러 학교 동창들과 교회 청년회 활동을 한 이력으로 여기저기 전화를 걸어 약간의 도움을 주었다. 그러자 그분은 나에게 서울에 올라가지 말고 선거가 끝날 때까지

도와달라고 부탁하였다. 나는 은행장 출신의 부탁을 안 들어 줄 수가 없었다. 그래서 은행에 정식으로 몇 주 휴가를 내고는 속초에 내려와 선거운동에 동참했다. 그때 그분은 국회의원에 당선되었다.

선거가 끝나고 나는 다시 서울에 올라와 은행에 다녔다. 그런데 어느 날, 당선된 의원님에게서 연락이 왔다. 내게 국회의원 비서관직을 제안하는 것이었다. 나는 잠시 갈등하였으나 이내 의원님의 청을 받아들였다. 나는 다니던 은행을 퇴직 처리하고는 국회의원 비서관으로 근무하기 시작했다.

내가 모셨던 그 의원님은 그 당시 정무장관, 국회 재무위원장을 거쳐 5선 국회의원을 지냈으며 현재는 한나라당 상임고문으로 계신다.

'직장의 꽃'이라 불린 안정된 은행원에서 국회의원 비서관이 된 나는 갑작스런 환경 변화로 많은 스트레스를 받았고 힘든 시간을 보냈다.

당시 속초의 지인들은 국회의원 비서관이면 꽤나 큰 벼슬인 줄 알고는 자녀 취직에다가 별의별 민원과 청탁이 들어왔다. 고향 사람들의 사정을 익히 잘 알고 있는 나는 여기저기 연락해서 취직도 시켜 주고 어려운 민원을 해결해 주느라 정신없었다. 아들이 취직되거나 민원이 해결되어 고맙다며 사례금을 내미는 사람도 있었지만, 간단히 거절했다. 내 고향의 부모형제 같은 사람들이었기 때문이다.

그 당시 나는 은행에서 무이자 3500만 원을 빌려 전세를 살고 있었다. 은행을 그만두었으니 당장 갚아야 할 실정이었다. 결국 일부는 대출로 전환하고도 모자라 다른 곳에서 이자를 내고 빌려 갚았다. 국회의원 비서관 월급이 얼마 안 되자 아내는 보험회사에 다녀 대출 이자와 생활비를 충당했다.

바빴지만 내 인생에 의미 있는 몇 년 동안의 비서관 생활을 마무리하게 되었다. 그러자 의원님은 당시 설립된 평화은행 행장 비서실에 근무할 것을 권했다. 하지만 나는 외국계 합작 증권회사에서 일할 계획이었다. 당시 국내와 외국계 합작 증권회사가 내인가 상태에서 설립 중이었다. 높은 임금과 직급의 유혹에 끌려 나는 그 곳에서 마지막 젊음을 불사르고자 했다. 그러나 우리나라에서 본인가가 나질 않아서 결국 나는 직장을 잃는 신세가 되었다.

그때부터 실업자 생활이 시작됐다. 이왕 이렇게 된 것 새로운 일을 개척하겠다며 사업에 도전했지만 계속 실패하여 결국 신용불량자로 전락하였다. 신용카드, 전세자금대출 등 연체로 원금과 이자는 눈덩이처럼 불어나서 채무액이 억대가 넘었다. 착한 아내는 아이들 교육비와 생활비를 책임지느라 무척 힘겨운 시간을 보냈다. 지인을 돕기 위해 시작한 선거운동 자원봉사가 이렇게까지 가족들에게 큰 고통을 안겨 줄 줄은 정말 몰랐다. 비서관

생활은 나에게 있어서 뜻있는 경험이었지만 가족에게는 가장으로서 참으로 미안한 일이었다. 만약 내가 국회의원 비서관직 제의를 거절하고 계속 은행에 남아 있었더라면 아마도 안정된 직장생활로 가족에게 경제적인 어려움은 주지 않았을 것이다.

시련, 다시 시작하는 삶

비서관을 그만둔 이후 나는 10여 년의 허송생활을 보내며 방황했다. 그런데 어느 날, 방음벽 제작 회사를 운영하는 한 친구가 영업담당 부사장으로 들어와 도와달라고 했다. 나는 그간 혹독할 정도로 어려웠던 시절을 인내와 집념으로 극복했듯이 다시 한 번 시작한다는 각오로 회사에 출근했다. 그리고 새롭게 거듭나야 한다는 생각으로 단 하루도 빠지지 않고 약 1000일 동안 새벽기도에 나갔다. 그 동안의 생활을 깊이 회개하며 간절히 기도했다. 다시 일어서게 해 달라고…….

2004년 1월, 백정환 장로님은 자신이 경영하던 회사를 조건없이 인수하라며 내게 권유했다. 나는 신용불량자가 회사의 대표가 되면 회사가 어려움에 처하기 때문에 정중히 사양했다. 그리고 하나님께 조속히 채무를 상환하고 신용불량자 불명예를 벗어나서 하나님이 보시기에 어여쁜 사업을 운영할 수 있는 환경을 열어달라고 기도했다.

2006년 1월, 갖은 노력 끝에 드디어 억대의 빚을 모두 갚게 되었다. 곧바로 은행에 가서 신용불량 말소를 했다. 그리고 친구와 함께 늦은 저녁 즐거운 마음으로 집에 귀가하던 중, 눈길에 미끄러지는 사고를 당했다. 그 길로 서울성모병원 안과에 가서 진료를 받은 결과 왼쪽 눈 주위에 심한 타박으로 시신경이 손상되었다는 것이다. 기분 좋은 날, 또 한 번 찾아온 이 엄청난 날벼락으로 나는 시각장애(6급)자가 되었다. 내 자신이 장애인이 되었다는 충격도 컸지만, 무엇보다도 시신경이 손상된 한쪽 눈을 누군가에게 줄 수 없다는 사실이 더 가슴 아팠다.

10년 전 나는 사후에 장기 기증을 하기로 서약했다. 건강하지 못해서 고통 받는 사람들에게 작은 도움이 되었으면 하는 소박한 생각에서 시작한 일이었다. 그러나 몸 하나도 제대로 간수하지 못했다는 생각에 한동안 속이 상했다. 엎친 데 덮친 격으로 몇 개월 후, 한나라당 서울시의원 공천 신청에 탈락하면서 또다시 좌절을 맛보며 실의에 빠졌다. 왜 자꾸 안 좋은 일들이 일어나는지 하나님께 눈물로 기도를 했다. 하지만 하나님께서 더 크게 쓰시기 위해 이렇게 시련을 주신다고 생각하며 다시 마음을 가다듬었다.

솔로몬산업 창업

그 모든 과정이 지금의 성공을 위한 전화위복이었다. 무일푼이었지만 창업을 결심한 직후 모든 준비와 시작이 놀랍도록 순조롭게 진행되었다. 회사 자본금(2억) 마련에 평소 신앙적으로 도움을 주셨던 장로님이 선뜻 도와주셨다. 창업자금 대출을 받았고 아내 직장에서의 대출과 주변의 도움으로 뒤늦게나마 사업을 시작했다. 도심 주변 등에서 소음 환경에서 벗어나 쾌적한 삶을 누릴 수 있도록 방음벽, 도로변 안전 난간, 휀스 등을 제작 설치하는 전문 건설업을 창업하게 된 것이다. 내 자신이 취약하고 부족하게 느꼈던 '겸손과 지혜'로 기업을 경영하자는 뜻에서 '솔로몬산업(주)'을 상호로 정했고 법인 설립을 마쳤다.

뒤늦게 시작한 후발 업체이니만큼 선발 업체와의 경쟁에서 성공하려면 성실, 신뢰, 신용, 부단한 노력 그것뿐이었다. 사냥개에 잡히지 않기 위해서 사력을 다해 도망치는 산양처럼 일했다. 매 순간마다 기회가 이번밖에 없다는 절박한 생각으로 일에 매달렸다.

솔로몬산업은 창업 2년차까지는 자본 잠식과 적자였다. 그런데 회사운영자금 등 어려운 고비마다 놀랍게도 극적으로 위기를 해결해 나갔다. 열심히 뿌린 만큼 거둔다고 하였던가. 3년차부터 매출 10억에 영업 이익 흑자로 전환되었다. 계속된 연구기술

개발로 특허, 실용신안 등 산업 재산권 등록으로 많은 자사 제품을 상품화하였다. 기술신용보증기금으로부터 벤처 기업 인증, 우수제품 조달청, 중소기업청 등록 기업 등 급성장하여 올해 4년차에는 40억 매출(계약 60억), 2010년도(창업 5년차)에는 계약 100억, 매출 70억 목표 성장을 위해 최선의 노력을 다하고 있다. 또한 2008년도에는 불우이웃돕기 부문에서 서울특별시장 표창을, 2009년도에는 장애인 우수 중소기업 부문에서 중소기업청장 표창을 수상하였다.

이제 회사가 안정되면서 나는 결혼 후 지금까지 인내로 내조하며 믿고 따라 준 사랑하는 아내와 가족들에게 조금 특별한 선물을 준비하고 있다. 특히 조울증까지 앓고 있는 딸아이가 현재의 주거생활에 답답함을 느껴서 조용한 변두리에 단독주택을 지어 보금자리를 옮기려고 한다. 아담한 집 정원에는 사계절 푸른 소나무를 심을 것이다. **소**중한 **나**눔, **무**한한 행복을 주는 **'소나무'** 한 그루를 마음속에 그리며 살고자 한다.

작은 나눔과 고향 사랑

'매년 기업 매출액의 1%는 사회에 돌려주는 게 사람답게 사는 길'

'그늘지고 낮은 곳으로 찾아가 사랑 · 봉사를 실천하는 따뜻한 기업, 나눔 경영'

1991년 은행원 시절부터 시작한 작은 나눔이 내년으로 20년째다. 어린 시절 춥고, 어렵고, 힘들었던 때를 되새기면서 어린이재단(구 한국복지재단)에 아동 후원자로 결연 맺고 작은 금액이나마 매월 일정액을 자동이체로 후원하고 있다.

수년간 신불자일 때도 통장잔액을 유지하며 매월 후원금이 빠져 나가도록 신경 썼다. 사회복지기관, 유니세프, 고향 독거노인들에게 쌀 · 연탄 지원 등을 계속 이어가고 있다. 더욱 보람된 것은 미래의 주역이 될 고향의 중학교 입학생 교복 해 주기와 열악한 환경에서도 우수한 성적으로 입학하는 고등학생 10명에게 입학 장학금을 금년부터 지원하고 있으며 앞으로도 계속 이어갈 것이다.

나는 속초에서 태어나 그 곳에서 성장했다. 생각해 보면 지긋지긋한 가난으로 기억하고 싶지도 않은 곳이 속초이기도 하다. 하지만 빛바랜 사진첩을 소중히 보관하듯 생채기로 얼룩진 희미한 기억들을 보듬으며 나의 속초 사랑은 계속된다. 재경 속초시민회 부회장으로서 나는 이왕이면 고향 농산물을 사 먹고 지인들에게도 선물한다. 출장 중 기름이 떨어지면 조금 더 달려 굳이 속초 시내 주유소를 찾아가 기름을 넣을 정도로 나는 고향에 대한 애정이 좀 강하다.

더 높은 곳을 향하여!

이웃에 대한 사랑과 봉사 정신이 몸에 밴 것은 아마도 힘들었던 어린 시절과 계속되는 집안의 우환 영향인 것 같다. 그 동안 하나님께서 계속 그늘지고 힘든 이웃을 위해 많은 노력을 아끼지 말라는 뜻에서 내게 시련을 주시는 것 같다.

어릴 때 폭발 사고로 장애를 입어 속초시청 환경미화원으로 쓰레기 매립장에서 근무하던 형은 현재 골수암 투병중이다. 젊어서부터 힘들게 살았는데 또 골수암이란 병마와 싸우고 있는 형을 생각할 때마다 가슴 한쪽을 칼로 도려내는 것처럼 아리다. 또 스물셋 된 내 딸은 지적장애자이다. 이 좋은 세상에 그런 장애를 안고 태어나게 한 아버지로서 죄스런 마음뿐이다. 내가 하늘나라에 가는 그날까지 나는 딸을 위해 속죄의 기도를 할 것이다. 내가 아낌없이 어려운 이웃을 위해 봉사하려는 것은 아마도 딸의 처지를 생각해서일 것이다.

착하고 의젓한 아들은 여동생 치유를 위해 연세대 물리학과 합격을 포기하고 기독교정신으로 설립한 포항 한동대에서 사회복지 상담학을 전공하였다. 현재 공군학사장교로 군복무를 하면서도 매주말마다 집으로 와서 여동생을 돌본다. 그런 아들의 모습을 보면서 앞으로 우리 가족 모두가 꿈꾸는 목표에 주춧돌을 놓은 것 같아 흐뭇하다. 치유상담학을 전공 중인 아내와 함께 우리 가족은 향후 장애아동 시설 전문복지재단을 설립하여 그들과 함께 끝없이 나누며 함께 살고자 하는 꿈이 있다. 그 꿈을 향해 한 걸음, 한 걸음 앞으로 나아가고 있다.

나는 현재 어린이재단 후원회 부회장, 서울시 사회복지협의회 이사, 한나라당 나눔봉사위원회 상임위원, 한나라당 중앙위원회 총간사(직전 한나라당 중앙위원회 사회복지분과 부위원장 겸 사회봉사단장)란 직함을 맡고 있다. 내 모든 경험을 살려서 '나눔 · 봉사'의 전도사가 될 때까지 최선을 다해 기업을 경영하려 한다.

지금까지 나와 우리 가족의 삶을 되돌아보니, 훗날 하나님께서 보시기에 기뻐하는 그런 삶을 살라고 그간 그렇게 고통과 시련을 주신 것 같다. 앞으로 보다 더 많은 이웃들을 보듬고 살아가라며 말이다. 훗날 하늘나라에 갔을 때, "아들아, 내가 너를 보니 심히 기쁘도다!"라는 소리를 들을 수 있도록 남은 생을 열심히 사랑하며 살고 싶다.

생각하면 과거의 일들은 이제 영원히 추억 속으로 묻어 두고 싶기도 하고
또한 나의 모든 치부를 드러내어 보이는 것 같아 몇 번이나 망설이다가
용기를 내어 본다.
말없이 흘러 버린 지난날들을 추억으로 묻어 두기엔 너무나 숱한 사연들이 많아
못내 아쉬움이 남는다. 나는 이 글을 쓰고 읽으면서 지난날을 잠깐 뒤돌아보고
다시 한 번 반성과 분발의 계기가 된 것 같아 좋다.
돌이켜 보면 배우지 못하고 가난을 탓하며 목적 없이 살아온 나였다.
술에 취해 방황하는 나를 지켜주고 격려하며 검정고시로 이끌고 대학까지
다닐 수 있게 한 것은 순전히 아내의 공이다.
이 글을 쓰는 내내 나는 마음속으로 아내에게
"고맙습니다", "사랑합니다"라는 말을
자주 되뇌곤 했다.

내 영혼의 노래

정태하 구미 상록학교 교장

· 김천대학교 전자통신과 졸업
· 국립금오공과대학교 산업대학원
· 자랑스러운 신한국인 선정 대통령상 수상
· 문화관광부장관 단체상 수상
· 법무부장관 표창
· 교육부장관 표창
· 교육부 주최 평생학습대상 우수상 수상
· 법무부 김천교도소 교육분과위원장

당신은 나의 사랑

지금도 잊지 못할 그해 가을이었다.

"여보, 빨리 갑시다!"

오늘도 아내는 술이 취해 방황하는 나를 마치 어린아이마냥 두 손을 잡고서 야간학교에 데려갔다.

그 옛날 나는 김천시 개령면 서부리라는 조그만 촌락에서 가난한 농군의 아들로 태어났다. 나는 초등학교만 겨우 졸업한 채 신문 배달, 구두닦이 등을 전전하다가 낯선 이 곳 구미에 내려와 술집 종업원, 생선장사 등 닥치는 대로 힘든 삶을 살아가고 있었다. 그러던 중 스물세 살에 지금의 아내를 만났다. 우리는 혼인

식도 올리지 못하고 동거를 하면서 오로지 내일에 있을 희망의 그날을 향해 힘차게 달렸다. 추운 겨울날, 200원어치 동전으로 어묵을 사 먹어도 참 맛있었고 우리 부부는 행복했다.

내가 사람답게 살 수 있게 해 준 것은 무엇보다도 아내의 지극한 사랑 덕분이다.

한때 나와 아내는 시장에서 리어카를 끌고서 행상을 하면서도 함께 있다는 사실 하나만으로도 서로 행복해했었다. 경제적 어려움으로 끼니를 굶어 배가 고파도 행복했었다.

첫아이를 낳아 병원비가 없어 퇴원을 하지 못하여 여기저기 돈을 빌리러 다니던 일들이 아직도 어제 일처럼 눈앞에 어른거린다.

아내는 길거리에서 포장마차 하다가 단속반에 쫓겨 이리저리 도망치며 우리 가족의 생계를 위하여 온갖 고생을 하면서도 늘 웃음을 잃지 않았다. 추운 겨울에는 리어카 옆에 쪼그려 앉아 연탄불을 쬐며 냉기를 녹이기 위한 한잔 술에 얼굴이 불그스레해졌다. 때 묻은 손으로 그 얼굴을 쓰윽 닦는 모습이란 천사 그 자체였다. 시장 통에서 생선 장사하다가 너무나 신이 나 칼질을 잘못하여 손가락을 쳐서 피가 솟구쳐도 괜찮다며 병원에 가지 않으려고 붕대를 칭칭 감고는 끝까지 장사하는 그런 뚝순이다 내 아내는.

나는 이런 삶이 계속되자 언제부터인가 가난이 싫었고 못 배운 게 한이 되어 세상을 부정하기 시작했다. 희망 없는 삶은 술과 방황으로 이어졌다. 아내는 전세방이라도 하나 마련하려고 열심히 일하며 차곡차곡 적금을 부었다. 생각 없었던 나는 우리 집 전 재산이었던 적금통장을 가지고 도망치려고도 했다. 그러자 나를 꼭 잡고는 가지 말라 애원하던 아내였다. 야채를 좋아하는 나를 위해 채소만 한바구니 가득 사 들고서 웃음 짓던 아내. 그런 착한 아내를 두고 나는 무엇이 못마땅한지 매일 저녁 술에 취해 이것 해라 저것 해라 손가락 하나만 가지고 살아왔다. 내 나이 서른이 되도록 초등학교 졸업장밖에 없었던 나였다. 아내는 그런 나를 사람으로 만들려면 공부를 시켜야 한다고 생각한 것 같다.

내 나이 서른, 배고픔과 배우지 못한 설움에 몸부림치는 그런 나에게 아내는 남의 집 식모살이를 해서라도 뒷바라지하겠노라며 야간학교인 '구미 향토학교'에 입학시켰다. 아내 극성은 내 인생의 전환점이 되었다.

숨어 다닌 야간학교

그날부터 나는 남들이 볼세라 마치 죄인인 양 숨어 다니듯 그렇게 야간학교에 다니기 시작했다. 그 당시, 구미 향토학교는 모

신문사 사무실 한켠에서 자원봉사 교사인 금오공대생 다섯 명과 나를 비롯한 어린 학생 두 명 등 모두 여덟 명이 모여 수업했다.

자원봉사 선생님들은 곱하기 나누기도 잘 못하는 나에게 부분집합이 어떻고 원소나열이 어떻고 하면서 열강을 했다. 그러나 30년 이상 공부에 손을 뗀 나는 좀처럼 수학문제가 이해되지 않았다.

한 달 두 달, 차츰 나의 머리에 불이 붙기 시작하더니 공부하는 게 신이 났다. 이제는 야간에만 공부하는 게 부족하여 낮에는 국 · 영 · 수 과목을 과외공부하고 나머지 암기과목은 야간학교에 나가서 배웠다.

시험이 얼마 남지 않은 어느 날, 신문사 사장님은 장소가 협소하니 향토학교 자리를 비워 달라고 요청했다. 그 당시 나는 배우는 학생이랍시고 향토학교의 운영 등에 대해 알지도 못하고 관심조차 없었다. 하루는 선생님들이 나에게 아쉬운 표정을 지으며 말했다.

"정 사장님, 끝까지 가르쳐 드리고 싶었는데 저희들이 교실을 구하지 못해 도저히 더 이상 가르쳐 드리지 못하겠습니다."

결국 모두들 뿔뿔이 흩어지고 향토학교는 그만 문을 닫고는 말았다.

나는 할 말을 잃었다.

'내가 어떻게 해서 여기까지 왔는데, 그 동안 얼마나 배우지

못한 서러움에 남모르게 피눈물을 흘렸는데…….'

옥상에 야간학교를 세우다

나는 허탈하여 집에 돌아와 포기를 해야 할 것인지 고민했다. 그런데 이 사실을 안 아내가 살며시 내 두 손을 잡고는 위로해 주었다.

"여보, 하늘이 무너져도 솟아날 구멍이 있어요. 이러지 말고 어서 용기를 내서 다른 방법을 찾아봐요."

우리 부부는 여기저기를 수소문하여 공부할 수 있는 공간을 찾아보았다. 하지만 누구 하나 선뜻 장소를 내주려 하지 않았다. 나는 계속 실망스러워 힘이 나지 않았다. 그런데 아내가 기발한 아이디어를 하나 냈다. 지금 우리가 살고 있는 집 옥상에다 조립식 가건물을 지어서 우리가 직접 야간학교를 운영하자는 것이었다.

"그러면 당신이 오래도록 공부할 수가 있잖아요."

이렇게 고마운 말까지 덧붙이는 것이 아닌가! 나는 아내의 과감하고 고마운 제의에 며칠을 고민했다. 그리고는 옥상에다 조립식 가건물을 짓기로 결정했다. 건축법상 문제가 될까 했지만, 다행이도 공부방 목적이라고 하니 무리가 없을 것이라고 했다. 그래서 우리 부부는 2층 옥상에다 조그만 사무실 세 칸을, 당시 돈 1300만 원을 들여 야간학교를 지었다.

나는 그 동안 흩어진 선생님들과 학생들을 불러 모았다. 다시 만난 우리들은 모두들 기뻐 어쩔 줄을 몰랐다. 모두들 새로운 교실에서 공부할 수 있다는 마음에 흥분을 감추지 못하였다. 우리는 신이 나서 콧노래를 부르며 야간학교 개교를 위해 마무리 준비를 했다. 대형 칠판도 두 개 샀고, 책상과 의자는 손수 앵글 철판으로 맞추었으며, 페인트칠도 손수 했다. 모든 게 신이 났다.

모든 준비가 마무리될 때쯤, 문제가 생겼다. 앞뒤 내용 모르는 이웃 주민들이 무허가 건축물을 지었다고 관할 동사무소에 신고를 하여 철거 명령이 떨어진 것이다.

정말이지 그때는 하늘이 무너지는 것 같았다. 순조롭게 진행되던 배움의 길이 이대로 꺾이는가 싶어 이웃 주민들이 원망스럽기까지 했다.

나는 그냥 물러설 수가 없었다. 동사무소 직원들이 찾아올 때마다 온몸으로 저항하며 버티고 또 버텼다. 일이 해결되지 않자 이번에는 구미시청 건축과에서 으름장을 놓았다. 일주일 내로 자진 철거하지 않으면 강제 철거하겠다는 것이다. 참으로 답답하고 원통한 마음에 감추려 했던 눈물이 흘렀다. 배우지 못한 설움이 분노로 치밀어 올랐다.

이튿날, 날이 밝기가 무섭게 우리들의 피와 땀과 한이 서려 있는 건물은 한순간에 철거되고 말았다.

못 배운 것도 서러운데 이런 모욕적인 수난까지 당하니, 그렇게 비통할 수가 없었다. 그 옛날 원평 3동에서 포장마차 할 때, 철거반원들에게 강제 철거당했던 일들이 주마등처럼 스쳤다. 그 옛날을 떠올리니 서럽기가 이루 말할 수 없어 그저 눈물이 봇물 터지듯 하염없이 흘러 내렸다.

뜻이 있으면 길이 있다

아무리 생각해도 도저히 이대로는 주저앉을 수 없었다. 아내와 나는 동사무소와 구미시청을 찾아다니면서 애원하며 설득했다.

"우리같이 배우지 못한 사람들을 위해 정부 차원에서 야간학교라도 세워주지는 못할망정 어떻게 강제 철거를 할 수 있습니까?"

아무리 설명을 해도 쇠귀에 경읽기요, 계란으로 바위 치는 격이었다.

"사연은 딱하고 이해는 하나 법을 어기는 것이니 그냥 방치할 수 없는 게 우리 입장입니다. 주위 사람들 여론도 있고 해서……."

관계자들은 언제나 이렇게 뒤를 흐리며 얼버무리는 것이었다.

그러기를 여러 날, 한번은 당시 새로 오신 신동혁 원남동장님이 우리와 이야기하자며 집무실로 데리고 갔다. 우리는 자초지종을 말씀드렸다. 신 동장님은 직원회의를 통해 의논해보겠다며 며칠만 기다릴 것을 당부했다.

며칠 후, 동장님은 우리 집 옥상 건물 대신 동사무소 2층 회의실을 빌려 주겠노라고 제안했다. 야간에만 사용해도 좋다는 말에 나는 너무 기뻐서 연신 고개를 숙여 인사를 했다.

"동장님, 감사합니다! 감사합니다! 저희들 열심히 공부해서 남들과 같이 부끄럽지 않은 사회인이 되도록 노력하겠습니다."

나는 옥상에 건물 짓는 것을 포기하고는 학생들과 같이 앞으로 야학에 쓸 기자재며 살림들을 챙기느라 바쁜 나날을 보냈다.

제일 먼저 전화부터 한 대 설치했다. '054-454-9737', 이 번호로 처음 등록했다. 그리고 부서져서 부족한 여러 물품이며 기자재를 다시 구입했다. 만만치 않은 비용이 들었지만 아내는 즐겁게 동참하였다. 항상 아내가 고맙다.

우여곡절 끝에 우리는 원남동사무소 2층에서 새롭게 공부를 할 수 있었다.

우리는 이제 당당하게, 자신 있게 제대로 공부하자 싶어 내외적으로 모집광고를 하기로 했다. 아내와 나는 포스터 5천 장을 손수 제작하여 몇 날 며칠 풀통을 들고서 벽보를 붙이러 다녔다. 공개적인 홍보는 처음이라서 일주일 만에 50명이 접수되었다.

1991년 6월 20일, 제4기 입학식을 원남동사무소 2층 회의실에서 그런 대로 조촐하게 개최하였다. 학생은 52세의 김정연 아주머니 외 59명, 교사는 김경식 외 20명 등이 등록하였다. 우리 학교 학생들과 선생님들은 열심히 그리고 재미있게 공부했다.

내 인생의 변화 '검정고시'

드디어 검정고시 시험일이 되었다. 나를 비롯해 학생 7명이 응시를 하고 교사 3명이 응원차 따라갔다.

시험을 치르고 어느덧 한 달이 지나 발표일이 다가왔다.

나는 도저히 용기가 나질 않아 합격발표장에 가지 못하고 조진만 선생님과 아내에게 대신 다녀오라고 하였다. 조진만 선생님은 웃으면서 짓궂게 장난말을 했다.

"합격하면 12시 안에 전화하고, 그렇지 않으면 불합격인 줄 아세요."

10시가 지나고 11시가 다가왔다. 아무 연락이 없었다. 불안하고 초조하기 시작했다. 드디어 정오를 알리는 시계 종소리가 열두 번을 다 쳤다. 그래도 연락이 오질 않았다. 이제는 틀렸구나 생각하니 속상하기도 하고 부끄럽기도 했다. 희망 갖고 열심히 한 그 동안이 야속하기도 했다. 허송세월한 것 같아 열심히 응원해 준 아내한테 미안한 생각도 들었다. 그토록 내 공부를 위해 뒷바라지해 왔는데, 마음이 답답하고 갑자기 현기증이 나는 것 같아 얼른 집을 뛰쳐나왔다. 그리고는 마구 중얼거렸다.

"도저히 나란 놈은 안 돼. 어쩔 수 없어. 이제 난 더 이상 공부와는 인연이 없어!"

나는 대낮부터 마구 술을 퍼마시며 울적한 마음을 달래고 있었다. 오후 3시쯤 되어서 아내와 조 선생, 황 선생 이렇게 셋이서 나를 찾아왔다. 술집마다 나를 찾아다닌 모양이었다.

"사장님, 집에 꼭 붙어 있으라고 했는데 왜 여기서 술을 마시고 있습니까?"

하면서 다짜고짜 조진만 선생이 마구 나무라며 야단을 쳤다.

"미안합니다, 조 선생 황 선생. 나름대로는 열심히 한다고 했는데 여러분 볼 면목이 없습니다."

나는 고개도 들지 못하고 죄인처럼 말했다. 그러자 모두를 갑자기 박장대소하였다.

영문을 몰라 어리둥절해하고 있는 나에게 장난기 있는 조진만 선생이 '짠!' 하면서 말했다.

"사장님, 합격입니다. 합격! 그것도 전 과목을 합격하였습니다."

"뭐, 뭐라고!"

나는 갑자기 눈물이 왈칵 쏟아져 내렸다.

"왜 진작 알려 주질 않고 그래?"

얄궂게 장난친 모두가 다 미웠지만 멋지게 합격한 날이니 신나게 한잔하며 아주 유쾌한 밤을 보냈다.

새벽녘에야 집에 들어온 나는 아내의 두 손을 꼬옥 붙잡고 혀 꼬부라진 소리로 진심으로 말했다.

"여보, 고맙소! 무조건 고맙소! 오늘의 이 기쁨을 하느님께 그리고 이 합격증을 당신한테 드리리다……."

나는 말도 끝맺지 못하고 엉엉 울음을 터트리고 말았다.

이튿날도 나는 좀처럼 흥분한 마음이 가라앉질 않았다. 생각 같아서는 서울대에 합격한 누구마냥 전국 방방곡곡에 현수막이라도 내걸어 실컷 자랑도 하고 싶고, 지방 신문에라도 대문짝만하게 얼굴을 실어 전국 어디에선가 독학으로 몸부림치는 수많은 만학도들에게 '할 수 있다' 고 큰소리치고 싶었다. 내가 이렇게까지 기뻐하는 걸 보면 틀림 없이 나의 향학열도 무척이나 높았던 것 같다.

'상록학교' 는 나의 인생!

우리는 다시 형곡동 삼우건설 이완영 사장님이 제공해 준 교실로 이전 준비에 분주했다. 이영만 선생과 나는 이제 향토학교에서 벗어났으니 학교 이름을 뭐라고 개명할까를 놓고 몇 날 며칠 고심하였다. 그러다가 이제는 영원히 어느 종교 단체에서 벗어나고픈 생각에 새로이 설립을 하기로 마음먹었다. 문득 일제강점기 때 농촌 계몽운동을 주제로 한 심훈의 소설 '상록수' 가 떠올랐다. 우리도 언제나 늘 푸른 상록수처럼 늘 한결같이 노력한다는 의미에서 '상록학교' 라는 교명으로 설립하기로 했다.

이름처럼 청운의 푸른 꿈을 안고 공부하고 있는 학생이 지금 200여 명, 졸업생만 950명이 검정고시에 합격하였다. 자원봉사 교사만도 50여 명이 되었고, 이제 나는 교장이 되었다. 대부분 배움의 기회를 놓친 분들로, 우리 학교를 찾아오기까지 꽤나 힘들어했다. 그때 나는 그분들이 용기를 갖기를 바라며 말한다.

"저도 이 학교 학생 출신입니다. 이 곳까지 찾아오는 데 저도 꼬박 2년이란 세월이 걸렸습니다."

그러면 그분들도 마음의 문을 열고는 내 두 손을 붙잡고 하소연 아닌 하소연을 하곤 한다. 이제라도 꼭 공부를 하고 싶다고.

어릴 때, 우리 옆집에는 감히 말 한 번 붙여보지 못하고 늘 동경의 대상으로만 바라보던 교장선생님이 살고 있었다. 그런데 그분이 얼마 전 나를 찾아오셨다. 퇴직 후 우리 학교에서 봉사하고 싶다는 것이다. 그분이 내게 '정 교장' 이라고 불렀을 때, 나는 눈물을 왈칵 쏟을 뻔했다. 눈 한 번 제대로 마주치지 못했던 바로 그 어려운 교장 선생님이 나에게 거리낌 없이 '교장' 이라는 칭호를 사용하다니, 나는 황송스럽고 감격해 어쩔 줄을 몰랐다.

나는 이제야 깨달았다. 가난하고 못 배운 게 죄가 아니라 방법을 알면서도 실천하지 않는 것이 잘못이라는 것을. 현재의 상황을 환경 탓으로 돌리는 것은 나약한 자의 변명에 불과하다고 생각한다.

어둠을 밝히는 작은 등불이 되리라

지나온 세월을 살며시 눈을 감고 회상해 본다. 어김없이 떠오르는 나의 검정고시 여러 추억들, 목표를 향해 쉼 없이 자신을 독려하던 그 시절을 되돌아볼 때마다 감동스럽다.

내 인생에 다시 한 번 그와 같은 결단과 노력이 주어진다면 그때와 같이 온몸으로 부딪히며 이겨 낼 수 있는 용기가 있을지 다시 한 번 나 자신에게 반문해 본다. 어떻게 그 어렵고 험난한 길을 걸어왔는지 뒤돌아보니 아득하기만 하다. 고생 끝에 낙이 있다고 하질 않았던가! 오르막이 있으면 내리막이 있듯이 나는 해내고야 말았다. 초등학교 졸업 이후, 모진 세파에 시달리면서도 오늘이 있기까지 참으로 외로운 투쟁의 길을 걸어왔다. 그래도 참 보람된 길을 걸었다고 생각한다.

"젊어 고생은 사서도 한다."는 속담, "눈물 젖은 빵을 먹어 보지 않은 사람은 그 인생의 의미를 모른다."는 말들은 나를 충분히 새로운 인생을 걷게 하는 데 힘이 되어 주었다. 춥고 배고픈 자의 설움과 고통은 겪어 보지 않은 사람은 아무도 흉내 낼 수 없으며 배우지 못한 자의 설움 또한 아무나 흉내 낼 없는, 너무나 뼈저린 아픔이었다.

영국의 역사 철학자 아놀드 토인비는 "역사는 도전과 응전의 법칙에 의하여 발전하며 창조적 소수에 의하여 건설된다."고 갈파하였듯이 모든 값진 인생은 결국 창조적으로 자기의 환경을 극복하고 개척해 나가는 데 있음을 나는 확신한다.

흔히들 자신의 불행한 과거를 돌이켜 보면서 현재의 상황을 환경 탓으로 돌리는데, 그것은 결국 나약한 자기 자신의 변명에 지나지 않다. 우리 인생의 삶이란 끝없는 도전과 투쟁이다.

"열 번 찍어 안 넘어가는 나무 없다."고 했다. 혹이나 열 번을 찍어도 안 넘어간다면 백 번이라도 찍어보자. "하면 된다!"라는 이 구절의 의미를 우리 상록학교 학생뿐만 아니라 전국 어디에서든 열심히 만학에 불타고 있는 모든 독학생 여러분들에게 전하고자 한다.

이제는 배우지 못한 설움은 모두 날려 보내고 희망을 가슴에 품고 몸부림치는 우리 상록학교 소년소녀 가장 및 불우 청소년들과 나는 늘 함께 할 것이다. 언제 어디서든 밝고 건강한 사회가 되는 길이라면 언제라도 달려갈 것이며, 나의 분신인 구미 상록학교와 구미 청소년 사랑회를 내 가슴속에 묻어 영원히 함께 할 것이다.

오늘도 나는 싱그러운 햇살을 가르며 김천소년교도소 수용자들에게 강의하기 위하여 힘차게 패달을 밟으며 달려가고 있다. 나는 언제나 어둠을 밝히는 작은 등불이 되어 늘 푸른 인간 상록수로 길이 남을 것을 다시 마음에 새겨 본다.

집안 배경이 나빠서 요 모양 요 꼴이 되었다고 변명하지 말라!

나는 오랑캐의 나라 원 말기, 안휘성의 빈농 한족 집안에서 태어나 열일곱 살에 고아가 되어 탁발승으로서 가뭄과 기근에 찌든 험악한 세상과 맞서야 했고, 전란 통에 비적 무리의 일개 졸개가 되었을 때 아무도 나를 알아주는 이가 없었다. 그 후 혁혁한 전과를 올린 공으로 반란군의 2인자가 되어 원나라 몽골군을 중원에서 몰아낸 후에도 양반사대부 집안의 멸시와 견제 속에서 시달려야 했다. 나는 송곳 하나 꽂을 땅이 없었던 빈농 집안에서 태어났지만, 고아가 되었을 때조차 부모를 원망하지 않았으며 결국 몽골 오랑캐를 몰아내고 명나라의 초대 황제가 되었다.

명나라 태조 홍무제 주원장

검정고시는 23년 동안 초등학교 5학년 수료라는 꼬리표를 달고 살았던
나에게 일생일대의 커다란 전환을 가져다주었다.
낮에는 양장점에서 옷을 만들고 밤에는 독학으로 만 2년 만에 초 · 중 · 고등학교
과정을 합격하고는 대학생이 되었다.
충북대학교 법대 졸업 후, 장애인이라는 선입견으로 취직이 되지 않아
시계 조립공으로 일했다. 그리고 외국 서적을 들여와 대학에 납품하는 회사에서
일하다가 지금의 ㈜문헌정보를 창업했다.
지금은 대학에서 시간강사 또는 겸임교수로,
또 관공서와 대기업체 직원들을 대상으로 세미나와 강연을 다니고 있다.
하루 종일 정보의 바다에서 즐기면서 일하는 나는 앞으로 진정한 의미를
살릴 수 있는 아름답고 소중한 인생, 가치가 있는 삶이 과연 무엇인지
취업을 앞둔 많은 젊은 대학생과 청년들에게 희망을 주고 싶다.

아무도 내 운명을 대신 살아 주지 않는다

손태영 문헌정보 대표이사

· 충북대학교 법학과 졸업
· 한국외국어대학교 세계경영대학원 정보관리학과 수학
· 연세대학교 경제대학원(경제학석사)
· 전 한국노동교육원 객원교수 및 숙명여대 겸임교수
· 국제저작권특허중개소 소장
· 한국유네스코 가상 국제정보센터 전문가 자문위원
· 정보통신부 정보통신정책연구원 신지식인 선정
· 서울시(우수 사례상 경영인) 표창

어머니의 기도

대한민국에서 졸업장이 아무것도 없는 무학에다 장애를 갖고 산다는 것, 어떤 기분일지 겪어 보지 않은 사람들은 아마 모를 것이다.

조선 시대도 아닌 첨단과학으로 포장된 이 시대에 무학이라고 말하면 좀처럼 믿기 어려울 것이다. 그러나 나는 스물세 살까지는 이 악조건을 모두 갖고 살았다. 평범한 사람들에게는 도저히 이해하지 못할 상황들이 세 살 때 찾아온 소아마비 후유증으로 다리를 절면서 시작되었다.

넉넉하지는 않았지만 나름대로 밥은 먹고 살 정도로 평범한 가정에서 나는 태어났다. 그런데 세 살 때 심한 열병을 앓았는데 그 후유증으로 잘 일어서지를 못했다. 부모님께서는 자라면서 다리에 힘이 생기면 걸을 수 있다는 실낱같은 희망을 가졌다. 그러나 밖에 나가 뛰어놀 나이가 되었을 때도 낫기는커녕 다리를 절룩거리며 노는 내 모습에 상심이 크셨다.

결국 부모님의 희망은 빗나가고 초등학교에 입학해서도 다리를 절며 학교에 다녔다. 체육시간이나 운동회 때엔 나 혼자 빠져 운동장 한 귀퉁이에 앉아 풀이 죽어 뛰어노는 친구들을 바라만 보았다. 그러다가 나는 땅바닥을 내려다보며 낙서하면서 시간을 보냈다. 그나마 저학년일 때는 운동을 열심히 하면 아픈 다리가 곧 낫겠지 하는 생각으로 마음의 상처를 이겨 냈다. 하지만 초등학교 고학년이 되면서 내 다리가 정상적으로 돌아올 수 없다는 것을 알게 되었다. 한순간에 대한민국 장교가 되겠다는 내 꿈도 사라졌다.

초등학교 때, 나라를 지키는 군인이 그렇게 멋질 수가 없었다. 그것도 육군사관학교에 들어가 장교가 되어 병사들을 지휘하는 꿈을 갖고 있었다. 그러나 다리를 저는 장애인은 군대는 물론 절대로 육군사관학교에 들어갈 수 없다는 사실을 알고 나서는 실망이 컸다. 그때부터 친구들이 즐겁게 운동회 연습할 때에 운동장을 빙빙 배회하는 것도 싫었다. 체육시간에 달리기 시합에서 절룩거리며 달려 꼴찌로 들어오는 것도 창피했다. 늘 친구들에게 놀림감이 되는 것 같아 마음이 불편했다.

초등학교 5학년이 되면서 아침이면 학교에 가기 싫어 몸부림을 쳤다. 부모님은 학교에 가지 않겠다며 고집피우는 나를 달래고 설득하느라 진땀을 뺐다. 아버지는 답답한 심정에 말없이 먼 산을 바라보기도 하고, 어머니는 눈물을 보이기도 했다. 돌이켜 보니, 그때 부모님 심정을 헤아리지 못하고 가슴에 생채기를 남긴 못난 자식이라는 생각에 죄송스러운 마음뿐이다.

어머니는 내가 장애를 갖게 된 것이 당신의 무지 때문으로 자책하며 괴로워하셨다. 어머니는 내 다리를 고치기 위해 하루도 빠짐없이 새벽기도회에 나가 기도했다. 현대의학으로는 고칠 수 없는 아들의 다리를 고쳐달라며 하느님께 매달린 것이다. 아들의 다리를 고치기 위한 간절한 기도는 어머니가 세상을 떠날 때까지 계속되었지만 끝내 이루어지지 않았다.

결국 나는 5학년을 끝으로 초등학교를 그만두었다. 나중에 공부하겠다는 생각도 없었다. 그냥 다리를 저는 내 모습이 싫어서 세상을 피하고만 싶었던 것 같다. 그때 마음의 벽은 점점 높이 올라가면서 그 속에 갇혀 버린 세월이 길었다.

그러나 이후 어머니의 기도는 나에게 헛되지 않아 잠시 방황 끝에 '걸음은 흔들려도 인생만은 똑바로 살라.' 는 정신적 메시지가 되었고, 그 결과 남과 비교하는 마음을 멈추고 나 자신의 과거와 비교하면서 현재 얼마나 더 타인을 위해 실력을 쌓고 발전하고 있느냐는 가치관에 초점을 맞추는 행복한 삶을 지속하게 되었다.

결국 어머니의 정신적 유산인 기도가 우리 삼 남매를 훌륭하게 키워 놓으셨다. 지금 남동생은 17년간의 공무원 생활을 마치고 목사고시에 합격하고는 사회복지사 자격증까지 획득하여 교회 담임목사로 목회활동을 하면서 한편으로는 지역 주민을 위해 헌신하고 있고, 미싱 일을 돕던 여동생은 명문대를 졸업한 후 강남의 유명학원 강사에서 다시 대학원 공부를 통해 이제는 교회 전도사가 되어 영어만으로 학생들을 지도하는 영어캠프의 리더가 되어 있다.

짝꿍의 옷을 만들면서 마지막 남은 남자의 자존심이 무너지다

초등학교를 중퇴한 나는 아버지가 충주비료공장 근무를 그만둔 후 다시 일을 시작한 직종에서 뒤를 따라다니며 페인트칠을 배웠다. 당시엔 집들이 단층이어서 사다리를 놓으면 올라가 페인트를 칠하는 데 그다지 어렵지는 않았다. 아버지는 사다리가 넘어질까 봐 늘 불안해하셨다. 그러나 나는 학교에 다니며 단체행동도 못하면서 소외되는 그런 묘한 기분보다는 혼자 있다는 것이 훨씬 마음이 가벼웠다.

또래 친구들이 교복을 입고 학교에 다니는 모습을 보면서도 별다른 느낌이 없었다. 친구들이 부럽거나 학교를 동경하지도 않았다. 친구들이 하는 공부 대신 나는 공사 현장에서 페인트를 칠하고 있다는 단순한 생각으로 하루하루를 살았다.

세상 물정을 모르던 어린 나이였기에 나는 공부의 중요성을 깨닫지 못했다. 그래서 학업을 중단했어도 마음의 상처는 없었다. 일 자체에서 보람을 찾으려고 애쓰다 보니 그런 대로 버틸 만했다.

페인트공으로 청소년기를 보내고 나이가 조금 들어 양장점에서 미싱 보조로 일을 하기 시작했다. 장애가 있어서 활동량이 많은 페인트공보다는 앉아서 하는 일이 평생 직업으로 삼아도 좋을 것 같아서였다. 미싱 기술만 좋으면 양장점을 차려 사장을 할 수도 있다는 희망을 갖고는 열심히 일했다.

그러던 어느 날, 초등학교 때 짝꿍이었던 여자 친구가 내가 일하는 양장점에 불쑥 들어왔다. 옷을 맞추러 온 것이었다. 7년 만에 잠시 어색한 만남이 이루어졌다. 어엿한 여학생으로 변한 그녀의 모습에서 처음으로 내 자신을 비교하게 되었다. 그녀의 옷을 만들며 처음으로 인생의 비애를 느꼈다. 그때 괜한 자존심을 부려 초등학교를 졸업하지 못한 것이 못내 후회스러웠다. 초등학교를 졸업했더라면 중학교, 고등학교까지 다닐 수도 있었다는 생각에 지나온 세월이 안타까웠다.

철없던 어린 나이에 자존심 상해 학교를 그만두었는데, 결국 여자 친구의 옷이나 만드느라 미싱을 돌리고 있는 현실에 더욱 더 자존심 상했다. 한창 미래를 생각하며 공부할 나이에 좁은 양장점에서 미싱이나 돌리고 있는 내 자신이 한없이 초라하고 원망스러웠다.

오랜 고민 끝에 공부를 해야겠다는 생각이 들었지만 이미 때가 늦었다는 생각도 들었다. 초등학교 졸업장조차 없는 법적으로는 무학인 내가 남들처럼 무슨 공부를 할 수 있을지 참으로 암담했다. 초등학교를 다시 다닐 수도 없는 현실이어서 다시 공부를 하겠다는 생각은 마음뿐, 대책을 세울 수가 없었다.

그 후로도 시간은 멈추지 않고 흘러 내 나이 스물세 살이 되었다. 그때까지도 나는 양장점에서 미싱을 돌리며 여자들 옷을 만들었다.

내 인생의 첫 전환점이 된 '검정고시'

어느 날, 우연히 본 신문에 중입 자격 검정고시를 실시한다는 서울시 교육청의 공고가 나와 있었다. 그러니까 초등학교를 졸업하지 못한 사람들이 검정고시를 보아 졸업 자격을 얻는다는 공고였다. 그 공고를 보는 순간 흥분이 되어 가슴이 덜덜 떨렸다.

정규 교육을 받을 기회가 영영 사라진 줄 알았는데, 그런 제도가 있는 줄은 처음 알게 되었다. 내 인생에 첫 전환점이 되어 준 귀중한 정보를 칼로 오려서는 지갑에 소중히 넣어 가슴에 품고 일했다. 짬을 내어 지갑에서 공고문을 꺼내 들여다보고 또 보며 희망을 가슴에 품었다.

나는 즉시 초등학교 교과서와 문제집을 사 가지고 와서는 초등학교 졸업 검정고시 준비를 시작했다. 그 해에 바로 합격하고는 내친김에 중학교 졸업 검정고시 준비를 했다.

나이 들어 새로 시작한 공부였기에 다른 곳에 눈길 한 번 돌리지 않았다. 낮에는 미싱과 씨름하고 밤에는 오직 검정고시 시험에 대비해 머리를 싸매고는 새벽까지 공부했다. 그렇게 해서 중학교 졸업 검정고시에 합격하였다.

그때부터는 삶에 대한 희망이 보였고 세상이 다르게 보였다. 일과 공부하는 시간에 쫓기면서도 늘 마음이 즐거웠다. 그리고 고등학교 졸업 검정고시에 합격하자 대학 진학까지 꿈꾸게 되었다.

그리하여 스물세 살까지 초등학교 중퇴가 전부였던 나는 만 2년 만에 초 · 중 · 고등학교 졸업 검정고시에 모두 합격해 1982년에는 충북대학교 법대에 진학했다.

꿈조차 꿀 수 없었던 대학생활은 내 인생에서 가장 벅찬 순간이었다. 그런데 아버지가 돌아가시면서 가정 형편이 더 어려워졌다. 대학 교재를 살 돈도 없었다.

많은 사람들의 도움을 받았지만 교재 몇 권만 가지고 학교를 다녔다. 배우던 교재를 다시 팔아 교통비로 쓰면서 남모르게 눈물도 흘렸다. 그러한 가운데서도 대학생활을 계속할 수 있도록 물심양면으로 도와주신 고마운 분들을 나는 죽는 날까지 잊지 못할 것이다.

학교 조교, 도서관 아르바이트, 학생 과외지도 등을 전전하며 대학생활을 했다. 커피 한 잔 마실 돈이 없어 미팅은 생각도 못했다. 당시 대학생활의 낭만은 나에겐 사치였다.

대학생활을 하면서 돈과 물질만이 최고가 아니라는 것을 온몸으로 깨달았다. 배고프고 헐벗어도 배울 수 있다는 것만으로도 너무 좋았다. 그때 행복과 불행은 마음먹기에 달려 있다는 것을 알았다.

대학을 졸업하고 취직시험을 보았다. 그러나 장애인이라는 이유로 번번이 면접에서 떨어졌다. 그런 와중에 어머니가 돌아가셨다. 세상에 혼자 남았다는 생각이 들었다.

어떤 난관이 닥쳐도 스스로 극복해 나가기로 독하게 마음먹었다. 그래서 주변 사람들에게 연락을 하지도, 받지도 않기 위해 친구들의 전화번호가 적힌 수첩을 몽땅 태워 버렸다.

성공신화를 꿈꾸며

시계회사에 생산직 근로자로 취직을 했다. 좌절은 없다는 각오로 뛰어든 자신과의 처절한 싸움이었다. 그때 내 모습을 유심히 지켜보던 한 교인이 자신이 운영하는 한국과학기술문헌센터에서 함께 일하고 싶다는 제안을 했다. 그 회사는 해외 원서를 수입해서 대학 교재로 납품하는 회사였다. 나는 한국과학기술문헌센터에서 일하며 정보에 눈을 뜨게 되었다. 그 시절, 회사에 근무 중 또 다른 도전으로 야간대학원에 입학하게 되었고, 지금의 아내를 만나는 행운도 얻었다.

어느 날, 한 업체로부터 해외 자료를 찾아달라는 요청이 왔다. 당시 외서만 수입해서 대학에 교재로 납품만 하던 나에겐 다소 신선한 느낌마저 들었다.

나는 적극적으로 해외 자료를 찾아 주다가 사업 아이디어가 떠올랐다. 남들이 필요로 하는 자료를 찾아 주는 일에 직접 뛰어들고 싶었다. 자료 검색은 물론 수집까지 대행해 주는 업체를 만들면 괜찮을 것이라는 생각이 들었다. 그래서 창업을 하면 성공할 것 같은 강한 예감이 들어 도전장을 내기로 했다.

1991년 11월 말, 성공신화를 꿈꾸며 소호(small office home office)족이 되었다. 방 한 칸 살림집에 286컴퓨터와 프린트기 그리고 팩시밀리를 갖추고 작업장을 만들었다. 벤처 사업가로서의 첫출발이었다.

우선 각종 해외 자료 목록을 작성했다. 필요하다고 예상되는 회사에 해외 정보를 팩스로 보냈다. 그런데 생각보다 반응이 빠르고 평가가 매우 좋았다. 전화가 오고 주문이 밀려들었다. 내 예상이 적중하자 새벽까지 일해도 힘이 솟아났다.

기업체에서 자료를 요청하면 최신 정보만을 골라 단기간 내에 찾아 전달했다. 그러자 거래처가 계속 늘어나 3년 만에 법인으로 등록했다. 집에서 나와 사무실을 얻고 직원도 채용했다. 그런 와중에 문헌정보 분야가 내가 해야 할 일이라고 생각하고는 외국어대 정보관리학과 석사과정에 입학했지만 아쉽게도 1학기만 마치고 자퇴하게 된다.

회사가 나날이 발전을 거듭하여 지금은 문헌정보(internet docter.co.kr)라는 해외정보 제공 사이트를 운영한다. 국내의 유수 기업체에 전 세계의 수천 개 단체의 도서 학술자료 · 정기간행물을 수집 · 제공하는 사이트이다.

문헌정보회사의 주 고객은 첨단기술을 연구하는 사람들이 최대 고객이다. 최신 학술자료를 확보하는 것은 이공계나 자연과학 등 첨단기술 분야를 연구하는 사람들에게는 가장 기초적이고 필수적인 작업이기 때문이다.

그 밖에도 기업체 연구소나 정보기관, 대학 도서관까지 전문자료를 필요로 하는 곳에 정보를 제공한다. 개인보다는 대기업이나 단체를 상대로 사업을 확장했다. 전문 자료를 제공하는 단가가 개인이 부담하기에는 비싼 요인도 있고, 대규모의 선진 프로젝트를 진행하는 업체에서 주로 최신의 연구 자료를 원하기 때문이기도 하다.

필요로 하는 정보를 쏙쏙 뽑아주는 정보문헌 대행사

야후, 알타비스타, 아리코스 그리고 네이버에서 엠파스까지 정말 많은 검색 엔진들이 존재한다. 정보의 바다라는 인터넷을 보다 효과적으로 사용하기 위해 만들어진 도구이다. 그러나 이러한 검색 엔진 또한 검색의 한계를 여실히 드러내며, 검색된 자료의 방대함에 또다시 분류해야 하는 번거로움을 안겨 주고 있다. 이런 때 필요로 하는 자료를 쏙쏙 뽑아주는 대행사의 필요성을 갖게 되며, 그 역할을 하는 것이 바로 내가 하는 일이다.

그 동안 정보화 시대의 급속한 발전으로 사업이 시장 진입에 있어서 별다른 어려움은 없었다. 다만 IMF 때 환차손으로 많은 손해를 보기도 했다. 그때 사업이 위태했지만 발전 속도에 치우치지 않는 업무 처리로 극복해 낼 수 있었다.

국내와 사정이 다른 곳과의 거래는 그 거래 상품이 무엇이든지 상관없이 어려운 점이 자주 생긴다. 특히 우리와 다른 문화권의 국가들과는 여러 난관들이 있었다. 당시 유럽 동구권이나 인도 등 물류 시스템이 잘 안 갖춰진 국가들과의 교류는 그래서 더욱 어려움이 컸다. 지금은 책자 등 물리적 상품의 이동은 미국 뉴저지 주에 연락 사무소를 설치하고 도착지를 한국이 아닌 미국사무소로 해서 물건을 받고 이것을 다시 미국에서 항공을 통해 한국으로 보냄으로써 물류비는 물론 이동시간을 단축시킬 수 있었다.

나는 이러한 일들이 잘 극복된 때문인지 과거의 일에 연연해하지 않는다. 과거의 일은 교훈거리가 될 뿐이다. 항상 새로운 일에 대한 도전을 늦추지 않는 나는 요즘에도 평일에는 밤 11시에서 새벽 1시가 되어야 퇴근한다. 빼곡한 스케줄을 소화하려면 시간이 부족하기 때문이다. 늘 시간이 부족하지만 나는 즐겁게 일을 한다. 내가 할 일이 있다는 것, 그리고 많은 기업체에서 정보를 필요로 한다는 것 자체만으로도 행복하기 때문이다. 그 곳에 내가 중심이 되어 서 있다는 생각에 늘 일 자체가 즐겁다.

하지만 주말만은 특별한 일 빼고는 대부분 그 어떤 일이 있더라도 가족과 함께 보낸다. 한때 내가 정보기술 관련 분야에서 성공할 수 있었던 것은 가족의 힘이 컸다. 나를 믿고 따라준 아내와 두 아들이 있다. 내가 정신없이 일에만 매달릴 수 있는 깃도 가족의 덕택이다. 가족은 현재 내가 대학과 기업체 등에서 교육과 아울러 소호사업을 안정적으로 펼쳐 나가는 데에 정신적으로 큰 도움이 되고 있다.

21세기는 정보화 시대

나는 21세기 불확실성 시대의 정보화 이야기를 다룬 《성공은 정보를 타고 흐른다》라는 책을 펴내었다. 나는 이 책에서 21세기에는 누가 얼마만큼의 정보를 갖고 활용하느냐에 따라 승부가 갈린다는 점을 강조했다. 정보기술을 활용한 효율적인 정보화만이 세계적인 경제 위기를 극복할 수 있는 지름길이다.

해외 정보를 잘 파악한 기업은 이미 경제 위기를 예견하고 준비해 왔다. 그런 기업들이 위기를 잘 극복하고 있는 점만 봐도 정보가 얼마나 중요한가를 알 수 있다.

지금은 변화의 주기와 지식 반감기가 짧아 오래된 유물이 되었지만 당시의 책에서 지적 재산권과 정보 시대의 무형 자본, 정보화 사회의 가상 현실, 떠오르는 관련 벤처 기업, 황금알을 낳는 콘텐츠 산업 등 정보산업을 폭넓게 소개하였다. 이 밖에도 정보화 시대에는 무형 자본이 되는 무체재산권을 활용해 고부가가치를 가르치자는 것이 나의 일관된 주장이었다. 또한 지식자본이 되는 디지털 문헌정보와 국가 경쟁력의 핵심인 교육정보화 방안도 제시하였다.

정보에 관련된 책도 펴내고, 여러 대학교에서 학생들을 가르치고, 기업체와 관공서 직원을 대상으로 특강도 비교적 많이 하였다. 그러자 힘들고 어려웠던 IMF 시대에 가장 경쟁력을 확보한 사람 중의 하나로 알려지면서 유명세도 많이 탔다. 그 동안 정통부 산하 학술법인 새 문명아카데미 포럼 연사로, 또는 여러 대학과 기업체 세미나 등에 출강해 오면서 특강 연사로도 활동해 왔다. 또한 중소기업청 주관 소호(SOHO) 성공 사례 창업 부문 대상을 수상하는 영광도 안았다.

나는 사업에 대해 남들만큼 대단하게 생각하지 않는다. 사업 구상에 대단한 의미를 부여해서 과장하지도 않는다. 남들보다 정보의 중요성을 조금 일찍 알았을 뿐이다. 정보의 중요성에 대한 조금 이른 깨달음이 오늘의 나를 만들어 냈던 것이다. 정보는 얼마나 보유하고 있느냐가 아니라 어떻게 사용하고 있느냐가 더 중요하다. 하드웨어가 꽉 차 있다고 기뻐해서는 안 된다. 그 하드웨어 안에 가득한 정보를 어떻게 가공할 수 있는지에 대해 고민해야 한다. 현대의 많은 사람들은 빠르게 변해가는 정보에 숨가빠한다. 정보의 홍수 속에서 나에게 필요한 정보를 가려내고 그 정보를 새롭게 가공할 수 있는 노력이 필요한 것이다.

'강한 자가 살아남는 것이 아니라, 살아남는 자가 강한 자'라는 말이 있다. 그런데 정보화 사회에서 이 말은 '변화의 흐름을

읽는 자가 살아남으며, 살아남는 자는 자신을 변화시킨 자이다!'
라는 말로 바뀌어야 할 것 같다. 변화의 흐름에 적절하게 자신을 변화시키며 부가가치를 높이는 전략이 그 어느 때보다도 필요한 시대이다.

누구도 내 자신을 위해 대신 살아 주지 않는다

나는 누구보다도 사회적 제약을 많이 받았던 한 사람으로서 실사구시와 현장 중시 기반에다 창조적 지식 능력을 접목시킬 수 있는 풍토가 하루 빨리 정착되었으면 하는 바람이다.

나는 스물세 살까지 정규 학력이라고는 초등학교 중퇴가 전부였다. 국가의 의무교육인 초등학교조차 졸업하지 못한 내가 지금은 대학에서 겸임교수로 12년간 대학생들에게 정보기술(IT) 분야 과목을 가르쳐 왔다. 또한 나는 자기개발을 위해 한국언론재단 · (사)한국전문신문협회 전문신문기자 취재실무과정 이수, 국가전문행정연수원/국제특허 연수 제 18기 전자출원실무과정, 서울대학교 경영연구소 ECRC/네트워크 및 보안/전자상거래 시스템 운용 및 관리과정, 중앙대학교 전산원/IT 교육 웹 마스터 & C++ 과정, 한국과학기술원 과학기술전자도서관/JAVA Basic & Advanced Programming 과정을 수료하기도 하였다.

끊임없이 공부하고 학생들을 가르치고 회사를 운영하면서 지금까지 기업체, 관공서, 학교, 군부대를 비롯해 셀 수 없을 정도로 많은 곳에서 '도전과 성취' 라는 주제로 또는 '글로벌 경영환경과 IT 전망' 관련 분야의 강연을 해 왔다.

겸임교수로서, 벤처 사업가로서 누구보다도 희망찬 삶을 살아왔다. 나에게 주어졌던 모든 악조건을 이겨 내고 인간 승리로 이끈 내 자신이 때로는 자랑스럽다. 인생의 만족도는 물질이나 권세에 있는 것이 아니라 가치 기준에 따라 얼마든지 달라질 수 있다는 것을 일찍 깨달았다.

대학을 졸업할 스물세 살 나이에 검정고시로 초중고 과정을 거쳐 대학생이 되던 날의 감격을 나는 아직도 잊지 못한다.

독학으로 힘들게 공부하면서 굶기를 밥 먹듯 하던 시절이었지만 배우는 기쁨 하나로 그 어떤 어려움도 거뜬히 이겨 낼 수가 있었다. 나는 무학의 설움을 딛고 자신의 잿빛 인생을 화려한 장밋빛으로 바꿔 놓았다.

사람들은 누구나 꿈을 꾼다. 잠을 자면서 꿈을 꾸기도 하고, 미래를 준비하면서 꿈을 꾸기도 한다. 그런데 주위 사람들이 지치고 좌절하여 포기하는 때에도 꿈을 꾸며 희망의 끈을 놓지 않는 사람들이 있다. 어둠 속에서도 절망하지 않는 사람들을 통해 사회는 발전한다.

내수경제가 어려운 요즈음, 집집마다 가계부채 때문에 빚에 힘들어하는 사람들이 넘쳐나고 있다. 마음먹기에 따라 '빚' 에다가 점하나 추가하면 대한민국 사회에 '빛' 내는 사람으로 인생역전도 가능하다고 보고 있다.

"여러분이 꿈꾸는 아름다운 세상, 우리는 이미 실천하고 있습니다."

이것은 재활용협회 수거장에 붙어 있는 작은 스티커에 적혀 있는 말이다. 꿈을 향한 실천의 중요성을 잘 드러낸다.

미래는 운명이 아니라 개개인의 꿈에 의해 개척되고 창조되는 정신적 · 물질적 성과물이다. 유명한 화가는 백지 한 장 있으면 자신의 생각으로 이 세상에 존재하지 않았던 새로운 세상을 그림으로 창조한다. 그렇다면 나에게 주어진 모든 일에 감사하면서 하고자 하는 의지만 있다면 이 세상에 못할 일이 없다. 긍정적이고 적극적인 사고로 매사에 감사하면서 내 앞에 놓여 있는 일에 최선을 다하면서 살다 보니 내가 여기까지 온 것이 아닌가 한다.

꾸준히 노력한 결과 정보통신 정책연구원이 선정하는 2000년 신지식인의 주인공이 되기도 하였다. 또한 신지식인 모범 사례 공모전에서 '우수 사례상 경영인' 으로 서울시 표창까지 받아 상복이 터졌다.

나는 세월이 오래 걸려도 문헌정보를 기반으로 진짜 순수한 벤처 기업인이 되고 싶다. 요즘 의미가 퇴색됐지만 진정한 의미를 살릴 수 있는 벤처 기업인으로 많은 청소년들과 젊은 대학생들에게 꿈과 희망을 주고 싶다.

나는 여기에 만족하지 않고 새로운 온오프 사업을 추진 중이다. 상표 등록도 마치고 구체적인 사업 계획까지 이미 오래 전에 세워 놓았다.

미국 뉴저지 주에 물류 터미널을 15년째 활용하고 있지만, 급변하는 글로벌 환경을 더 쉽게 이해하기 위해 2009년도에 가까운 중국 산둥성 칭다오와 몽골 수도 울란바토르 그리고 유럽의 벨기에와 독일 몇 개의 주요 도시를 방문하면서 IT 관련 실험도 마쳤다. 1년 이내에 몇 개의 주요 국가를 더 방문하여 IT 관련 실험도 그리고 연구와 조사도 아울러 실행할 예정이다.

아무도 내 운명을 대신 살아 주지 않는다. "스스로의 운명을 바꾸려 하지 않는 자의 운명은 하나님도 바꾸어 주지 않는다."라는 말레이시아 속담이 있다. '걸음은 흔들려도 인생만은 올바로 살아야 한다.'는 일념으로 자신의 생각을 바꾸어 운명을 스스로가 개척하고 노력해서 바꿔야 한다.

길가에 버려진 깨진 항아리 조각도 주워다가 거기에 이름 모를 들꽃이라도 심어 놓는다면 어떤 의미가 담겨 있지 않은가! 세상에 용도를 바꾸면 가치가 없는 것은 없다.

비싼 진주가 없어졌을 때 그것을 찾기 위해 별다른 값어치 없는 한 자루의 촛불이 필요하듯이 지구촌 사회에서 누군가에게 꼭 필요한 사람으로 살아가고 싶다.

"돌아온 문주현… 한국자산신탁 재도약 날개"
최근 한 경제신문 부동산면에 난 헤드라인 기사이다. 마치 컴백하는 스타와도 같은 제목이 좀 쑥스럽다. 한 개인 디벨로퍼가 공기업 부동산 신탁사인 한국자산신탁 인수 작업에 들어간 첫 사례로, 아마도 부동산 업계의 큰 이슈가 되고 있기 때문일 것이다.
특히 이번 인수 작업은 MB정부가 적극 추진 중인 공기업 민영화 정책의 첫 사례로 관심을 끌고 있다.
부동산개발회사가 부동산신탁회사를 인수하는 경우가 흔치 않은데, 아마 국내에선 최초일 듯싶다.
신탁인수를 계기로 ㈜MDM의 부동산 전문개발과 마케팅의 풍부한 경험, 그리고 여기에 신탁업의 시너지 효과까지 얻어, 명실공히 부동산종합 그룹으로 발전시키려는 나의 꿈이 한 걸음 진일보한 것 같아 흐뭇하다.

비굴하게 사느니 분투 중에 쓰러짐을 택하라

문주현 (주)MDM 대표

· 경희대학교 정경대학 회계학과 졸업
· 서울대학교 공과대학 최고산업전략(AIP) 과정 수료
· 서울대학교 국제대학원 최고경영자(GLP) 과정 수료
· 서울대학교 공과대학 건설산업 최고전략(ACPMP) 과정 수료
· 나산종합건설(주) 개발사업담당 본부장 상무이사 역임
· (주)MDM 창립(종합 부동산개발회사)
· 문주장학재단 설립(현 이사장)
· 건국대학교 주거환경학과 겸임교수
· 경희대학교 생활과학대학 주거환경 전공 겸임교수
· 민주평화통일자문회의 상임위원

한국자산신탁 인수는 부동산 그룹의 토대

언론의 보도대로 최근 한국자산신탁의 모 회사인 한국자산관리공사(캠코)와 양해각서(MOU)를 체결하는 등 인수 작업이 순조롭게 진행되고 있다.

한국자산신탁 매각 우선협상대상자로 선정된 대신 MSB 사모투자전문회사의 지분 구성에 나는 개인 자격으로 동참했다. 앞으로 한국자산신탁 인수가 마무리되면 향후 1~2년 내에 그 사모투자전문회사가 가지고 있는 한국자산신탁 지분을 모두 인수할 예정이다.

한국자산신탁은 그리 크지 않은 회사지만 그 동안 위험이 낮은 관리형 토지신탁에 중점을 둬 나름대로 견실한 재무구조를 갖고 있는 알짜 신탁회사로 알려져 있다. 한국자산신탁 인수는 '개발 · 마케팅 · 컨설팅 · 신탁업무'를 총망라한 부동산종합 그룹 구축을 위한 일종의 포석이다.

신탁회사 인수 이유는 다음과 같다. 소위 디벨로퍼라고 하는 시행사들은 그 동안 단순히 토지를 구입해 시공사에게 사업 자체를 넘기는 방식으로 사업을 해 왔다. 그러다 보니 건물 짓는 일만 해야 할 건설사가 개발사업 전체를 주도해 실제 주인인 시행사는 하청 업체나 진배없는 형국이었다. 시행사가 자금 동원 능력이 없었기 때문이다. 이제는 디벨로퍼와 금융사가 서로 만나 개발사업을 주도하는 선진국형으로 전환할 때이다. 따라서 그 동안 ㈜MDM이 쌓아 온 자금력과 개발 관련 노하우, 그리고 우수한 인력 등에 부동산신탁사의 측면 지원이 합쳐지면 그야말로 디벨로퍼 위주의 수익성 높은 개발사업을 추진할 수 있을 것이라는 생각이 들었다. 이게 바로 선진국형 부동산개발이라는 생각에서 신탁사 인수에 적극 나서게 되었다.

부동산 관련 사업은 흐름만 제대로 읽는다면 절대 실패하지 않는다고 믿는다. 현재 이를 위해 시장을 철저히 분석하고, 틀을 깨는 과감한 아이디어를 준비 중이다. 한국자산신탁은 그 동안의 노하우를 바탕으로 ㈜MDM과 함께 능력만큼 최고로 대우해 주는, 그리고 최상의 사업 성과를 내는 회사로 만들 계획이다.

끊임없는 도전 정신, 나의 삶, 나의 이력

지금까지 나를 따라다니는 꼬리표는 많다. '부동산계의 마이다스 손, 부동산 신화의 주역, 돌아온 문주현, 한국자산신탁 재도약 날개…….'

이 분야에서 많은 화제를 몰고 다닌 덕분에 그 동안 쌓은 많은 경험과 탄탄한 이론까지, 업계나 언론에 나 자신이 하나의 아이콘으로 자리매김하는 느낌이 든다. 요즘엔 건설 · 부동산 분야의 내로라하는 전문가, 기업인, 임직원들의 컨설팅과 강연뿐 아니라 대학 건축, 부동산 관련 학과와 모교인 경희대 경영대학 · 대학원 강의까지 요청이 쇄도하여 무척이나 바쁜 일상과 함께 보람도 느끼고 있다.

나는 '나눔'을 내 인생의 좌우명으로 삼고 있다. 그것이 재물이든, 지적 재산이든 간에 내가 비록 분투하여 어렵게 이룬 사업일지라도 나눔과 함께 성장하며 사회 공헌으로 마감하는 것이 나 개인적인 꿈이다. 나름대로의 인생철학과 나의 끊임없는 도전 정신은 그간 내가 자라온 환경과 특이한 이력 때문일 것이다.

나는 전라남도 장흥군 관산읍에서 5남 4녀 중 3남이자 다섯 번째로 태어났다. 관산남국민학교와 관산중학교를 졸업한 후, 고등학교에 진학하지 못하고 3년간 농사와 김 · 미역 양식 일을 하며 집안일을 도왔다.

그러던 어느 날, 기껏 공들여 지은 농사를 하루아침에 쓸어버리는 여름의 태풍과 매서운 한겨울 삭풍인 바닷바람을 보며 어린 마음에도 무척이나 속이 상했었다. 실망과 절망을 맛본 나는, 인간은 자연의 힘을 이길 수 없다는 생각에 농사를 마다하고 고향을 떠날 결심을 하였다.

마침내 부모님의 허락을 받아 1976년, 전남 광주시에 있는 노동부 산하 광주직업훈련원에 도전했다. 나는 제1기 무료 국비장학생으로 선발되어 선반기술을 배우기 시작했다. 당시 고등학교를 졸업한 원생들은 자격증을 따게 되면 실습교사 자격증을 받았다. 하지만 나같이 중졸 학력을 가진 사람들에게는 보수가 낮은 공장에 취업할 수밖에 없었다. 그래서 나는 공부를 더 해야겠다는 생각을 하게 되었다. 공부할 방법을 모색하던 중 친구한테서 검정고시 제도가 있다는 말을 듣고는 너무나도 기뻤다.

하루 15시간씩 공부에 매진, 6개월 만에 합격하였다. 그런데 그때에 입영 영장이 떨어졌다. 더 이상의 공부를 미루고 나는 할 수 없이 고향집으로 돌아갔다. 아버지께 군대 갔다 와서 꼭 다시 하겠다는 말씀을 드리자 아버지는 내 손을 꼭 잡고는 용기를 주셨다.

"넌 다시 할 수 있다, 꼭!"

아버지는 내 의지를 이내 알고 믿고 있었던 것이다.

군 생활도 무리 없이 잘 보냈다. 중학교 시절 씨름에 익숙해져 있던 나는 연대 씨름대회에서 우승을 하는 등 강인한 체력을 키웠다.

활발한 대학생활과 좌절, 그리고 봉신장학금의 은공

제대 후, 잠시 고향에서 농사일을 거들었다. 그리고는 죽자 살자 다시 공부에 매달렸다. 그해 11월, 예비고사를 거쳐 1983년에 경희대 정경대학 회계학과에 입학하였다. 예비고사 점수는 생각보다 많이 나왔다.

당시 내 꿈은 공인회계사가 되는 것이었다. 회계사가 되어 대기업을 감사하는 직업이 적성에도 맞고 멋있을 것 같았다. 당시 회계학과는 중대 야간과 경희대밖에 없어서 남들이 잘 안 하는 일을 하고 싶은 욕심도 있었다. 늘 새로운 일을 좋아하고 개척정신이 강했던 내 성격과 잘 맞아 떨어지는 학과였다.

경희대에 다닐 때 활발한 교내외 활동을 하며 늦깎이 대학생활을 즐겼다. 대학생활 내내 경제적인 어려움에 고달팠지만, 그래도 대학생활은 낭만이 있었고 즐거웠다. 경희대학교 검정고시 동문회에 참여하여 활동을 하던 나는 문득 경희대학교뿐만 아니라 전국 검정고시대학동문회를 구성했으면 하는 생각이 들었다.

그래서 1985년, 전국 검정고시 대학연합회를 창립하고 초대 기획실장을 맡았다. 이때부터 각 대학교에 검정고시 동문회가 활발한 활동을 하게 되었고, 1년에 한두 차례 모여 동문회의 친목과 발전을 위해 뜻을 모으기도 했다. 검정고시 대학연합회가 발판이 되어 훗날 전국 검정고시총동문회가 탄생하는 밑거름이 되었다.

동아리 활동으로 무척이나 바빴지만 한편으로는 내 꿈인 회계사가 되기 위해 열심히 공부하였다. 한번 목표를 정해 매달리면 목표를 이룰 때까지 다른 것은 신경 쓰지 않고 매진하는 성격 때문인지 공부하던 중 몸에 이상이 생겼다. 의사는 공부를 중단하고 휴양하라고 충고하였다. 결국 회계사 시험을 중도에 포기할 수밖에 없었다.

참담한 심정이었지만 어영부영 학교생활을 할 수는 없었다. 그래서 중계동 개척교회에서 중고 과정 어학교사로 봉사하였다. 비록 가난하고 몸이 아파 힘든 생활이었지만 적어도 내가 처해 있는 이 환경에서 내가 갖고 있는 능력을 나누고 싶었다.

투병생활을 하면서 대학을 다니다 보니 경제적인 어려움이 많았다. 어렵게 시작한 공부를 중도에 포기하려니 어지간히 속이 상했다. 갈등도 많았다. 그런데 뜻밖에도 내 사정을 알게 된 어느 한 독지가로부터 도움을 받게 되었다. '봉신장학금'을 받게 되었는데, 당시 이 봉신장학금은 주로 서울대에 다니는 학생들이 받는 일종의 향토 장학금이었다. 그런데 운이 좋게도 나에게 기회가 온 것이었다. 정말 기쁘고 감사했다. 그때 나는 훗날 내가 성공하면 젊은 시절 내가 받은 이 은혜를 조금이나마 사회에 돌려주겠나고 자신과 약속했다. 이것은 후에 '문주장학재단'을 설립하는 배경이 되었다.

나산실업에 입사하다

독지가로부터 받은 장학금 덕택에 늦깎이 대학생인 나는 31살에 졸업하였다. 졸업장은 손에 쥐었으나 오라는 곳은 없었다. 신입사원 원서를 내기엔 내 나이가 너무 많았다. 그래서 선택한 곳이 나산실업이다. 그 당시 나산은 연매출 200억 원 미만의 중소기업체였다.

1987년 3월 9일, 대졸 공채 1기로 나산실업 경리과에 입사, 경영관리실 근무 시 신설된 부동산개발팀에 발탁, 나산관광개발에서 주임 · 대리 · 과장으로 승진, 능력을 발휘할 수 있는 전기가 되었다.

나산 그룹 기획조정실 과장 시 차장 승진, 과로로 한 달간 휴식을 취할 정도로 몸 바쳐 일했다. 그땐 정말 일밖에 몰랐다. 내가 가진 것이라곤 몸뚱어리 하나밖에 없다는 생각에 그저 최선을 다해 열심히 일했다. 소위 말하는 빽도 없고, 또 SKY를 나온 것도 아니었으니 오직 성공하는 길은 열심히, 성실하게 일하는 길밖에 없다고 생각했다.

열심히 하는 것에 있어서는 모든 게 자신 있었다. 하지만 건강만큼은 마음대로 되지 않는 것을 누구보다도 나는 잘 알고 있었다. 그래도 난 주말에 놀러 한 번 가지 않고 오로지 일에만 매달렸다. 그리고 입사 7년 만에 이사로 승진하는 영광을 얻었다. 일을 우선시하며 건강을 등한시했던 나는 이사 승진 이후 두 번이나 쓰러졌다. 어쩔 수 없이 1년 가까이 고향에서 요양하는 고통을 감수해야 했다.

가족과 떨어져 고향에서 요양하며 나는 매일 천관산을 오르내렸다. 한 발 한 발 걸을 때마다 '나는 재기한다. 이대로 쓰러지지 않는다.' 고 속으로 되뇌며 일종의 자기 최면을 걸어 스스로 강인한 정신력으로 버텼다. 그리고 대학동문인 아내에게 청혼할 때 '오늘의 문주현이를 보지 말고 미래의 문주현이를 보고 선택하라.' 고 당당하게 말했던 것을 떠올렸다. 선뜻 결정을 내리지 못하던 아내는 내 진심을 알고는 결혼을 허락했다. 아내와의 약속을 지키기 위해서라도 나는 열심히 산을 오르며 건강해지기 위해 최선의 노력을 다했다.

열심히 노력한 결과 곧 회복되어 나는 다시 출근했다. 1993년 12월 11일, 패션마트 본부장을 하다 광고대행사 ㈜냅스를 창설, 영업을 총괄하였다. 언론에서는 최연소 이사가 탄생되었다고 대

서특필하였다. 경희대 회계학과 동문회에서는 축하연을 베풀어 주기도 했다.

그러나 나는 자만하지 않았다. 그렇다고 겸손할 필요도 없었다. 부정한 일로 이사가 된 건 아니었으니 말이다. 나는 이사가 된 이후에도 틈만 나면 성공한 부동산 투자와 실패한 사례를 직접 확인 분석하기 위해 전국 곳곳을 누비고 다녔다. 그래서 사람들은 나를 신입사원 같은 중역이라고 불렀다.

당시 주상 복합 디벨로퍼의 선두주자로 떠올랐던 나산 그룹은 승승장구하며, 재계 30위권으로 오를 만큼 성장했다. 수많은 이름의 주상 복합 개발뿐 아니라 스포츠센터, 외식산업, 나산 컨트리클럽, 화제의 눈썰매장 등 숱한 아이디어를 다양한 사업에 접목시키면서 대박을 터트렸다. 그 중심엔 내가 있었다. 사회 초년병의 번뜩이는 아이디어와 패기를 높이 샀던 안병균 회장은 나에게 진두지휘할 수 있는 실권을 주고 마음껏 사업을 펼쳐 보이게 밀어 주었다. 소위 궁합이 맞는 오너를 만나서 일군 쾌거였다.

그러나 IMF 사태로 건설 경기가 최악에 이르면서 많은 회사들이 무너졌고 내가 상무로 재직하고 있던 나산 그룹도 결국 부도가 나고 말았다. 나는 중간에 다른 회사로 갈 수도 있었으나 끝까지 남아 최선을 다했고 후회 없이 직장을 그만두었다.

부동산개발회사 (주)MDM

나산 그룹을 나와 부동산 분양을 주로 하는 회사인 (주)MDM을 창업하였다. 나산의 신화를 건설했던 노하우를 그대로 살려 만든 회사이다. 1998년 4월, 20평 남짓한 작은 사무실에서 직원 두 명과 함께 일을 시작했다.

주위 사람들은 건설업계가 불황으로 하루가 멀다 하고 부도나는 판에 무슨 분양회사를 창업하느냐며 만류하였다. 그러나 나는 남들이 창업을 두려워할 때 창업을 하게 되면 그만큼 반사이익도 있을 것으로 내다봤다. 그리고 나산 그룹에서 축적한 많은 노하우와 지적 자산을 초석 삼아 주변 사람들의 걱정과 만류를 뒤로 한 채 창업을 추진했다.

IMF 당시 기업들은 위기를 헤쳐 나가기 위해 갖고 있던 땅조차 매각하던 어려운 시절이었다. 남들이 분양에 대한 성공을 한 치 앞도 내다보지 못할 때, 나는 분당 미금역에 위치한 주거형 오피스텔인 코오롱 트리폴리스 분양을 그 동안의 노하우와 열정을 바탕으로 정밀한 전략을 구사한 결과 성공리에 마무리함으로써 발주처인 코오롱 그룹뿐만 아니라 기존 대형 건설업계에 새 바람을 일으켰다. 그 뒤 서초동 현대 슈퍼빌, 목동 현대 하이페리온, 분당 아이파크와 2001년에는 분당 파크뷰로 내로라하는 개발사업의 마케팅을 모두 성공시키는 저력을 과시하였다. 이로 인해 꽁꽁 얼어붙었던 부동산 시장에 훈풍을 불어 넣으며 국내 부동산업계의 주목을 받으면서 승승장구했다. 그러나 아무리 잘 되어 간다 하더라도 사업을 하다 보면 어려운 고비가 있기 마련이다. 분당 백궁 · 정자 지구에 건설된 주상복합 아파트 파크뷰의 분양 대행 당시 특혜 분양 의혹이 불거지면서 나와 회사의 운명이 걸릴 정도로 위기에 처하기도 했다. 물론 혐의가 없어 무죄 판결을 받아 냈지만, 당시 사실과는 다르게 여론의 집중포화를 맞아 회사가 문을 닫을 지경에 이르렀고 나는 거의 초죽음 상태였다.

사업을 하다 보면 이런 일 저런 일 예기치 않은 숱한 일들이 발생할 수 있다. 하지만 그 어느 것보다도 내가 참을 수 없었던 것은 가족이 받은 상처였다. 사업을 하다가 일이 잘못되어서 나만 욕을 먹고 손가락질을 당한다면 어떤 수모라도 견디겠는데, 사업과는 아무 연관이 없는 가족들이 상처를 입게 되어 마음이 아팠다. 이런 사업이라면 회사 자체를 그만두고 농사짓는 촌부로 사는 게 낫다고 생각했다. 그러나 얼마 지나지 않아 법정 싸움 끝에 다행히 특혜 분양 혐의에 대해 법원으로부터 무죄가 입증되었다.

회사가 혐의를 벗고 다시 일어서게 되자, 오히려 많은 대기업체에서 분양을 해달라는 요청이 쇄도했다. 이름만 들어도 알만한 'I 스페이스', '판교 지구 주상복합', '서초 슈퍼빌' 등 초대형 주상복합 분양과 '미씨' 등 주거용 오피스텔 분양을 성공시켰다. 2007년에는 매우 침체된 지방 아파트 분양시장에 활기를 불어 넣으며 또 한 번 마이더스 손임을 인정받았다. 부산 월드마크 센텀 주상복합으로 6000억 원 규모의 ㈜MDM 자체 개발사업을 성공시킨 것이다.

이러한 ㈜MDM의 고속 성장에 운이 좋았다고 말하는 사람들도 있다. 그러나 부동산 분양이라는 마케팅 사업은 운에 따라 좌우되는 모험사업이 아니다. 리스크 관리를 최우선에 놓고 관련되는 모든 요인들을 복합적으로 철저하게 분석하여 일구어 내는 종합예술이다. 오피스텔이나 상가가 들어설 입지에 어떤 건물을 지어야 하는지부터 대상과 가격, 유동인구, 교통, 문화시설, 소비자의 심리, 소비 패턴, 투자 의욕과 방향 등 기타 분양에 필요한 제반 요인들에 대한 철저한 분석이 밑받침 되어야 한다. 심지어 돈의 흐름과 국내외의 경제 및 산업동향, 증권과 부동산의 가치 비교, 정치 상황 등 다방면에서의 냉철한 판단은 바로 분양을 책임진 사람이 갖춰야 할 덕목이다.

오피스텔 지을 땅에 상가를 짓는다면 그건 잘못된 것이다. 무조건 짓기만 하고 분양이 안 된다면 그건 죽은 건물이나 마찬가지이다. 소비자가 필요로 하는 것을 가장 정직하게 제대로 알려줄 때 분양은 성공한다.

지금의 ㈜MDM이 있기까지 몸과 마음이 무너져 내리는 난관과 시련에 휘청거릴 때도 많았다. 그만큼 부동산업계는 부침이 많았고 한 큐에 대박 신화를 쫓아다니는 부동산업자로 색안경을 쓴 시선으로 보는 이들도 많았다. 나는 뛰어난 사업 감각과 정면 승부로 이 모든 것을 잠재우며 위기를 이겨 냈다. 그날 이후, 나는 "쇠는 두드릴수록 더 강해진다."는 사실을 비로소 깨닫게 되었다.

나는 시장의 흐름을 재빨리 캐치하여 남보다 한 발 앞서 치밀하게 대응하였으며 그것이 ㈜MDM의 강점이 되었다. 그 강점인 마케팅의 주 무기는 직원과 임원들에게 계속하여 강조되고 전수되고 있다. 실력 있는 임직원들이 똘똘 뭉쳐 발전하고 있는 ㈜MDM의 열정과 두뇌가 또한 나의 자부심이다. 10년 만에 일약 자산 규모 2000억 원대의 중견기업이 되어버린 ㈜MDM은 지금도 격변하는 시장 속에서 새로운 사업기회와 사업다각화를 모색하고 있다. 갈수록 진전되는 부동산의 증권화, 부동산과 금융의 통합 등 격변하는 시장의 흐름 속에서 2009년 2월 시행된 자본시장통합법에 걸맞은 금융투자업 진출에도 깊은 관심을 가졌다. ㈜MDM만이 가지고 있는 강점인 부동산 마케팅을 주 무기로 하여 부동산개발업과 금융업을 연결하는 분야에서 한몫을 담당하고 싶었다. 한 걸음 더 나아가서 부동산 위주의 사업구조를 다각화하기 위해 초일류 기술을 보유하여 높은 부가가치를 창출하는 제조업 분야의 M&A에도 관심을 가지고 있다.

그 동안 미친 사람처럼 앞만 보고 달렸다. 직원들 또한 나와 뜻을 같이 해 전력질주하며 일체감으로 함께 한 결과 조그마한 목표를 이루었으나 아직은 미약하다. 이제 ㈜MDM은 한 걸음 더 나아가 국내 최초로 공기업 금융기관인 한국자산신탁을 인수하는 단계에 이르렀다.

더불어 베풀며 사는 세상은 아름답다, '문주장학재단' 설립

IMF 위기로 회사를 나오면서 이 'IMF 한파' 를 어떻게 견뎌낼 것인가에 대해 고민을 했다. 그때 '부동산개발 대행' 이라는 아이디어 사업을 하겠다고 하자, 나를 믿고 따라준 투자자들의 자본금으로 ㈜MDM 설립 초기인 1998년도의 혹독한 겨울을 견뎌 내었고, 마침내 국내 3대 부동산 마케팅 기업에 손꼽히는 지금에 이를 수 있었다.

그 중에서도 ㈜MDM을 통해 '문주장학재단' 을 설립할 수 있었던 것이 가장 큰 기쁨이다. 그것은 내가 대학 3, 4학년을 봉신장학금을 받아 무사히 졸업할 수 있었던 은혜에 대한 작은 보답이다. 오늘의 내가 있게 된 것은 이름 모를 독지가의 장학금 덕택이었다고 생각한다. 졸업 후에 그 당시 받은 고마움을 꼭 갚아야겠다고 생각해 왔으나, 나에게 도움을 주신 분이 누구인지 몰라서 은혜를 갚을 길이 없었다. 그래서 그분처럼 나도 어려운 사람을 돕기로 한 것이 문주장학재단을 설립한 배경이다.

나는 내 자신이 사회에 기여하면서 사업을 이루고, 또 이룬 것은 사회에 환원해야 한다는 신념을 갖고 있다. 사업 시작 3년 만인 2001년, 어려운 가운데서도 내 자신과의 약속대로 현재 20억 원을 출연하여 만든 문주장학재단을 통해 지금까지 모교인 경희대학교는 물론 고향의 초중고 대학생 등 600여 명에게 수억 원의 장학금을 지급했다. 또 지난해에는 경희대학에 가정 형편이 어려운 학생들을 위해 써달라며 특별 기탁금 2억 원을 출연하였다. 특히 형편이 어려우면서도 공부를 못하는 학생들에게 혜택을 줌으로써 그들에게 용기와 희망을 주고 싶었다. 우수한 학생만이 장학금을 받는 현실의 역발상으로, 소외 학생들에게 힘을 실어 줌으로써 그늘진 곳을 보듬고도 싶었다. 세상에서 최고들은 대우 받을 곳이 많지만 그렇지 못한 사람들은 최고들에 비해 매우 열악하기 때문이다.

문주장학기금의 출연 규모는 100억 원이 단기 목표지만 회사의 규모가 커질수록 계속 확대될 것이다. 나는 앞으로 기업의 성장 속도만큼 기업의 이윤은 사회에 환원해야 한다는 소신을 가지고 어렵게 공부하는 학생들을 위해 계속하여 장학사업을 펼쳐 나갈 것이다. 그뿐 아니라 결식노인 지원 단체, 특수 장애아동학교, 정신지체장애 나루터공동체, 독거노인 · 수재민 지원 등에도 나와 (주)MDM의 작은 지원은 계속 이어지고 있다.

나는 성공한 사업가의 실패한 삶을 보아왔다. 또 지금 내가 가지고 있는 것은 영원히 내 것이 되지 못한다는 사실을 나는 잘 알고 있다. 사업을 열심히 하면서 힘이 닿는 한 이웃에게 많은 정을 베풀고 싶다. "세상의 재물은 빌려 쓰는 것이요, 내 것이 아니다."라는 가르침을 따를 뿐이다.

"하늘은 스스로 돕는 자를 돕는다."고 했다. 환경을 탓하지 말고 학교, 직장, 가정에서 정직하게 일하다 보면 환경은 극복할 수 있고 반드시 성공할 수 있다.

나는 과거의 초고속 승진과 성공적으로 분양한 굵직한 회사의 성공 사례를 중요한 것으로 여기지 않는다. 시간은 늘 흘러가는 것이다. 새로운 가치 창출을 위해 열심히 다시 도전하고 인간답게 살기 위해 노력하는 것이 문주현 이름 석 자를 걸고 세상에 나온 이유이기도 하다.

한 가지 작은 소망이 있다면, 시골집 온기가 올라오는 구들 방바닥에 누워 하염없이 내리는 비를 바라보는 것이다. 그래서일까? 나는 일요일도 없이 바삐 움직이지만 비만 오면 괜스레 게으름이 생긴다. 시골에서 비만 오면 일을 중단하고 따뜻한 방바닥에 등을 대고 누워 즐기던 버릇이 있어서일 게다. 시골 태생답게 가슴속에서는 시골 촌놈으로 살아가고 싶은 욕망이 꿈틀거리고 있는 것이다. 이것이 문주현의 진정한 모습이며 정체성이다.

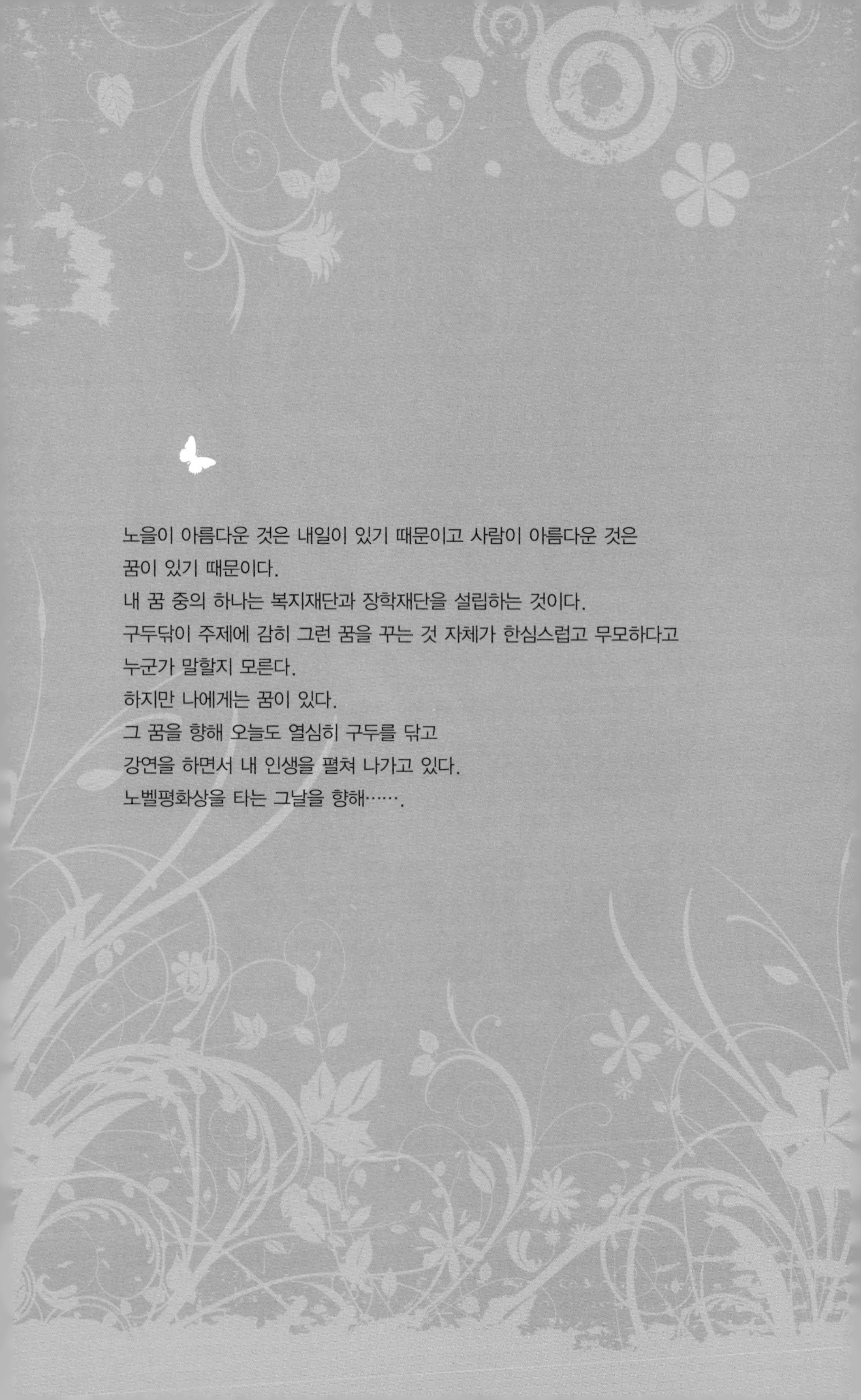

노을이 아름다운 것은 내일이 있기 때문이고 사람이 아름다운 것은
꿈이 있기 때문이다.
내 꿈 중의 하나는 복지재단과 장학재단을 설립하는 것이다.
구두닦이 주제에 감히 그런 꿈을 꾸는 것 자체가 한심스럽고 무모하다고
누군가 말할지 모른다.
하지만 나에게는 꿈이 있다.
그 꿈을 향해 오늘도 열심히 구두를 닦고
강연을 하면서 내 인생을 펼쳐 나가고 있다.
노벨평화상을 타는 그날을 향해…….

내 꿈은 노벨평화상

한대중 구두닦이 CEO · 성공학 강사

· 고입 · 대입 검정고시 합격
· 검정고시총동문회에서 '나의 인생' 첫 강의
· 전라남도 공무원 워크숍 강사
· EBS 한국교육방송 성공학 강사
· 대한적십자사 1000시간 봉사패, 헌혈 250회
· 대한적십자사 금장훈장

아이큐 70의 열등아

나는 가난한 집의 장남으로 태어났다. '가난'과 '못 배움'과 '신체장애'라고 하는 행운을 가지고 태어났다. 나는 가난했기 때문에 부자가 되기 위해서 노력했다. 또 배우지 못했기 때문에 끝없이 배우려는 욕구로 가득 찼다. 나는 건강하지 못했기 때문에 건강하기 위해서 부단히 노력하고 관리해 왔다.

태어날 때부터 머리가 안 좋아 아이큐가 70이었다. 초등학교 성적은 양/양/가/가/가/가의 꼴등이었으며, 시험을 보면 빵점이 수두룩했다. 그런데 '양'은 '양호'하였으며 '가'는 앞으로 '가능성'이 있었다. 동네 애들은 나를 빵점을 자주 맞는다며 '빵대장'

이라고 놀려 댔다. 곤욕스럽고 아주 힘들었다. 낫 놓고 기억자도 모르는 열등아, 저능아 등 지능 지수가 아주 낮은 사람 취급을 당했다.

라디오 안에서 소리가 나오면 그 안에 사람이 들어 있는 줄 알았다. 마음은 여리고 내성적이었으며 유약했다.

사람을 보면 얼굴도 재대로 쳐다보지 못했다. 사람이 무서워 피해 다닐 정도였다. 또 하나, 태어나면서부터 악성 편두염과 함께 말을 하지 못했다. 초등학교 6학년이 돼서야 겨우 국어책을 읽을 수 있었다.

2006년 4월 이전만 해도 말할 때마다 발음이 부정확하여 상대방이 잘 알아듣지 못했다. 어릴 때부터 있어온 언어장애로 책을 읽을 때엔 10여 명 앞에서도 벌벌 떨면서 읽었다.

이처럼 가난, 못 배움, 신체장애, 두려움, 긴장감, 열등감, 부정적인 일들, 단점, 약점, 결점, 실수, 잘못, 반복되는 실패, 어렵고 힘든 환경과 여건들이, 악조건들이 나를 어렵게 힘들게 했다.

어머니가 세 분인 운명

나는 기구하게도 어머니가 세 분 계시다. 나를 낳아 준 어머니와 두 분의 새어머니다. 아버님은 운명의 장난인지 바람도 피우지 않았으나 평생 세 번의 아내를 맞아야 했다.

아버지는 멀리 일을 나갔다가도 우리 9남매의 태를 자르고 받았다. 그만큼 아버지는 자식을 소중히 여겼다. 9남매 중 둘은 먼저 보내고 7남매를 애지중지하시며 말씀도 함부로 하시지 않고 매도 한 대 대지 않았다.

그러나 어머니에게는 백년원수가 되어 구박하고 학대했다. 어머니는 나를 나면서부터는 헤어지자는 말도 자주 하셨지만 그것은 말일 뿐, 9남매를 낳고도 매일 할머니로부터 시집살이, 아버지의 심한 욕설과 구타가 이어지는 생을 사셨다. 어머니는 굴욕적인 상황에서도 잘 참고 견디면서 우리 7남매를 잘 키우려 애를 쓰셨다.

어머니는 밭에서 야채를 거둬 밤새 다듬어 이른 새벽에 양동시장에 나가 팔아 살림에 보태셨다. 그러던 어느 날, 어머니는 부족한 잠 때문에 버스에서 졸다가 목적지를 지나쳐 내렸다. 다시 지나친 정거장으로 되돌아오다가 어머니는 그만 연탄 차에 치이고 말았다. 어머니는 큰 부상을 입어 전대병원으로 이송 도중에 그만 돌아가시고 말았다. 불쌍하게도 한 많은 생을 마감하신 것이다.

돌아가실 때까지 나를 결혼시키기 위해 동분서주하며 열 번 이상 선을 보게 하셨던 어머니. 그런데 직업이 구두닦이라고 하면 여자들은 전부 도망가 버렸다.

누구보다도 자식 사랑이 크신 우리 어머니 생전의 모습을 떠올리니 끝없는 슬픔과 그리움이 산이 되고 바다가 된다.

한동안 아버지에 대한 적개심과 분노가 하늘이 높은 줄 몰랐다. 정말 아버지가 죽도록 미웠다. 그래서 나는 아버지 같은 인생을 살지 않겠다고 다짐하고 또 다짐했다.

시험지를 빼앗긴 그날 이후 구두닦이가 되다

아버지는 건축토목 기술자였다. 전라남도 장흥군 안양면 일대의 피난민촌을 아버지가 거의 다 지었다. 그 덕에 돈도 많이 벌었다. 그래서 전답도 많이 사들이셨다. 그런데 그것도 잠시, 할머니의 장기간 암투병과 작은 외할아버지의 빚보증으로 모든 전답을 날리고 말았다.

아버지는 자식들을 교육시킨다며 모든 것을 정리해 광주로 올라왔다. 그 곳에서 1년 가까이 건축과 토목 사업을 하셨는데 그마저 실패하고 말았다.

그때 나는 살레지오 중학교를 다녔다. 1학년 학년말 첫 시험시간에 납부금을 내지 않았다는 이유로 담임이 책상에 놓여 있던 시험지를 빼앗아가 버렸다. 나는 더 이상 교실에 앉아 있을 수가 없었다. 분노와 창피, 답답함이 내 머릿속을 어지럽혔다.

잠시 침묵이 흘렀고, 그 순간 자리를 박차고 교실을 뛰쳐나왔다. 교문을 나서는 내 눈에서는 굵은 눈물방울이 주렁주렁 매달렸고 반드시 성공해서 이 비참함을 갚아주겠다는 다짐을 했다. 그리고 다시는 학교에 돌아가지 않았다.

학교를 뛰쳐나온 열다섯 살 청소년이 일할 수 있는 곳은 그렇게 많지 않았다. 처음엔 이발소에서 3년, 그 후 작은아버지와 함께 전라남도 시군을 돌면서 기와를 만들었다. 타지 생활을 하면서 줄곧 못다 한 공부가 하고 싶었다.

배고픔에 허덕이는 사람처럼 그렇게 배움에 목말라했다.

당장 나는 공부를 시작했다. 낮에는 A4 용지에 영어 단어 30개를 적어 와 기와를 만들면서 외웠다. 밤에는 경찰서에서 운영하는 야학을 다녔다.

어느 날, 옆집 사는 친구가 구두를 닦으면 시간이 있어서 밤에 학교도 다닐 수 있다고 했다. 나는 친구의 말에 귀가 솔깃했다. 가뭄에 물 만난 고기처럼 눈이 번뜩였다.

1974년 8월, 광주 무등 경기장 앞 BBS 센터에 그 친구와 함께 입문을 하였다. 합숙소에는 광주 '신망원', '애의원' 등 고아원 출신들이 많았다. 사회에 대한 적대감과 불우한 환경 탓에 성격이 난폭하고 거칠었다.

나는 합숙소에서 먹고 자며 '낙윤'이라는 선배와 함께 구광주 고속 터미널 옆 샘다방 앞에서 선배는 '딱새'로, 나는 구두를 찍어 오는 '찍새'로 구두닦이 인생을 시작했다.

주위에는 여러 다방이 있었는데, 아침부터 저녁까지 하루 종일 손님들이 있었다. 나는 슬리퍼를 들고 수십 번, 수백 번 주위를 돌며 사람이 모이는 곳이면 잽싸게 달려갔다. 그리고는 큰 소리로 외쳤다.

"안녕하십니까? 구두 닦아 주십시오."

그런데 생각보다 쉬운 일이 아니었다. 결국 어렵고 힘들어서 하루를 좀 쉬겠다고 했다. 그러자 선배는 마음에 들지 않는다며 나를 센터 안으로 데리고 들어갔다. 그 곳에서 10여 명이 나를 기다리고 있었다.

방은 1호실, 2호실, 3호실이 있었는데 나를 1호실 방 한가운데에 세워 놓고는 가죽장갑을 낀 채 10여 명이 한꺼번에 나를 마구 때렸다. 한참을 두들겨 맞았다. 나는 이대로 있다가는 죽음뿐이라는 생각에 살기 위해 뛰쳐나왔다. 그런데 막상 오갈 데가 없었다. 나는 할 수 없이 다시 센터 안으로 들어갔다. 그날 나는 1호실, 3호실을 돌면서 하루 종일 맞고 또 맞았다. 그래도 참고 견디었다. 공부에 한 맺혀 학교에 다니고 싶었기 때문이었다. 그때 구두닦이 일을 소개해 준 그 옆집 친구는 견디지 못하고 말도 없이 조용히 사라져 버렸다. 그 친구는 지금 영업용 택시운전을 하고 있다.

구두닦이를 한 2년간 선배와 같이 했는데, 그 선배는 하루 종일 일하지 않고 12시나 2시에는 집으로 갔다. 나는 혼자서 저녁 늦게까지 일해 하루 종일 번 돈을 꼬박꼬박 갖다 바쳤다.

그런데 어느 날, 선배는 구두통을 주면서 혼자 해보라며 해방시켜 주었다. 그 순간 나는 날아갈 것 같았다. 자유롭게 맘대로 해 볼 수 있다는 게 너무 좋았다.

그렇게 독립해 구두닦이를 할 때 전남대학교 교육 봉사회의 대학생들이 와서 하루에 1, 2시간씩 공부를 가르쳐 주었다. 그러면서 나에게 '용봉야학'을 운영하고 있다고 정보를 주었다.

남들은 19세면 고등학교 3학년인데, 나는 그 나이에 용봉중학교에 갔다. 원수는 외나무다리에서 만난다더니, 하필이면 용봉중학교가 내가 5년 전에 등록금을 못 내 시험지를 빼앗겼던 그 학교였다. 참 인생이 야속하기도 하고 아이러니하기도 했다. 반드시 성공해서 다시 찾아오겠다며 오기를 가지고 떠난 학교, 다시는 보고 싶지 않았던 그 학교 교정을 그것도 초라하게도 뒤늦게 공부하겠다며 다녀야 했으니 말이다.

돈을 버는 사람은 시내에서, 학교에 다닌 사람은 직장을 선택하게 되었다. 나는 운 좋게 한국전력과 공무원 교육원에서 구두를 닦으며 밤에 공부를 할 수 있었다. 두 곳 회사에서는 구두 닦으라며 사정하지 않아도 인사만 하면 구두를 주었고, 학교에 다닌다 하면 열심히 살라며 따뜻하고 정답게 대해 주었다. 정말 고맙고 감사할 따름이었다.

그렇게 낮에는 열심히 구두를 닦고 밤에는 학교를 다니는 그야말로 주경야독했는데, 학교에 가면 마음은 공부를 하고 싶지만 너무 피곤해 몸이 따라 주지 않았다. 책상에 앉아 5, 10분만 있으면 곧 피곤해서 그만 졸기 일쑤였다. 2년 가까이를 그렇게 공부하고 검정고시를 치렀다. 그러나 나는 불합격했다.

인생 전환기

어느 날, 군 입대 신체검사 통지서가 나왔다. 신체는 건강한데 중학교를 졸업하지 못한 학력 미달로 방위병이 되었다. 나는 병무대 포병학교 취사병으로 매일 2000여 명의 취사를 담당하게 되었다. 이때가 내 인생의 전환기로서 큰 변화를 가져왔다.

낮에는 2000여 명의 취사를 담당하고 저녁에는 대한민국 대학교 교수님들의 책을 총망라해서 읽었다.

'안병욱, 김태길, 김형석, 김동길' 등의 교수님들 저서는 물론 '김구 선생, '안창호 선생' 등을 만나기도 했다. 안창호 선생처럼 나도 조국과 민족이 내 애인이요, 마누라라고 생각했다. 책을 읽고 위인들을 만나게 되자 조국관과 민족관, 애국관이 정립되고 책임감과 사명감이 불타올랐다.

용봉야학 교훈은 '참되게 살자', 직업 소년원의 허상혜 원장님은 '성실, 정직하게 개미처럼 부지런히 살라.' 고 강조하셨다.

이 모든 사상과 가치관과 대의명분들이 여기에 접목되고 융합되고 통합되어 내 현실에 투영, 진정 원하고 하고 싶어서 일의 가치에 미쳐 너무나 즐겁고 재밌게 일하게 되었다. 혼이 살아 움직였고 100% 올 인하게 되었다. 정신적으로 든든하니 남부러울 게 없었다. 추운 겨울날 반팔 옷을 입고 일을 해도 춥지 않았다. 오늘 죽어도 여한이 없었다. 운명까지 감사했다.

제대가 가까워지면서 많은 생각들이 스쳤다. 특히 어머니가 세 분 있었던 아버지의 유전자를 닮아서 혹여 나도 그렇게 되지나 않을까 괜한 염려에 차라리 신부가 될까도 생각했었다.

그 동안 무작정 공부가 하고 싶어 학교에 다니며 구두를 닦았지만, 이제는 성년이 된 이 마당에 계속해서 구두를 닦아야 할지, 다른 직업을 찾아야 할지 고민이 많았다. 부모님도 구두 닦는 일을 그만두는 게 좋겠다고 하셨다. 나는 다시 아버지를 따라 건축 · 토목 일을 하였다. 그런데 1년 정도를 했지만 도저히 적성에 맞지 않았다. 아버지는 반대했지만 나는 다시 구두를 닦았다.

구두닦이로 복귀하고는 방황도 하고 우울증에 시달리기도 했다. 후배 두 명과 함께 광주 우체국 앞에서 구두를 닦으며 5.18을 맞았다.

나는 총을 들지 않았다. 그 후 6월 항쟁이 있었다. 그때 서울에서 유명한 재야인사들이 거의 다 광주에 내려왔다. 나는 그분들의 특강을 하나도 빠지지 않고 들었다. 특강을 들으며 나는 내가 공부해야 하는 동기를 얻어 다시 공부하기로 마음을 먹었다.

뒤늦게 광주 동양검정고시학원을 등록하였다. 학원에서 고입검정, 대입검정을 마쳤다. 그리하여 1981년도에는 중등과정을, 1987년도에는 고등과정을 마쳤다. 나는 10년 동안 시험을 무려 20번이나 보았다.

그때 내 통장에 1500만 원 정도가 있었다. 그래서 일반대학을 가서 행정, 사법, 외무고시를 하겠다고 꿈을 키웠다. 이 얼마나 아름다운 도전인가! 감히 상상할 수 없는 일이었다. 그러나 현실은 대학문을 쉽게 열어 주지 않았다. 집안 형편상 대학에 다닐 처지가 못 되었다.

그 당시 부모님은 내 나이가 있으니 늦지 않도록 결혼하라며 재촉했다. 열 번 이상 선을 보았는데, 직업이 구두닦이라고 하니 모두들 도망갔다. 당시엔 얼굴도, 말주변도, 직업도 모든 것이 최악이었다. 그런데 지금의 집사람과 선을 보게 되었는데, 맞선을 자주 보다 보니 요령이 생겨 구두 닦는다는 말을 하지 않았다. 말을 돌려 불우 청소년들을 관리하는 책임자라고만 하였다. 처음엔 서로가 마음에 들지 않았지만 결혼이 성사되었다.

우리 부부는 교통비를 아끼고 돈 1000원짜리를 무서워하며 알뜰살뜰 근검절약하여 상무 지구에 아파트 상가를 분양받아 결혼 10년 만에 1억 원을 만들었다. 열심히 살아온 덕이다. 참 뿌듯

하고 기뻤다.

그 동안 할아버지, 아버지, 나, 이렇게 3대의 가난을 완전히 날려버렸다. 다시는 가난하게 살 수 없나. 아니 살아서는 안 된다. 나는 성실과 정직과 근면이 경쟁력, 정직과 진실 · 정성이 최선의 방법이라고 생각하며 열심히 살았다. 집사람은 돈을 잘 이용할 줄 알았다. 나와 집사람이 하나가 되니 그 동안 몸서리쳤던 가난의 고통, 아픔들을 일시에 떨칠 수가 있었다.

내가 누구보다도 소중하다는 '주인의식'을 가져라

나는 그 동안 금남로에서, 충장로에서, 광주 시내 관광지에서 구두를 닦았다. 결혼하기 전까지는 시교육청, MBC, 전화국을 끝으로 후배들에게 자리를 물려주었다. 새로운 보금자리 동구청과 전신전화국에서 3년 가까이 구두를 닦고 있는데, 도청에 있는 후배가 대학교에 다녀야 한다면 도청 자리를 물려주었다.

인생에 있어서 세 번의 기회가 온다고 했던가. 1992년 5월, 도청의 역사가 내 인생에 있어서 첫번째 기회로 찾아온 것이다.

하지만 세상은 내가 생각하고 원하는 대로 그리 호락호락하지 않았다. 1997년이 될 때까지는 어렵고 힘든 시절을 보냈다. 5년 동안 성실, 정직, 근면으로 구두를 닦고 새 구두를 만들어 팔았다. 이렇게 5년 동안 꾸준히 노력한 결과 나의 고생은 서서히 빛을 발하기 시작했다.

구두가 팔리기 시작하였는데 하루에 수십 개, 지금까지 1000개 이상을 공급한 것 같다. 도청 공무원들은 구두를 보고 사는 것이 아니라 '한대중 제품이니까 산다' 며 성실과 정직, 근면을 믿고 구두를 사 주었다.

도청에서 구두를 닦으면서 나는 '내가 도지사요, 주인이요, 도청 한 가족' 이라고 생각하며 일했다. 이렇게 주인의식을 갖고 일했더니 도청 직원들도 나를 같은 직원으로 여긴 것 같다.

나는 도청 직원들의 경조사가 나면 반드시 문상이나 하객으로 참여했다. 한 달이면 100만 원이 들어갈 때도 있었지만 결코 아깝지 않았다. 혹자는 구두 닦는 사람이 공무원 애경사까지 챙기니 주제 넘는 행동이라며 우습게 여기기도 하는 것 같았다. 하지만 나는 옳고 바른 일에는 이 모든 수모와 상처, 아픔도 끝까지 참고 내가 승리하는 그날까지 간다는 생각으로 지금까지 해 오고 있다. 그러자 함께 술자리를 피했던 사람이나 음식 먹기를 꺼렸던 사람들도 이제는 나와 가까이 지내게 되었다.

도청 직원들은 이제 한대중이는 구두닦이가 아니라 도청 직원의 한 일원이라고 여겼다. 어느 새 성실과 근면으로 꾸준한 구두닦이가 도청 직원들의 동료가 되어 있었다. 나는 구두를 닦으면서 인생을 닦는다. 도청직원들과 친해지다 보니 매일 점심, 저녁을 하자며 약속이 청해졌고 자연히 술자리도 잦아졌다.

도청에 있으면서 두 번의 어려운 시기가 있었다. 1999년, 도지사 민원이 장애인 고용이었다. 3개월 동안 인터넷에 시달리며 위기를 넘겼다. 또 2005년, 남악 신도시로 도청을 옮기면서 새 건물 입찰이 거론되어 또다시 위기에 봉착하였다. 지역 여론, 직원들의 여론이 접수되고 여러 번의 간부회의를 통해 비밀투표까지 하게 되었다. 다행히 직원들이나 간부들은 나를 선택했다. 아마 그 동안 내가 쌓은 성실, 정직, 근면, 믿음이 하나로 일관된 결과일 것이다. 사람들은 단순하고 냉정하다. 자기 이익을 위해서 움직인다. 이 문제의 결과는 한대중 승리요, 곧 인간적 승리이다.

강연하는 구두닦이 CEO

도청 직원들과 안면을 트고 호형호재하며 지내다 보니 사람이 좋았고 술이 좋았다. 어느 날 문득, 이것은 현실에 안주하는 삶이란 생각이 들었다. 그래서 단호히 결심하고는 2002년 3월 1일부로 술, 바둑, TV를 하나씩 정리했다. 그리고 교육, Tape, 책으로, 그러니까 나쁜 습관에서 좋은 습관으로 3년 이상을 계속 바꾸어 갔다. 3일, 3주, 3개월, 3년을 끝없이 꾸준하게 지속적으로 바꾸니 나쁜 습관은 서서히 사라지면서 좋은 습관이 그 자리를 메워 갔다. 이것은 지금의 나를 발전시키고 성장시켰다.

2006년 4월, 나는 양국진 스피치센터에 입문하여 초급반, 중급반(두 번), 강사반, 시낭송, 열정 커뮤니케이션, CEO 아카데미 1 · 2기, 긍정 클럽(3년 이상)을 하면서 모범이 되고 변화하기 위해 내가 대표하고 회장을 맡았다.

학원에서 제시하는 방법대로 매일 3분 스피치 연습 5번 이상을 실행하면서 나를 철저히 변화시켰다. 그러면서 사무실에서, 모임에서, 산, 국립묘지, 상가, 예식장, 지하철 등 때와 장소를 가리지 않고 입만 열리면 무의식적으로 연습하고 훈련했다.

그러던 2006년 8월, 전국 검정고시동문회에서 '나의 인생' 이라는 제목으로 첫 강연을 했다. 구두 수선공으로 살아오는 동안 숱한 고난과 역경 속에서도 꿈을 향해 쉼 없이 정진하고 있는 내 삶을 진솔하게 이야기했다. 담백하고 솔직한 구두닦이 인생 이야기에 많은 동문들이 감동을 받아 용기를 얻었다고 한다.

이러한 소문이 나돌자 전라남도 공무원 워크숍, EBS 교육방송 성공학 강사로 출연하여 특강을 하였다. 또 인천의 한 백화점에서는 전 직원을 상대로 강의를 하였다. 그 외에도 수많은 관공서와 기업체에서 강연을 해달라는 요청이 쇄도하고 있다. 방송 출연을 여러 차례 하니 강연 요청도 쇄도했다. 거의 일주일에 한

번꼴로 강연 요청이 들어오는 형편이다. 이제 나에게는 '구두닦기 CEO' 라는 이름 하나가 더 붙게 되었다.

요즘도 강의가 들어오면 6시간 이상을 준비한다. 내가 살아온 이야기여서 원고 없이도 충분히 소화할 수 있겠지만, 강연을 듣는 대상이 매번 달라 빈 강의실에서 가상 청중을 대상으로 목이 잠길 정도로 홀로 연습한다. 그것이 청중을 위한 강사의 예의라고 생각한다.

꿈은 반드시 이루어진다

지금은 구두 닦으며 구두 판매도 하고, 외부 강연을 통해 많은 사람들에게 꿈과 희망과 용기를 심어 주는 동기 부여 강사로 활동하고 있다. 머리도 미련하고 말도 잘하지 못했지만 어려서 동기 부여 강사의 꿈을 가지고 있었고, 장애를 극복하고 열심히 노력한 결과이다.

나는 가난하고 건강하지 못했기 때문에 같은 고통을 앓고 있는 사람들을 위해 '봉사하는 삶' 을 또 하나의 인생 목표로 삼고 있다. 그 목표를 실천하기 위해 30년째 적십자 운동을 하고 있는데, 대한적십자회로부터 받은 1000시간 봉사패와 헌혈 250회 기록, 장기기증서 등이 그것을 말해 주고 있다. 그리하여 대한적십자사로부터 '금장훈장' 을 받게 되었다.

나는 살아가면서 몇 가지를 목표로 정해 꿈을 이루기 위해 꾸준히 노력하고 있다.

1. 헌혈(한 달에 2회) 70세까지 한다.
2. 헌혈운동을 펼친다.
3. 장기기증
4. 고아원
5. 양로원
6. 소년소녀 가장
7. 장애인
8. 독거노인
9. 환경운동
10. 거리질서 운동

봉사는 순수한 마음, 무조건 조건 없이(가난, 못 배움, 신체장애) 어렵고 힘든 환경과 여건, 악조건이지만 말하거나 원망하지 않았다. 불우한 환경을 현실로 받아들였고 그것을 극복하고자 노력하며 감사하는 마음을 가졌다. 나는 목표를 정하고 이루기 위해 자신과 싸웠으며 그리고 자신과 약속을 지켰다.

나는 이제 꿈 10개가 아닌 꿈 100가지, 사명서 10개를 가지고 있다. 올해 목표는 11개를 가지고 있다.

오늘의 말과 생각, 그리고 행동이 나의 미래 모습이다. 이루어진 모습, 되어 있는 모습, 하고 있는 모습을 상상하면서 매일 실행하면서 하나 둘씩 이루어가고 있다.

노벨평화상을 위해 나는 오늘도 봉사한다

나는 늘 들고 다니는 가방이 있다. 그 가방 속에는 카세트 테이프와 책, 그리고 몇 권의 노트가 있다. 테이프는 구두를 닦으면서 공부하기 위해 마련한 유명 강사의 강의 테이프이고, 책은 한 달에 네 권 이상을 읽는다는 자신과의 약속을 위해 늘 들고 다니는 것이다.

그리고 꿈을 정하면 반드시 적어 놓는 '나의 사명서' 라는 크기가 작은 노트가 있다. 지금 한 100가지 정도가 적혀 있다. 착한 남편, 존경받는 아빠, 효성스런 아들, CEO, 참봉사자, 최고의 동기 부여 강사, 성공학 책의 저자, 노벨평화상 수상자 등등 이루고 싶은 내 모습이 담겨 있다.

또한 나와의 약속을 지키기 위해 매일매일 점검하고, 자신을 철저히 관리하기 위해 큰 노트를 사용한다. 이렇게 빼곡하게 글로 적은 것을 보면 행동하게 되고 행동하다 보면 하나하나 이루어지기 시작한다.

꿈을 이루기 위해서는 자기 자신과의 약속을 지켜야만 성공할 수 있다. 기적도, 답도, 힘도, 모든 것은 자기 안에 있는 것이다.

나를 승용차에 비유한다면 티코로 태어나서 에쿠스로 바뀌었다고 말할 수 있다. 나는 앞으로 벤츠를 향해서 달려갈 것이다. 어제보다 오늘을, 오늘보다 나은 미래를 위해서 현실에 머물지 않고 새롭게 도전하고 변화할 것이다. 그리고 노벨평화상이라는 큰 꿈을 향해 끊임없이 도전하고 노력할 것이다.

중학교를 졸업하고 무작정 상경,
중화요리 배달원, 공장 노동자, 학원 강사, 시민운동가,
17대 안산 상록 갑 국회의원에서 다시 공장 노동자로,
지금은 행복한 가정을 위한 강사,
대학에서 학생들을 가르치는 교수로 활동하며
새로운 미래 창조를 위해 열정을 불사르고 있다.

기적을 이룬 꿈

장경수 국제문화대학교 대학원 석좌교수

· 명지대학교 행정학 학사
· 연세대학교 행정학 석사
· 한양대학교 경영학 석사
· 단국대학교 행정학 박사
· 17대 국회의원 역임
· 한양대학교 겸임교수

가방 대신 지게를 지고

나는 1958년 추석 다음 날, 7남매 중 다섯째로 태어났다. 내가 태어나 자란 순천시 상사면 초곡리는 전기도 들어오지 않는 첩첩산중 두메산골이었다.

당시 아버지는 상사면 사무소 공무원이셨고 어머니는 농사를 지으셨다. 초등학교 5학년, 나는 아침에 눈을 뜨면 소를 끌고 산에 올라가 풀을 먹이고 또 풀을 베어 가득 담은 망태를 메고는 집에 돌아왔다.

장마 끝에 냇물에서 미역 감으면 너무나 즐거웠고, 산에다 소를 풀어 놓은 채 큰 바위 그늘 아래 누워 있으면 계곡에서 불어

오는 서늘한 바람이 정말 상쾌했다.

80년대 후반, 아버지는 공무원을 퇴직하시고 소목장을 하신다며 조합 빚을 얻어 동네 뒷산에 대규모 축사를 건설하셨다. 그리고 동네 어귀에는 누에를 치기 위해 뽕나무 밭을 일구셨다.

그러나 조합에서 온 빚 독촉장은 나날이 쌓여가고 외가 · 고모집 식구들의 방문이 잦아졌다. 어머니와 외삼촌의 다툼, 고모님의 눈물, 부엌 앞에서 눈물 짓는 어머니의 탄식 소리가 우리 형제들의 아침을 깨우곤 했다. 꿈도 많고 희망도 많았던 학창 시절이었지만 나의 사춘기는 힘겨운 가난의 무게에 짓눌려 늘 우울하고 고독했다.

영어와 수학책 대신 〈새농민〉이라는 잡지를 읽었고 목장 운영하는 법, 시설 채소 기르는 법 등 영농 기술을 배웠다. 고등학교 진학을 포기한 나는 밤나무 유대접으로 밤나무 묘목을 생산해서 우리 집 빚을 갚기로 결심하였다.

그러나 1년 동안 온갖 정성을 들여 가꾸어 놓은 묘목이 판로가 막혀 묘목을 팔아 빚을 갚겠다던 나의 희망은 무참히 깨어지고 말았다. 땀을 뻘뻘 흘리고 손발이 부르트도록 일해도 나에게 남는 것은 절망뿐이었다. 적어도 나에게 있어서 농촌은 희망이 없었다.

'나도 공부하리라, 고향을 떠나리라, 희망이 없는 농촌을 떠나리라…….'

나는 서울에서 새 희망을 찾기로 결심했다.

시련과 도전

싸늘한 초겨울, 나는 무작정 상경을 했다. 밤새워 달려온 완행 열차에서 내린 새벽, 영등포역은 하얗게 서리가 내려 있었고 초겨울의 찬바람이 두려움에 떠는 열일곱 살의 촌놈을 더욱 춥게 만들었다.

영등포에서 시내 버스를 타고 천호동 야채 시장에 내렸다. 식당은 무허가 건물에 조잡하기 그지없었다. '중화요리' 라고 쓰인 현수막이 바람에 휘날리고 있었다.

"야 짱개, 여기 짜장 둘, 우동 하나 빨리 가져와! "

그때 상인들은 나를 '짱개' 라고 불렀다. 새벽에 일어나 식당 청소를 하고 그날 필요한 해산물을 사기 위해 시장에 가노라면 내 또래의 학생들과 마주치곤 했다. 깨끗한 교복에 책가방을 들고 학교에 등교하는 학생들을 보면 너무 부러웠고 작업복 차림의 내 자신이 하염없이 초라하게만 느껴졌다.

'나도 공부를 하자. 대입 검정고시에 합격을 해서 대학을 가자…….'

그래서 나는 누나 집 근처에 있는 사설 독서실에 등록을 했다.

그리고 독서실에서 사귄 친구와 함께 독서실비와 생활비를 벌기 위해 꽤 수입이 좋은 건설 현장 잡부로 취직을 했다. 우리 일은 트럭에서 시멘트 내리기와 아파트 바닥 흙 메우기 등이었다. 여름 장마와 겨울철 찬바람은 밖에서 일하는 공사판 잡부들을 더욱 고통스럽게 했다.

나는 대입 검정고시를 위해 연합 강의록을 샀다. 마침내 모든 것이 명확해졌으며 모든 것이 결정되었다. 그 결정은 어떠한 고통을 감수하고서라도 반드시 이루고야 말겠다는 일종의 비장함을 품고 있었다.

낮에는 아파트 공사장에서, 저녁에는 독서실에서 주경야독의 생활이 시작되었다. 저녁이면 솜뭉치처럼 풀어진 온몸이 공부를 방해했지만 이를 악물고 책을 보았다.

열심히 공부했지만 시험 결과는 아홉 과목 중 다섯 과목이 낙방이었다. 하루하루가 검정고시에 합격하겠다는 이상과 내 손으로 생활비를 벌어야 하는 현실을 조화시켜야 하는 갈등의 연속이었다.

두 번째 시험에서도 영어와 수학이 합격점에 못 미치고 말았다. 고등고시도 아니고 대입 검정고시에 두 번씩이나 떨어지다니……. 세상 사람들 모두가 나를 보고 비웃는 것 같았다.

며칠 후, 마음을 가다듬고 건설 현장을 다시 찾았다. 십장이 반갑게 맞아 주었다. 두부 안주에 막걸리가 그날따라 더욱 꿀맛이었다.

'그래, 다시 시작하자. 내년에는 꼭 합격할 거다.'

집념의 불꽃은 꺼지지 않았다. 모든 것을 버린 자세에서 새로이 공부하는 즐거움으로 고통을 이겨 내려고 노력했다.

1978년 4월 10일, 드디어 나는 대입 검정고시에 전 과목 합격이라는 감격을 맛보았다.

슬픔의 강물을 건너고

나는 군에서 제대한 후, 왕십리에 있는 빌딩을 관리하며 독서실 총무를 했다. 밥은 옥상에서 직접 해 먹고 잠은 건물에서 잤다. 새벽에 일어나 청소하고 학생 관리하고, 전기세 · 수도세 등 공과금을 세입자들에게서 받아 납부하는 일이었다.

약 5개월간의 벼락치기 공부로 대학에 합격할 수 있었고 학비를 벌기 위해, 결혼 자금을 마련하기 위해 닥치는 대로 일을 했다. 그때 나는 무엇인가 달라지고 싶다는 욕망뿐이었다.

대학 3학년 때, 사랑하는 여인을 만나 왕십리 시장에서 구입한 500원짜리 모조품 반지를 끼고 결혼식을 올렸다.

서릿바람에 뒹구는 낙엽을 밟으며 나는 많은 생각을 했다. 고민 끝에 왕십리에서는 이렇다 할 수입이 없어 누님들이 사는 천호동으로 이사를 하기로 했다.

다음 날, 조그만 트럭을 하나 빌려 이삿짐을 싣고 아내와 아기를 트럭 좌석에 앉힌 다음 나는 이삿짐 위에 누웠다. 한강은 유유히 흐르고 하늘은 맑았다.

'저 많은 빌딩과 차들은 다 주인이 있을 텐데, 나는 방 한 칸 얻을 돈도 빠듯하니…….'

달동네 반지하 단칸방에 이삿짐을 들여 놓고 나니 앞으로의 일이 걱정이었다. 공부는 계속 하고 싶은데 돈은 없고, 막노동이라도 하자니 공부를 포기해야 할 것 같았다.

그때 신문 배달은 내가 할 수 있는 최선이었고, 공부와 돈벌이를 동시에 해결할 수 있는 것이었다. 길동 조선일보 보급소에 등록을 하고는 둔촌 아파트 두 구역 반을 할당받았다. 한 구역을 돌리면 7만 원, 두 구역 반을 돌리면 20만 원을 준다는 것이었다. 새벽 3시에 일어나 아파트 열두 동을 돌리고 나면 어느 새 아침 7, 8시가 되곤 했다.

나는 신문 배달을 하면서 대여섯 명의 중학생들에게 영어를 가르치기도 하다가 천호동에 있는 대입 학원에서 진학 상담도 하면서 사회 과목을 강의했다.

그 후 전공을 살려 고시학원으로 자리를 옮겼고, 그 곳에서 행정학·부동산학을 강의했다. 하루에 10~12시간씩 목이 터져라 소리를 질렀고 완벽한 수업 준비로 수강생들을 감동시켰다. 노량진에서 명강사로 소문이 나자 여러 곳에서 강의 섭외가 들어왔다.

나는 지금까지 내 생존의 책임자로서 최선을 다했고 내게 주어진 어려운 환경을 극복해 왔건만, 여전히 배우고 싶다는 향학열은 하나의 갈증처럼 나를 지배해 왔다. 그래서 생각한 것이 대학원 진학이었다. 일하면서 배운다는 것은 너무나 어려운 일이었다. 아침 먹을 시간이 없어 전철 안에서 빵과 우유로 끼니를 때운 적이 한두 번이 아니었고, 강의 시간에는 몸이 녹초가 되어 졸다가 코피를 한바탕 쏟고 나서야 맑아진 정신으로 강의를 듣곤 했다.

그리하여 연세대학교에서 행정학 석사, 한양대학교에서 경영학 석사, 단국대학교에서 행정학 박사 등 학위를 취득할 수 있었다. 나는 지금도 계속 배우면서 나의 부족한 부분을 채워 가고 있다.

상록수 정신으로 국회의원이 되다

몇 년 전부터 나는 이런 생각을 했다. 40세가 되면 서울을 떠나 소도시에 정착한 다음, 땅을 일구어 채소도 심고 지역 봉사도 하면서 평범한 소시민으로 살아가겠노라고.

그래서 나는 애국지사인 최용신 선생의 상록수 정신이 깃들어 있는 안산에 정착을 했다. 나는 최용신 선생의 묘 앞에서 상록수 정신을 계승 발전시켜야겠다고 다짐을 했다.

늘 깨어서 거짓을 이겨 내고 옳은 것을 추구하는 상록수 정신!

나는 '상록수 계승을 위한 시민의 모임(상시모)'을 몇몇 뜻있는 사람들과 함께 결성을 하고 자율 방범활동, 환경운동, 청소년선도 활동을 하였다.

그 후, 2003년 여름부터는 정치를 바꿔 세상을 바꾸자는 기치 아래 개혁 동지들과 함께 안산시 신당 연대를 추진하였다. 열심히 땀 흘려 일한 사람이 잘사는 사회, 불의와 타협하지 않고도 성공할 수 있는 사회, 착한 사람들이 착하다는 이유로 손해 보는 일이 없는 사회를 만들기 위해 20년 동안 마음속에 품고 온 꿈을 펼쳐 보기로 했다. 그래서 나는 가족들은 반대했지만 17대 국회의원 출마를 선언했던 것이다.

지금이 아니면 늦는다는 절박감에 행동이 과감해졌다. 이제 주위의 만류도 점차 우호적으로 바뀌어 갔다. 로마서 8장 28절에 "하나님을 사랑하는 자 곧 그 뜻대로 부르심을 입은 자들에게는 모든 것이 합력하여 선을 이루느니라."라고 했다. 그때 나는 세상이 나를 위해 좋은 일을 하려고 작정하고 있다고 믿었다.

"저는 제 자신이 고달프더라도 헌신적으로 봉사하는 가운데 보람을 느끼며 살아왔습니다. 국회의원은 주인인 여러분이 뽑아서 심부름을 시키는 머슴이요, 종에 지나지 않습니다."

많은 유권자들이 내 연설에 귀를 기울였고 열광적으로 호응하였다. 나는 모든 것을 내어놓고 오로지 민심을 얻기 위해 전력투구했다.

이런 나를 안산시 상록 갑 유권자들은 압도적 표차로 17대 국회의원으로 선택하였던 것이다. 사람은 처한 상황에서 성실하게 최선을 다할 때 주변으로부터 인정받을 수 있고, 그것을 계기로 새로운 문이 열린다는 중요한 진리를 깨닫게 되었다. 하나님께 감사를 드렸고, 안산의 발전과 서민들의 생활이 나아지는 사회를 만들겠노라고 다짐을 했다.

안산 상록 갑 국회의원으로서 교만하거나 자만하지 않고 열심을 다해 의정활동에 매달렸다. 정치 초년생으로서 버거운 일들도 많았지만 안산을 위한다는 열정 하나로 모든 어려움을 극복하며 많은 일을 추진하다 보니 4년이란 세월이 바람처럼 그렇게 훌쩍 가 버렸다. 세월이 유수와 같다는 것을 실감하기에 충분했다.

공천 탈락, 시련의 연속

18대 국회의원 선거를 위한 민주당 후보 선출 여론조사 경선이 실시되었다. 16일 오후, 중앙당 참관인으로 참석하고 있는 이 비서에게서 전화가 왔다.

"의원님, 축하합니다. 세 명이 응답하면 두 명은 의원님을 지지한다고 합니다."

"긴장 늦추지 말고 끝까지 자리를 지키게."

나는 승리를 확신하고 사동에 있는 공중목욕탕으로 차를 몰았다. 뜨거운 목욕탕 물에 몸을 담그며 지난 일들을 떠올렸다. 주옥같은 일들이 스크린처럼 나의 뇌리를 스쳐 지나갔다.

5년 전, 무명인 나를 시민들의 힘으로 국회의원으로 뽑았건만 경선 불복한 사람의 고발과 전 의원인 김00 씨 측근의 고발이 있었다.

이렇게 보통사람의 정치권 진입은 고난의 연속이었다.

목욕탕 문을 막 나서는데 서울에서 전화가 왔다.

"의원님, 큰일 났습니다. 경쟁자인 00 씨 측에서 우리 직원이 여론 조사 시점을 알리는 문자 메시지를 보낸 것을 가지고 이의 신청을 했고, 이것 때문에 우리 것만 여론 조사 결과를 공개하지 않고 있습니다."

예감이 좋지 않았다. 안산에서 현역 의원을 탈락시킨다는 소문이 헛소문이 아니었다. 갑자기 헛구역질이 나더니 정신이 빙 돌았다.

민주당 공천심사위원회에 가서 전화 여론 조사 결과를 공개해 달라고 하소연했지만 공심위는 나를 후보 자격 박탈하고 문제

제기를 한 00 씨를 단수 후보로서 전격적으로 공천해 버렸다. 가장 공정하고 신중해야 할 공심위가 어떤 각본에 의해 움직인 것 같았다.

그때의 언론 보도를 보기로 한다.

"공심위가 안산 상록 갑의 장경수 의원을 자격 박탈한 것도 논란이다. 원칙 적용이 기계적이고 형평성에 어긋난다는 것이다." (국민일보 2008. 3. 18)

"공심위가 장경수 의원(안산 상록 갑)의 후보 자격을 박탈한 것을 두고 17일 밤 최고 위원회에서 격론이 벌어졌다고 한다. 당 일각에선 공심위가 친노 인사인 00 전 수석 공천을 위해 무리수를 둔 게 아니냐는 뒷말까지 나왔다." (연합뉴스 2008. 3. 18)

이렇게 진실하지 않은 양심들에 의해 나는 잡초처럼 밟히고 철저히 멸시를 당하고 말았다.

그날부터 나는 잠을 잘 수도 밥을 먹을 수도 없었다. 눈은 침침해졌다. 억울했다. 슬프고 서러웠다. 이러한 사정을 알고 있는 많은 시민들이 용기를 내고 끝까지 싸우라는 위로와 격려의 전화가 빗발쳤다.

그러나 나는 18대 국회의원 불출마 선언을 하고 말았다. 억울했지만 지금의 처한 상황을 볼 때 당의 결정을 따르는 것이 순리라는 생각이 들어서였다.

입원 그리고 기도원으로

하나님께서 나에게 더 큰 사람이 되라고 시련을 주신다고 생각하고는 마음을 편안하게 가지려고 애썼다. 그러나 밀려오는 인간적인 고뇌가 나의 마음을 시시각각 뒤집어 놓았다.

'아! 죽고 싶다. 죽어 버릴까? …….'

세상이 끝난 것 같은 절망감에 빠져 들었다. 급기야 눈이 보이질 않았다. 심각성을 느끼고는 병원을 찾았다. 망막이 손상되었단다. 전문 안과를 다녀도 개선될 기미가 없었다. 병원 응급실을 들락거리고 안산 고대병원에 입원한 지도 벌써 한 달이 넘어가고 있었다.

밥을 먹을 수가 없었다. 링거에 내 생명을 의지했다. 머리는 깨질듯 아팠고 가슴이 두근거렸다. 심장 박동이 멈추는 것 같았다. 벌떡 일어나 가슴에 손을 대어 보았다. 눈물도 나지 않았다. 억울함과 분노만이 머릿속을 꽉 메웠다. 몸의 세포가 하나 둘씩 죽어가는 것만 같았다. 초저녁에 잠시 잠들었다가도 금방 깨어나고 잠이 오지 않았다.

의사 선생님이 간호사에게 뭔가를 지시했다. 간호사는 주사바늘로 약물을 투여했다. 그러면 나는 곧 잠에 빠졌다. 식물인간으로 겨우 생을 연명하며 살고 있는 것 같아 답답하고 괴로운 심정으로 잠을 이룰 수가 없었다.

병원의 의료진들은 성심껏 치료에 임했지만 병세가 호전되지 않아 걱정이었다. 하나님께서 널리 쓰시기 위해 시련을 주신다고 생각도 했지만 하나님이 원망스러울 때도 있었다.

병은 점점 깊어져 몸도 가누기 힘들 정도로 쇠약해졌다. 점차 말이 줄어들고 이러다가는 우울증이 올 것 같아 모두들 걱정이었다. 사랑하는 아내와 두 딸의 애교도 소용이 없었다.

평소에 다니던 교회에서도 찬송과 기도를 할 수가 없었고 사람들의 위로말도 나에게는 아무 소용이 없었다. '마음의 병' 이라는 생각이 들자 마지막 길이라 생각하고 신앙으로 어려움을 극복하기 위해 계획을 바꾸었다.

아무도 모르는 곳에 가서 마음껏 기도하고 싶었다. 내 자신 스스로가 극복하지 못하면 유명한 의사라 할지라도 못 고친다는 생각이 들었다.

뭉게구름 흐르고 싱그러운 초목들을 잉태하는 6월, 나는 청평에 있는 한 금식 기도원을 찾았다. 붙잡을 곳은 하나님밖에 없었다. 죽으라면 죽으리라.

매일 7시간 가까이 목이 터져라 기도했다. 이래 죽으나 저래 죽으나 마찬가지였다. 12kg이나 빠진 몸으로 3일 금식 기도에 들어갔다. 마음 한구석에서는 금식 기도 중에 세상을 떠나고 싶다는 마음이 움트기도 했다. 복음송을 부를 때면 하염없이 눈물이 나왔다.

"예수의 이름으로 나는 일어서리라. 원수가 날 향해 와도 쓰러지지 않으리, 주가 주신 능력으로, 주가 주신 능력으로 나는 일어서리……."

기도원에서 내 자신을 돌아보는 시간을 갖기에 이르렀다. 바쁜 의원 생활, 가족 · 친구 · 직원들의 얼굴이 주마등처럼 스쳐 지나갔다. 기도하는 동안에 하나님과 나와의 소통이 시작되었다.

'사랑하는 아들아! 내가 너의 마음을 다 안다!'

'네가 어떻게 살았는지 다 안다!'

'무겁고 힘든 자들아! 다 내게로 와서 쉬라!'

하나님께서 그렇게 위로해 주시는 것 같아 그만 나는 쓰러져 통곡하고 말았다. 그리고 하나님께서 얼마나 나를 사랑하는지 비로소 깨닫기에 이르렀다. 그 순간, 비록 국회의원직을 잃고 병을 얻었지만 지금 살아 있고, 눈이 침침하지만 실명되지 않은 것에 감사했다. 감사하다는 생각이 빠른 속도로 분노와 스트레스에서 나를 해방시키고 있었다.

억울하고 분함에 닫혀 있던 마음이 서서히 열리기 시작했다. 하나님께 기도하는 시간이 즐겁고 기뻤으며 점차 내 몸과 마음이 건강으로 되돌아오기 시작하는 것을 느낄 수 있었다. 나를 휘감고 있는 죽음의 안개는 서서히 사라지고 하나님의 평강이 내 마음을 채우고 있었다.

국회의원에서 공장 노동자로 그리고 더 나은 미래를 향해!

나는 기도원에서 내려와 4년 동안 나의 발이 되어 주었던 그랜저 승용차를 주저 없이 팔았다. 그리고 다짐했다.

"25년 전 단칸방 시절로 돌아가는 거야. 처음으로 돌아가 새로 시작하는 거다. 제로 베이스에서……."

나는 국회에 입성하기 전 사업체를 운영하지 않았기 때문에 돌아갈 곳이 없었다. 할 일 많고 아름다운 세상에서 실업자로 살아갈 수는 없었다. 더구나 한 가족을 책임져야 할 가장으로서 의무와 책임을 다해야만 했다. 또 당장 먹고 살아야 하는 생존의 문제가 가장 컸다.

나는 4년 동안의 국회의원 흔적을 지우기 위해 육체적 노동을 할 수 있는 일자리를 구하기로 했다. 반월공단과 시화공단을 찾았다. 평소 안면이 있는 기업체 사장들이었다.

"사장님, 안녕하십니까?"

"의원님께서 어쩐 일로……."

"육체적 노동을 할 수 있는 일자리 하나 주세요."

"에이…, 의원님께서… 일거리 따오는 영업직이면 모를까!"

여러 곳을 방문했으나 허탕이었다. 나를 배려하는 마음이 담긴 것은 알고 있지만 전직 국회의원이 실업자가 되면 자칫 사기

꾼이 될 수도 있다는 생각이 들기도 했다.

그들은 나의 절박함과 진정성을 이해하지 못하였다. 그래서 마지막으로 초등학교 동창이 운영하는 서울 문래동에 있는 '현대기공' 이라는 공장을 찾아갔다.

안산, 일죽 등지에서 비록 신분이 보장되지 않은 비정규직 노동자이지만 쇳가루와 땀으로 범벅이 된 내 모습에서 삶의 희열을 느꼈다. 자신의 존재를 찾기 위해 지방의 건설 현장에서 노동자로 일도 하였다는 말을 묵묵히 듣고 있던 동창생은 프레스 금형 파트에서 일을 하라고 했다.

나는 수개월 동안 초심으로 돌아가 쇠를 깎고 조이며 일을 배웠다. 장갑을 몇 개씩 껴도 손은 시커멓고 거칠어졌다.

가끔 지하철로 출근하는 나를 본 지인들이 전화로 요즘 어떻게 지내는지 안부를 물어올 때마다 공장에서 프레스 일을 한다고 하면 믿지를 않았다. 그러나 나는 원래 노동자였다는 생각에 무엇이든지 할 수 있는 자신감이 생겼다. 그것은 어린 나이에 일찍 세상을 경험하며 터득한 나의 정체성이 수십 년이 지난 지금까지 내 마음속에 깊이 자리하고 있다는 사실에 놀랍고 고맙기까지 하였다. 그 동안 잃어버렸던 나의 정체성을 다시 찾게 되어 그 어느 때보다도 마음이 편안했다.

한동안 초심으로 돌아가 세상을 다시 배운 나는 지금은 여러 대학에서 강의를 하고 있다. 각 사회단체에서 행복법칙, 성공법칙, 부부법칙 등을 강의하며 사람들과 함께 부대끼며 웃고 안타까워하며 살아가는 평범한 사람으로 살아가고 있다.

우리는 혼탁하고 복잡한 세상에 살고 있다. 이 땅의 삶은 항상 쉬운 것도 아니고 공정하지 않은 경우도 많다. 정의가 승리하기를 원하지만 그런 일이 잘 일어나지 않는 경우도 있다.

기업체 사장, 의사, 변호사, 교수 등 소위 잘나간 곳 출신의 국회의원들은 의원 생활 그만둬도 돌아갈 곳이 많지만 서민 출신인 나는 돌아갈 곳이 서민 대중 속으로 들어가는 길밖에는 다른 곳이 없었다.

내가 지금은 비록 절망의 벼랑 끝에 서 있을지라도 아직도 가야 할 길이 있다고 생각했다. 나는 오늘도 하늘을 향해 외쳐본다.

"과거는 지나갔다. 이제는 찬란한 미래가 올 것이다. 내 전성기는 아직 지나가지 않았다……."

돈도 명예도 권력도 아무것도 없었던 그 시절의 진실한 마음으로 돌아가 '검정고시' 라는 그 질긴 인연을 떠올리며 나의 정체성을 다시 한 번 되돌아본다.

돈이 없어서 재기할 수 없다고
낙담하지 말라!

나는 미천한 집안에 태어나 아버지가 일찍 죽는 바람에 학업도 못 마치고 전장에 들어가 똥오줌을 치우고 마루를 닦으며 잔심부름으로 어린 시절을 보냈다. 빈손으로 사업을 일으켰고 다시 빈털터리가 되는 과정을 겪고 또 겪었지만 내가 살아 있는 한 아무리 빈손이라도 언제든지 사업을 다시 일으켜 세울 수 있다고 믿었다. 나는 한 푼도 가진 게 없는 가운데도 스스로의 재기를 믿었고, 내게 없는 것을 메워 주는 인재를 대함에 귀천을 가리지 않았다. 큰 상인이 되는 데 돈보다는 사람이 더욱 소중함을 일찍이 깨달았던 나는 부와 명예를 모두 거머쥔 장사의 신이 되었다.

청대 말 거상 호설암

중앙청 총리실 구내식당에서 요리를 배우기 시작한 지 30여 년,
나에겐 우리나라 최초의 조리기능장 1호라는 타이틀이 따라다닌다.
조리계의 국가자격시험으로,
조리사로서는 더 이상 올라갈 수 없는 높은 벼슬에 해당한다.
조리기능장이 되고 나자 여러 언론매체에서 인터뷰가 쏟아졌다.
한때, 인터뷰에 응하느라 일을 못할 지경이었다.
한동안 하늘을 나는 것처럼 붕붕 떠다녔다.
요리사들이 부러워하는 조리기능장이 될 수 있었던 것은
무엇보다 검정고시 제도 덕택이다.
검정고시의 혜택을 보지 못했다면 나는 지금도 뜨거운 주방에서 땀을 뻘뻘 흘리며
막노동 수준의 요리를 하느라 분주히 움직이고 있을 것이다.
사람은 기회가 오기를 기다리는 것이 아니라,
기회를 찾도록 노력해야 한다는 말이 새삼 마음에 다가온다.
분명, 세상은 꿈꾸는 자의 것이다.

세상은 꿈꾸는 자의 것

임성빈 대한민국 조리기능장 1호 · 국제요리제과전문학교 부학장

· 경희전문대, 방통대 졸업,
· 고려대 식품공학석사, 세종대 조리학 박사
· 경영기술지도사
· 보건복지부장관 표창
· 대통령 표창
· 외식산업학회 부회장
· 기능장 및 국내외대회 심사위원
· 한국관광대학 교수 역임
· 경민대학 교수 역임
· 대한민국 조리기능장회 회장 역임(현 고문)

우리나라 최초의 조리기능장 1호가 되기까지

나는 손님이 주문한 음식의 종류를 보면 대략 그 손님이 어떤 일을 하는 사람인지 알 수가 있다. 그런데 사람들은 내가 조리사라고 하면 전혀 믿을 수 없다는 표정이다. 내가 조리사 일을 시작할 때만 해도 그리 흔치 않은 직업이었고, 또 내 일굴을 보면 요리할 사람 같지 않은지 신기하다는 듯이 나를 쳐다본다.

그런데 내가 양복보다는 유니폼을 입고 있으면 얼굴이 훤해지고 빛이 난다고 한다. 직업상 유니폼이 오랜 시간 몸에 익숙해서인지 나도 유니폼을 입는 게 좋고 편하다. 각종 대회에 나갈 때마다 멋진 유니폼을 입으면 기자들이 다투어 연신 플래시를 터트린다. 나를 보고 조리사 유니폼이 가장 잘 어울리는 사람이라고 말들을 한다. 나는 스타일에 신경 쓰는 연예인이 아닌, 맛있는 요리를 하는 조리사이다. 조리사는 손님이 음식을 눈으로 보고, 마음으로 읽고, 맛을 느끼는 음식을 만들어야 진정한 조리사이다.

나는 우리나라 최초 조리기능장의 영예를 획득했다. 그래서 훌륭한 후배 조리사들을 배출해야 한다는 부담감으로 어깨가 무겁기도 하다. 지나간 내 조리사 인생을 떠올려 보니 잔잔한 물결처럼 아련함이 내 가슴에 다가온다. 분명한 것은 오늘의 영광이 있기까지 토양이 되어 준 것은 다름 아닌 검정고시 제도라는 것이다. 검정고시가 내 인생을 180도로 변화시켰다는 사실에 대해 부정할 수가 없다.

잃어버리고 싶은 어린 시절의 기억을 더듬으며

어렵고 힘들었던 어린 시절의 기억을 되살린다는 것은 너무 괴롭다. 생각하기도 싫고 그저 잊고 싶은 과거이다. 하지만 되돌아보고 싶지 않은 과거도 내 삶의 흔적이다. 이제 난 이 모든 것들을, 빛바랜 사진첩을 펼쳐 보듯 담담한 심정으로 추억을 들춰볼 수 있을 것 같다.

우리 가족은 부모님을 비롯해 9남매가 살았다. 아버지는 내가 열다섯 살에 돌아가셨다. 아버지는 손자 같은 날 데리고 자랑하며 이곳저곳을 다녔던 기억이 난다. 아버지는 안타깝게도 부자간의 정만 남기고 일찍 하늘나라에 가셨다.

우리 집은 정미소를 한 까닭에 잘살았던 기억이 난다. 정미소 일로 가족들이 금산과 논산을 바삐 오갔던 기억이 있다. 아무튼 집에는 당시에도 일하는 아저씨들이 여럿 있었고, 나를 머슴들이 백마에 태우고 다녔다.

그런데 초등학교를 다닐 때, 집안이 갑자기 어렵게 되어 중학교를 가지 못할 지경이 되었다. 어린 나이여서 가난해진 집안에 대해 이해할 수가 없었고, 중학교를 가지 못하는 것만 너무 억울해했다. 교복을 입은 학생들을 보면 너무나 부러워 눈물이 날 지경이었다.

그래서 초등학교를 마치고 전라도에 있는 '전라제과'에서 무보수로 1년간 기술을 배우는 조건으로 해서 일을 했다. 세상이 어떤지 아직 모르는 코흘리개 소년인 나는 새벽 네 시에 일어나서 가마(오븐, 일본말)를 씻고, 불을 지피고, 앙꼬를 만들고, 빵 반죽을 했다. 그리고 낮에는 고사리 같은 손으로 반죽해서 과자, 사탕 등을 만들었다.

또래의 친구들이 교복을 입고 부모님과 함께 제과점에 들어오는 경우가 종종 있었다. 즐거운 대화를 하면서 맛있는 빵을 먹는 것을 보면 내 자신이 너무 초라해 주방의 더 후미진 곳으로 숨고 싶을 때가 많았다.

제과점 창 밖 거리에는 또래의 친구들이 멋진 검정 교복을 입고 중학교에 다니는 모습이 비쳤다. 나는 그들의 행복한 모습이 부러워 한동안 멍하니 창 밖을 응시하다가 순간 나도 그들처럼 교복을 입고 학교에 다니는 상상을 하곤 했다. 하지만 꿈은 저만치 달아나고 곧 제과점의 어둡고 칙칙한 주방으로 달려가야만 하는 것이 내 현실이었다. 당시의 현실로서는 적어도 제빵 기술을 배우면 밥은 굶지 않을 것이라는 것에 위안을 삼고는 만족해야만 했다.

열다섯 살 소년에게 제과점의 일상생활은 너무 힘들었다. 한번은 앙꼬를 만들다가 연탄가스에 중독되어 이틀을 지나서 깨어났다.

그나마 다행인 것은 같은 나이인 '원종빈'이라는 친구가 있어서 외로움이 덜했다. 그 친구와 나는 하루 종일 과자나 빵을 만들었고, 그리고 만든 물건을 자전거에 싣고는 무주, 진한, 장수까지 배달하였다. 배달을 마치고 늦은 밤 가게로 돌아오는 시간에는 일일 연속극 '여로'를 보기 위해 많은 사람들이 텔레비전 앞에 모여 있었다. 지금 생각해 보면 참 좋은 시절이고 너무나도 감사한 날들이었다. 하지만 친구들이 공부할 때 나는 빵을 만들어 배달을 했고, 비가 오나 눈이 오나 제빵사가 되기 위해 기술을 익혔다. 그런 현실이 슬펐고 거대한 벽에 가로막힌 듯 답답했다.

어느 날, 내가 무보수로 일하고 있다는 사실을 형수가 알게 되었다. 형수는 돈을 벌어야 한다며 먼 친척에게 부탁해 중앙청 국무총리실 식당에서 일을 하도록 주선했다.

첫사랑과의 이별, 빛나는 중졸 검정고시 합격증

제과점을 떠나 중앙청 식당에서 웨이터로 일했지만 환경은 좀처럼 나아질 기미가 없었다. 하고 싶은 공부도 못 하고, 남들 입고 다니는 검정 교복이 그렇게 좋아 보여도 입어보지 못하고, 가슴에 한이 맺히도록 가고 싶었던 중학교 · 고등학교 졸업장도 없이 세월은 자꾸만 잘도 흘러갔다.

식당에서 일하면서 할 수 있는 건 영어와 천자문 익히는 것이 고작이었다. 공부를 할 수 없는 열악한 환경이었지만, 그래도 인간으로서 기본적인 인성과 소양을 갖추고 살기 위한, 최소한의 내가 할 수 있는 공부를 하기 위한 첫걸음이었다.

그래서 시간을 내어 닥치는 대로 많은 책을 읽기 시작했다. "하늘은 늘 스스로 돕는 자를 돕는다."고 하지 않았던가. 누구 하나 날 알아 줄 리 없지만 내가 세상을 보면 되지 않나. 시집에, 명인 전집에, 명언록에 빠졌다. 철학자들 중에 베이컨, 푸쉬킨,

벤자민 플랭클린, 아리스토텔레스, 소크라테스, 각국의 대통령들의 사상을 책으로 만나면서 어떤 사람이 될지 생각을 했다. 그러나 내가 처한 환경에서는 이룰 수 없는 허망한 꿈이었다. 이상과 현실은 달랐기에 수없이 벽에 부딪치고 좌절과 실망과 원망이 뒤섞였다. 막막한 앞길과 미래가 보이지 않는 모든 것들이 나를 서글프게 했다.

그저 세월에 몸을 맡기고 이렇게 산 날들이 어느새 스무 살이 되었다. 하루 사는 것이 전광석화처럼 하루하루가 무섭게 흘러갔다. 자의식이 생기면서 내 인생에 대해 진지하게 생각하기에 이르렀다.

'이렇게 살다가 죽을 것인가, 아니면 더 나은 삶을 찾아야 할 것인가! 뭔가를 해야 한다. 그래, 할 수만 있다면 사법고시인지 행정고시인지 무엇이든지간에 해보자.'

세월이 흘러 내게도 사랑이 찾아왔다. 사막처럼 건조하던 내 가슴에 첫사랑의 불을 지핀 그녀는 함께 근무하는 여직원이었다. 그녀가 처음 내 눈에 들어온 순간, 난 아무 생각이 없었다. 숨이 멈추어지고 가슴이 두근거려 그대로 심장이 멎을 것 같았다. 좋아하는 여자 앞에서 사내놈들이 대부분 그렇듯 그녀가 출근을 할 때 잘 보이는 곳에서 늘 운동을 했다. 알고 보니 그녀를 좋아하는 녀석들이 셋이나 있어서 그녀를 차지하기 위해 셋이 결투를 벌이기도 했다.

승자인 내가 그녀에게 첫 데이트 신청을 했는데, 약속 장소에 그녀가 나타나지 않았다. 그래서 바람맞았다는 생각에 뜬눈으로 밤을 지새우고는 출근했다. 한동안 어색한 가운데 그녀에게 원망의 눈초리를 보내며 말 한마디 못하고 시간을 보냈다. 어느 날, 말할 기회가 생겨 약속 장소에 나오지 않은 이유에 대해 물었더니 오히려 나보고 왜 안 나왔느냐며 따졌다. 알고 보니 서로 다른 골목에서 기다렸던 것이다.

하지만 사랑도 공부 열정에 대한 빈 공간을 채워 주진 못했다. 난 검정고시 공부를 해야 하니 자주 만나지 말자고 그녀에게 말했다. 그녀는 헤어지자는 뜻으로 알고는 상처를 입어 그만 병원에 입원하였다. 나는 그녀를 사랑했지만 공부도 해야 하고 앞날에 대한 확신이 서질 않아 확실한 의사 표시를 못했다. 그래서 그녀는 내 곁을 떠났다.

그녀가 떠난 후, 나는 오로지 검정고시 공부에 매달렸다. 꿈을 위해 노력하지 않고 무의미하게 하루살이처럼 이렇게 살아서는 안 된다는 생각이 들었다. 최소한의 내 꿈을 이루기 위해서는 우선 부족한 학력을 채우는 일이었다. 그래서 검정고시학원을 어렵게 찾았다. 한 달은 부푼 꿈을 안고 열심히 다녔으나 퇴근 후에 공부한다는 것이 그리 쉽지는 않았다. 이 학원 저 학원 여러 곳을 옮겨 다녔고 후에 어렵사리 중학교 졸업시험에 합격을 하였다.

중학교 졸업인정 검정고시 합격은 내 인생의 전환점이 되었다. 중졸 학력을 갖게 된 나는 고종 사촌형님의 소개로 신라호텔에 이력서를 냈고, 경력사원 모집에서 30 : 1의 경쟁을 뚫고 당당하게 공채사원으로 입사하였다. 그나마 중졸 학력이었기에 신라호텔에 지원할 수 있었지 국졸 학력으로는 엄두도 내지 못했을 것이다. 이 사회에서 학력이 자격증만큼이나 중요하다는 사실을 나는 이때 깨달았다.

우리나라 최초의 조리기능장이 되다

처음 특급호텔에서 일하면서 새로이 접하는 내 조리인생이 지금의 나를 만들었다고 해도 과언이 아니다. 우리나라 최고의 호텔에서 근무한다는 자부심은 마음가짐도 다르게 했다. 입사 교육 중에 모든 일에 최선을 다해야 한다는 것을 체험하고는 그렇게 열심히 생활했다. 또 많은 돈을 투자해 회사에서 실시하는 교육을 있는 대로 받았다. 선배가 받을 교육을 자격도 안 되는 내가 신청을 해서 받았고, 호텔에서 사용하는 불어교육을 받으면서 배움에 대한 희열을 느꼈다. 다음 교육은 영어, 그 다음은 이태리 어, 다시 불어, 영어, OA 과정, 내가 받을 수 있는 사내 교육은 다 받았다.

조리사로서 누릴 수 있는 교육 혜택을 신라호텔에서 다 누린 것이다. 그러던 중 공부를 계속해서 고등학교 졸업인정 검정고시에 합격을 하였다.

'초등학교를 졸업해서 이렇게 고등학교 졸업장까지 얻었으니 이제 공부는 그만하자. 그리고 요리공부나 잘해야지.'

한동안 이런 만족감에 젖어 있었다. 그러나 그렇게 되질 않았다. 공부에 대한 목마름은 갈수록 더했다. 그래서 대학에 들어가기 위해 여러 곳에 지원했다. 그러나 보기 좋게 불합격이었다. 짧은 기간을 공부하다 보니 기초가 부족해 점수가 잘 안 나온 것 같았다. 처음 해 보는 체력장에서 나는 그만 꼬리뼈까지 다쳐 결국 다음을 기약해야 했다.

대학을 목표로 열심히 공부하여 그 다음 해에 경희전문대학 조리학과에 입학하였다. 경희대학교 캠퍼스에 들어설 때, 나는 이미 아들이 둘인 아빠가 되어 있었다. 현재 그 아들들이 훌쩍 커서 대학을 졸업하고 의젓한 직장인이 되었다. 한 아들은 아직 군인으로서 국방의 의무를 다하고 있다.

내가 대학을 졸업할 무렵, 한 교수님의 인연으로 조리기능장 시험제도가 있다는 것을 알게 되었다. 그리고 공부에 대한 열망은 점점 커져 4년제를 졸업해야겠다는 생각에 방송통신대학에 편입하였다. 낮에는 조리사로서 일을 하고 밤에는 방통대 공부를 하고, 또 기능장 시험에 응시까지 하며 바쁘게 생활하였다.

그러던 어느 날, 공단에서 전화가 왔다.

"축하합니다. 기능장 시험에 합격하였습니다."

비록 지금은 고인이 되었지만 나보다 열 살 위인 김영규 선배와 둘이서 나란히 합격을 한 것이다. 조리기능장 제도는 1980년도에 만들어졌지만, 그 동안 한 명도 배출하지 못하고 있다가 1992년도에 최초로 두 사람이 합격을 하였다.

신라호텔에서도 축하전화가 빗발쳤다. 홍보팀에서는 신라호텔의 경사라며 신라호텔 스타가 탄생되었다고 기뻐했다. 삼성 자체에서도 일주일씩 함께 촬영을 하였고, 조리기능장 1호라는 타이틀로 몇 년을 인터뷰했다. 그 덕분에 행복한 시간이 속절없이 흘렀다. 많은 인터뷰에 홍보방송을 촬영하였고 대한 뉴스를 비롯해 KBS, MBC, SBS, EBS, 라디오, 신문 등 안 해 본 인터뷰가 없었다. 그러다 보니 방통대 한 학기를 남겨 놓고 졸업하지 못하게 되었다. 언론에 인터뷰하고 방송출연 하느라 많이 시달리고 바빠 내 인생이 공중에 붕 떠 있는 것 같았다.

다시 마음을 가다듬었다. 남은 한 학기에 졸업고사와 미쳐 못다 한 다섯 과목까지 남겨 놓고 있었다. 이번에 못 끝내면 다 포기하자는 각오로 미치도록 공부에 매달렸다. 인터뷰도 사양하고 열심히 공부한 결과 졸업고사에 합격하게 되었다. 물론 좋은 점수는 아니었지만 아무튼 졸업 학점에는 아무 문제가 없었다.

열정, 그 찬란한 유산

방송통신대학교를 졸업하자 이젠 공부는 그만해야겠다는 생각이 들었다. 사실 공부가 쉬운 것은 아니었다. 그래서 좀 쉬기로 했다. 그런데 좀 쉬고 나니 여기까지 와서 학사에 머문다는 것이 영 못마땅했다. 그래서 경희대와 고려대 대학원에 지원했다. 나는 운 좋게도 합격을 하였다. 물론 전공시험과 영어시험에 당당히 합격을 한 것이다.

나는 고려대학교 대학원에 입학하였다. 대학원 석사과정은 미지에 대한 계획으로 나를 흥분과 설렘으로 충족시켰다. 그러나 전문적인 식품가공의 석사과정은 만만치 않았다. 역시 공부는 쉽지 않은 일들이었다. 특히 논문 쓰기가 어려워 포기하고 싶을 때마다 유혹이 잔물결처럼 가슴에 일렁거렸다.

'임성빈, 이 정도면 넌 성공한 거야! 이제 공부는 그만하고 좀 쉬지 그래!'

그러나 한 번 마음먹은 것은 끝까지 해보자는 식으로 덤벼들었다. 역시 노력하면 안 되는 일 없듯이 구세주는 어디에나 있는 법, 학교 선배 · 박사 · 조교 · 교수님 덕분에 예상보다 순조롭게 논문을 썼다. 스스로 실험을 하고 그 데이터를 종합해 논문을 써서 여러 사람들의 도움을 받아 석사논문이 통과되었다.

석사가 되자 이제 공부는 그만하고 요리공부만 하자고 또 다짐했다. 그런데 이게 웬일인가! 4년제 대학과 전문대학에서 교수 임용 러브콜이 이어졌다. 고민하다가 내 운명을 받아들였다.

전문대학에서는 거의 학교에서 생활하다시피 하며 늘 학생들과 시간을 보냈다. 교복 입은 중학생만 보면 부러워했던 내가 대학생을 가르친다는 생각에 가슴이 벅찼다. 내 인생에서 가장 보람된 일이고 이것이 바로 천직이라고 생각했다.

학생들을 가르치면서도 가끔 제대로 완성되지 않은 나를 돌아보게 된다. 그때마다 남보다 뛰어난 예지력, 전광석화와 같은 판단력, 명석한 두뇌를 가지고 있다고 자부하며 내 자신을 사랑하며 더 노력하는 삶을 살고자 다짐했다. 그래서 이론보다는 나의 사회 경험과 살아온 이야기, 그리고 누구나 열정만 있으면 할 수 있다는 정신력을 학생들에게 심어 주었다. 그리하여 조리사의 사명감을 갖고 사회에 진출한 제자들은 우리나라뿐 아니라 전 세계의 호텔에 또는 학교에서 자신의 능력을 마음껏 발휘를 하고 있다.

전문대학에서 학생들을 가르치는 즐거운 시간도 잠시, 또 박사과정을 누군가 요구하였다. 사나이 가슴에 또 불길이 활활 타올랐다. 그래 해보자, 초등학교 졸업하고 여기까지 왔는데, 박사 아니라 박사 할아비라도 할 수 있을 것 같았다. 이왕 박사를 하려면 준비를 철저히 해야겠다는 생각을 했다. 어차피 누가 내 인생 대신 살아 주는 것도 아니고 내가 할 수밖에 없는 일이다. 이제 공부로서는 이게 마지막이라고 생각했다. 박사를 마치고 나면 다음엔 학문이 아닌 좀 더 즐거운 공부를 해야겠다고 생각하고는 다시 박사과정 공부에 몰입했다. 박사과정을 어떻게든 빨리 끝내려고 처음부터 목표를 향해 돌진했다.

어렵다는 박사도 지도교수님의 도움과 여러 교수님의 관심 속에서 정해진 시간에 논문을 쓰게 되었다. 박사가 되다 보니 언젠가는 내가 조리사로서 내 전공을 살려 레스토랑과 식품회사, 조리연구소, 조리학교를 만들고 영원히 이 세상에 남게 될 조리철학을 남기고 싶다는 욕심마저 들었다.

오늘도 나는 꿈꾼다!

이제 나의 목표는 늘 최고가 되는 학교, 훌륭한 조리사를 양성하는 학교를 만드는 것이다. 그래서 열심히 학생들을 데리고 국내로, 국외로 다니면서 국제요리경연대회에 참가하고 경험하고 있다.

태국, 싱가폴, 러시아, 독일, 홍콩, 태국 등의 대회에 국가대표 및 서울 지역 대표 그리고 단체전, 개인전에 감독 · 팀장으로 많은 학생들과 참여하여 금 · 은 · 동메달을 획득하였다. 모든 참여 선수들이 한 명도 빠짐없이 입상을 하는 쾌거를 이루기도 하였다.

한국관광대학 교수를 하면서 학생들에게 진정한 조리사의 역할과 책임에 대해 가르쳤다. 조리사가 얼마나 아름답고 훌륭한 직업인지 자부심과 긍지를 주었다. 한 나라의 관광산업에서 음식이 얼마나 중요한지 의무감을 갖도록 가르쳤다. 그리고 경민대학 교수로 자리를 옮겨 조리사에 대한 막연한 생각으로 입학한 학생들에게 조리사가 인생에 있어서 얼마나 아름답고 미적인 삶인지 일깨워 주었다. 지금은 한 걸음 더 나아가 국제요리제과전문학교 부학장으로 일하면서 한 걸음 더 꿈을 이루어 나가고 있다.

국제요리제과전문학교는 전 세계 관광 분야의 발전에 따른 호텔 및 조리업계의 비전에 따라 세운 학교이다. 미래 관광산업의 방향 설정과 교육제도의 변화를 예측, 선진화된 교육 프로그램을 개발, 시스템화하여 실무에 곧바로 투입, 근무할 수 있는 현장 중심의 인재를 육성하고 있다.

그 동안 수많은 축제와 요리대회, 체육대회, 전시회, 세계요리올림픽 등 다양한 행사 · 입상 경력 등에 보람을 느끼고 있다. 국제요리계와 전문학교에서 1년에 600명의 제자들을 미래의 조리사로 육성하고 있다.

내가 이룩한 명예를 목표로 삼아 배움의 길로 들어선 학생들에게 나는 말한다. 늘 감사하며 최선을 다하는 생활, 초지일관의 자세로 근심엽무, 수신제가 치국평천하, 지덕노체를 열강한다. 나를 닮은 어린 제자들이 전 세계에 퍼져 나가 사회에서 요구하는 인재로 육성하기 위해, 또 최고의 조리사로 영예를 안게 될 그날을 위해 나는 노력한다.

나는 세상 사람들에게 말한다. 빵공장 공돌이가 우리나라 최초 조리기능장이 되었고, 조리박사가 되었다고 해서 뭐가 달라졌는가! 나는 부학장이라는 타이틀보다는 이 분야에서는 내가 최고라는 자부심으로 전 세계를 누비며 요리대회에 참여할 것이다. 올해는 국내 최초로 해외 국제요리경연대회의 심사위원에 등록하여 자격을 갖추게 되었다.

조리업계의 발전을 위하여 죽을 때까지 열심히 노력하면 좋은 결과가 있을 것이라 기대하면서 인생과 미래에 대한 설계를 그려 본다.

조리인생 38년의 세월을 뒤돌아보며

젊은 시절, 난 대책 없이 맡겨진 인생을 그저 식물인간처럼 하루하루 다할 뿐이었다. 그렇게 이곳저곳 많이도 옮겼다. 대장이 그만두면 함께 그만두었고, 선배가 오라면 가고 그만두라면 그만두는 생활의 연속이었다. 그리고 조그만 호텔을 거쳐 약간 큰 호텔까지 13년을 그렇게 돌아다녔다.

기억이 나는 곳만도 중앙청 총리 구내식당, 반도 유스호스텔,

유림관광호텔, 엠파이어호텔 등을 옮겨 다녔다. 사보이호텔에서는 주민증이 없어서 주민등록을 내고는 조리사 자격증을 땄다. 그리고 뉴 스카이호텔, 보헤미안, 신라호텔, 프랑소와메디치, 한국관광대학, 경민대학, 국제요리제과전문학교까지 오는 데 38년의 세월이 흘렀다.

어느새 38년이라니! 그저 한줄기 바람처럼 모든 것들이 아련한데 모든 기억들이 어제 일어난 것처럼 생생하다. 오늘의 임성빈이 있기까지 나 혼자만이 잘해서 여기까지 오게 된 것은 분명 아니라는 생각이 불현듯 스친다.

가정의 어려운 경제 사정으로 인해 목적 없이 여러 직장을 전전하며 좀 더 나은 직장을 찾아다녔다. 여러 직장에서 수많은 추억들과 함께 어린 시절을 보냈다. 국무총리실 식당에 근무하면서 조리사로 변신을 시도했다. 그리고 검정고시를 통해 중학교 졸업 자격을 얻어 신라호텔에 들어갔고, 고등학고 검정고시, 전문대학, 방통대, 고려대, 세종대의 박사과정까지 마칠 수 있었는데 이것은 신라호텔의 토대와 배려가 있었기에 가능한 일이었다.

내가 검정고시를 할 수 있도록 도움을 준 총리 식당의 박 지배인께 늘 깊은 감사를 드린다. 지금은 고인이 되신 신라호텔의 전완열 부장님의 도움이 없었다면 불가능했을 것이다. 그리고 회사의 배려가 없었던 시절에 학습에 정진할 수 있도록 도와준 직장 선배님들, 동료 후배들에게 눈물겹게 감사할 뿐이다.

다시 한 번 고인이 되신 여러 선배님들께 감사를 드리면서 내가 공부를 하여 박사학위까지 취득하게 된 것으로 머물지 않고 그 보답으로 후배 양성에 힘쓰고 있다는 것을 전해 드리고 싶다.

생각해 보니 감사드릴 분들이 너무 많다. 정말 내가 살아온 것이 혼자의 힘으로 살아온 게 아니라는 생각이 든다.

나를 낳아준 부모님 그리고 지금까지 함께 살지는 않지만 새어머님께 이해의 글을 쓴다. 그리고 나와 결혼해서 두 아들을 낳고 월세방에서부터 나 하나 믿고 고생하며 지금까지 불평 없이 함께 살아온 집사람, 과외 한 번 시켜 주지 않아도 대학을 졸업하고 직장생활을 열심히 하는 큰아들 지혁이에게도 감사하다. 또 다니던 대학을 휴학하고 군에 가 있는 작은 아들, 늘 운동부족으로 고생하다 규칙적인 군대생활 속에서 남자가 되어간다고 전화를 가끔 할 때마다 가슴이 뿌듯하다. 또한 부모님을 대신해서 우리 어린 동생들과 나를 초등학교 때까지 길러 주신 두 형님과 형수님께도 감사를 드리며, 지금은 각자의 가정을 꾸리고 아들딸 낳아 잘 살아가는 동생들에게도 늘 감사한 마음을 갖는다. 그리고 나를 아는 모든 선후배님들, 늘 나를 아껴주시는 이철 교수님, 김종군 교수님, 정청송 교수님, 정윤화 교수님, 그리고 지도교수는 아니지만 논문 심사에 단어 하나하나에 수정을 해 주시던, 지금은 고인이 되신 김을상 교수님께 진심으로 머리 숙여 깊은 감사를 드린다.

마지막으로 하늘에 계신 아버지, 내가 어릴 때 돌아가셔서 직접 물질적인 것을 주신 것은 없지만 애틋한 부정을 남겨 주셨다. 하늘에서 늘 나를 내려다보시며 내가 스스로 일어설 수 있게 무엇인가를 돕고 계신 것 같다. 그래서 이 가을, 바람에 날리는 낙엽소리처럼 더욱더 원망과 애정, 슬픔과 애잔함이 생각나 함께한 지난날을 떠올리며 당신의 아들임에 자부심을 갖는다.

어떤 사람은 내게 더 이상 오를 곳이 없다고 말한다. 그러나 나는 앞으로 아직 남아 있는 나의 잠재력을 최대로 찾아내어 실제로 활용하는 것이고, 학생들에게 노하우를 가르쳐 전수하며 사는 보람을 찾는 그런 인생을 그려 본다.

언제나 정도를 벗어나지 않으려 노력한 만큼 앞으로도 정석의 원리를 적용하여 정공법으로 지도하며 나의 카리스마를 지켜나가리라.

조리는 과학이요, 생명을 다루는 학문이니 생명이다. 고로 조리는 예술이다. 문화, 역사, 정치, 경제, 사회의 모든 것에 요리를 뺀다면 뭐가 남겠는가?

나는 교만하지 않고 검정고시를 시작할 때의 그 마음가짐으로 다시 조리종합예술의 완성을 위해 매진할 것이다.

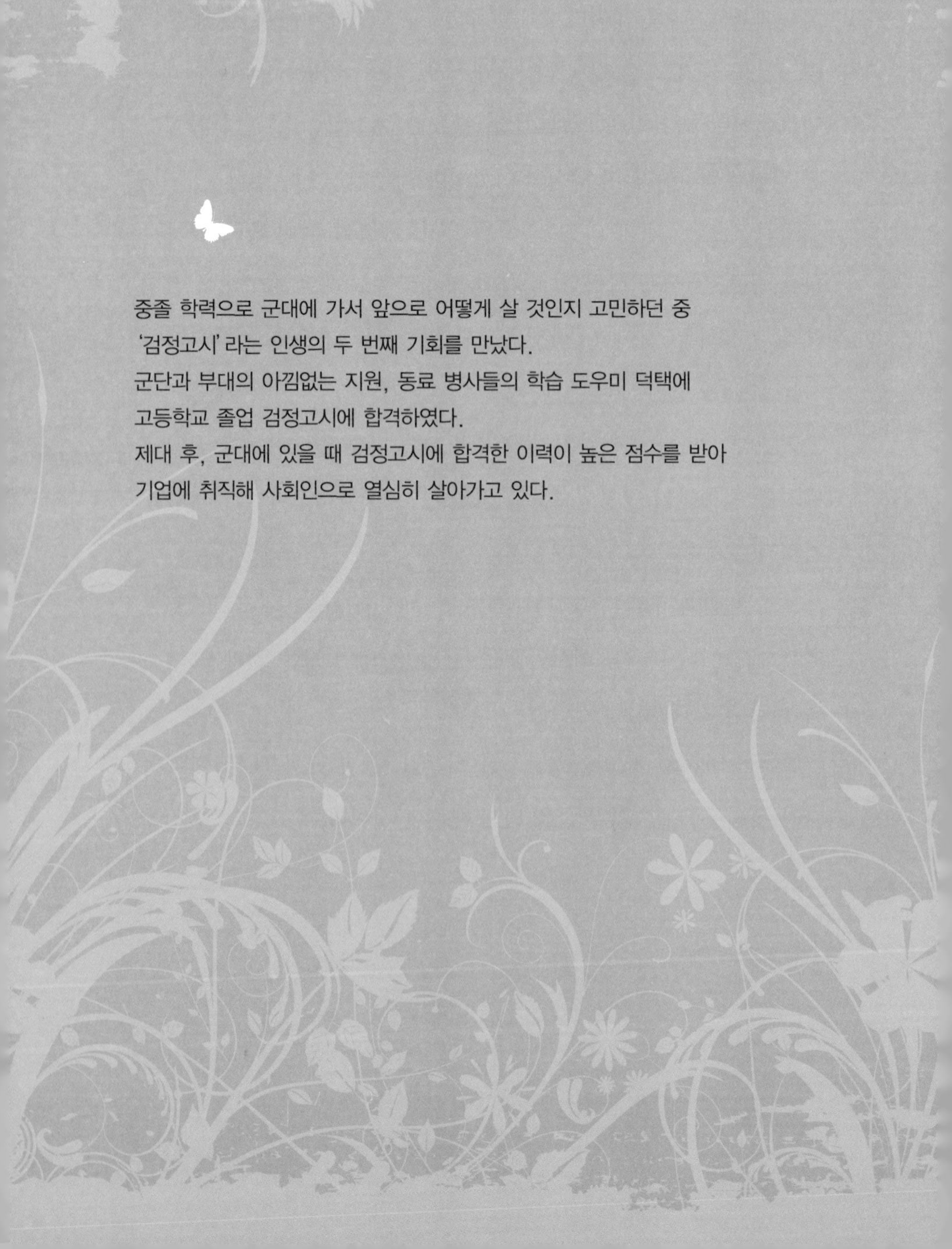

중졸 학력으로 군대에 가서 앞으로 어떻게 살 것인지 고민하던 중
'검정고시' 라는 인생의 두 번째 기회를 만났다.
군단과 부대의 아낌없는 지원, 동료 병사들의 학습 도우미 덕택에
고등학교 졸업 검정고시에 합격하였다.
제대 후, 군대에 있을 때 검정고시에 합격한 이력이 높은 점수를 받아
기업에 취직해 사회인으로 열심히 살아가고 있다.

검정고시는 내 인생의 멘토

남상인 육군 3군단 13화학대대 예비역 병장

군 생활에서 찾은 나의 꿈

흔히 인생에는 세 번의 기회가 찾아온다고 한다. 나는 그 중 두 번의 기회를 군 생활을 통해 잡을 수 있었다.

누구나 찾아오는 인생의 사춘기 고등학교 시절, 나는 질풍노도를 이기지 못하고 방황하며 지내다 결국은 자퇴를 하게 되었다. 그러면서 하루하루 의미 없는 시간을 보내며 나 자신에 대한 존재감, 자신감을 상실하기까지 하였다.

그러던 중 중졸의 학력으로는 현역 복무가 어렵다고 생각했었는데, 다행스럽게도 현역 입대가 가능했다. 군대 생활이 인생의 전환점이라 생각하며 내 삶의 첫번째 기회로 삼아 새롭게 시작해 보겠다는 의지로 신병교육에 임하였다. 훈련소와 후반기 교육을 마치고 육군 3군단 13화학대대 제독차 운전병으로 배치를 받았다. 부대생활 동안은 내가 관심 있는 정비도 익히며 많은 사람들과도 접하고 내 인생을 행복하게 보낸 시간들이었다. 하지만 그런 시간 동안에도 전역 후를 생각하면 답답함과 걱정들이 나의 첫번째 기회의 좌절을 가져올 듯했다.

'중졸이라는 낮은 학력으로 내가 할 수 있는 게 무엇일까?'

아무리 고민해 봐도 마땅한 직업이 없다는 생각에 절망하지 않을 수가 없었다.

그렇게 마음속의 고민을 안은 채 생활하던 중 '검정고시'라는 인생의 두 번째 기회가 찾아온 것이다. 우리 부대에서 두 명의 검정고시 준비생 중 한 명이었던 나는 군단과 부대의 아낌없는 지원으로 4년 동안 해 오지 않던 공부를 시작하게 된 것이다.

교재와 참고서, 학생 시절에도 누리지 못했던 학습 도우미까지 나를 위해 준비되어 있었다. 나는 이 모든 준비가 나의 의지와 노력 없으면 아무 소용없고 검정고시 합격도 불가능하다는 것을 너무도 잘 알고 있었다. 그래서 내가 고민하던 두려움 가득한 미래를 바꾸기 위해 의지를 불태우며 공부에 열중하였다. 일과 후, 휴일 할 것 없이 시간이 나는 대로 공부를 했고, 부대에서도 가능한 한 공부할 수 있는 여건을 보장해 주기 위해 많은 배려와 응원을 해 주었다.

공부를 한 지 약 3개월이 지난 2008년 8월, 내 인생의 첫 도전이라 할 수 있는 검정고시에 응시하였다. 검정고시를 마치고 결과가 나오기까지 많은 기대와 변화될 미래에 대해 상상했다.

시간이 지나고 합격자 발표 날, 나는 충격적 결과에 자신감을 잃었다. 8과목 중 3과목 합격! 최선을 다했지만 '나의 능력이 이것밖에 되지 않나'라는 의문과 포기하고 싶은 생각이 들었다. 그러나 대대장님의 따뜻한 배려와 중대원들의 응원은 내가 사랑받고 있고, 이런 사람들에게 보답할 길이 뭔지를 생각하게 했다. 결국 다시 도전하여 검정고시에 합격하고 전역 후에도 멋진 삶을 살아가는 것이 보답하는 길이라는 결론을 내렸다. 덕분에 나는 포기하지 않고 다시 용기를 내어 1차 때보다 더 노력하였다.

6개월이 지난 2009년 4월, 두 번째 검정고시에 응시하였다. 1차 때의 실망감과 불합격에 대한 막연한 두려움으로 합격자 발표까지 내내 걱정하며 지냈다. 얼마 뒤 5월 13일, 합격자 발표가 났다. 드디어 내가 합격을 하였다. 얼마나 기뻤는지 모른다. 나도 이제 중졸이 아닌 고졸이란 학력을 취득하게 되는 값진 순간이었다.

한 달이라는 시간이 지나 전역이 임박하게 되었다. 무언가를 할 수 있는 가능성과 자신감을 가지고 제대 후 나는 취업을 하기 위해 3차 정기 휴가 중 '0000 반도체'에 입사원서를 냈다. 그 결과 면접시험에서 다른 입사 지원자와는 달리 군 복무 중 '검정고시 합격'에 대한 성실성과 의지가 높이 평가되어 전역과 동시에 취업도 보장되었다.

비록 고등학교를 다녔어야 할 3년이란 시간 동안 방황을 했지만, 군 입대 후 고졸 학력을 취득하였고 2년 동안 군복무도 몸 건강하게 잘 마쳤다.

희망의 나래를 펴다

요즘 군에 입대하는 많은 사람들 중에는 젊은 날의 시간을 낭비한다고 인식하는 사람들도 있다. 하지만 나에게 있어서 군 복무 시절은 잠시 스쳐가고 젊은 시절을 헛되이 보낸 시간이 아닌 인생의 두 번째 기회를 잡을 수 있게 한 소중한 시간이었고, 또 세 번째 기회를 절망이 아닌 희망으로 있게 해 준 그 무엇보다 값진 시기였다.

앞으로 내 인생의 세 번째 기회는 직장생활을 하며 야간대학을 다니는 것이다. 쉽지는 않을 것이라고 생각한다. 하지만 군 생활에서 얻은 자신감으로 할 수 있다는 의지를 가지고 도전한다면 분명히 나의 세 번째 기회도 멋지게 성공하리라 믿는다.

나의 이런 경험이 군 생활을 하며 앞으로의 미래를 위해 걱정하고 고민하는 후배 전우들에게 희망과 도전의 용기를, 벼랑 끝이라 생각되어도 포기하지 않는 의지를 갖는 좋은 계기가 되었으면 좋겠다.

마지막으로, 앞으로 더 멋지고 당당하게 살겠다고 다짐하며 내 인생의 너무나 멋진 기회를 잡을 수 있게 배려해 주고 사랑과 응원을 아끼지 않은 영원히 잊지 못할 그 곳, 육군 3군단 13화학대대 모든 전우들에게 감사한 마음을 전하고 싶다. 육군 3군단 파이팅! 13화학대대 파이팅!

만년 2인자라고 보스 자리에 대한 욕심으로 자신의 직분을 망각하지 말라!

나는 1935년 준의회에서 모택동을 모시고 만리장정을 따라나선 때부터 죽는 그 날까지 41년 동안 2인자의 길을 묵묵히 걸었다. 귀족 가문에서 태어나 공산당 초기 탑 리더의 코스를 밟던 내가 가난한 농부의 아들 모택동을 중국혁명의 지도자로 추천하고 스스로를 낮췄던 것은 인민의 마음을 움직이는 호소력이 그에게 있음을 알았기 때문이다. 총리 시절 행정 보고를 함에 모 주석의 침상 옆에 꿇어앉아야 했고 방광암 수술을 받고 싶어도 모 주석의 허락이 떨어지지 않아 수술을 2년간이나 미루어야 했다. 방광암으로 죽어가는 초읽기의 시간 속에서도 미·일과의 수교, 문화대혁명의 폐허 속에 놓인 국가 경제 재건, 등소평을 재신임하는 권력의 재편성을 위해 촌음을 다투었다. 나는 사망하는 순간에도 "다 죽어가는 나 따위는 돌보지 말고 다른 아픈 동지들을 돌보시오."라는 유언을 남기며 인민의 마음속에 영원한 1인자, 인민의 벗으로 다시 태어났다.

중화인민공화국 총리 주은래

재소자인 아버지, 어머니의 가출, 불우한 가정 환경으로
할아버지 댁과 작은아버지 댁을 오가며 살았다.
그리고 웨이터 생활을 하며 고등학교를 다니다가
출석 일수를 채우지 못해 자퇴 처리되어
학교를 그만두게 되었다.
그 후, 군대에서 국방의 의무를 다하며 검정고시에 합격해
새로운 꿈을 향해 달려가고 있다.

나도 희망을 꿈꾼다

주득용 육군 3군단 3포병여단 333관측대대 일병

가정 파탄으로 떠돌았던 청소년 시절

"넌 꿈이 뭐니?"

누군가 나에게 물은 적이 있다. 군 입대하기 전까지만 하더라도 난 그저 시큰둥하게 대답했다.

"몰라 살다 보면 생기겠지."

하지만 나도 어린 시절부터 꿈꿔온 것이 있긴 있었다. 그것은 바로 경찰이나 직업군인이었다.

나는 전라남도 목포에서 태어났고 할머니, 할아버지 손에서 자랐다. 아버지는 순간의 실수로 인해 오랫동안 교도소 재소중이셨고, 어머니는 얼굴도 기억조차 없다.

그러던 어느 날, 중학교 입학할 때 할아버지, 할머니께서 중학교 학비가 부담스럽다고 하셔서 나는 전라남도 무안에 있는 작은아버지 댁으로 갔다.

작은아버지 댁에는 나이 차가 얼마 나지 않는 사촌 남동생 둘이 있었고 아무래도 같은 학교에 다니다 보니 금방 안 좋은 소문이 났다. 언젠가부터 사촌동생과 어른들 눈치를 보며 살게 되었는데, 그게 너무 싫었다.

비록 친척집이긴 하지만 남의 집이나 다를 게 없었다. 나는 갈수록 내성적인 성격으로 바뀌어 갔고 사람들의 눈치만 보며 생활했다.

그러던 어느 날, 작은아버지와 진로에 대해서 이야기를 나누었고, 그게 내 생애 처음으로 누군가와 삶의 방향과 진로에 대해 처음 해본 상담이었다. 고민 끝에 형편상 가장 적합하다고 결정된 것이 경찰이나 직업군인이었다. 자의보다는 타의에 의한 진로 설정이었지만 어쨌든 그게 나의 목표이자 꿈이 된 것이다.

푸른 제복에 군기 있는 목소리, 절제된 동작이 왠지 멋있어 보였고 평생 그렇게 살고 싶었다. 그래서 운동도 시작했고 컴퓨터 자격증도 따면서 나름대로 꿈을 향해 노력하며 하루하루를 보냈다.

그러나 고등학교에 입학한 후, 흔히 말하는 나쁜 친구들을 사귀게 되었다. 그 친구들이 나쁜 건 알았지만 나를 이해해 주는 유일한 사람이 그 친구들뿐이라고 생각했다. 친구들과 함께하는 것이 집보다 편하고 즐거웠으며, 언제부터는 음주에 흡연, 그리고 가출을 반복하며 생활했다.

그런데 어느 날, 길거리를 배회하다 등교하는 학생들을 보고는 학교가 그리웠다. 다른 아이들처럼 부모님의 사랑을 받으며 학교에 다니고 싶은 마음에 학교를 찾아가 선생님께 용서를 빌었다. 출석 일수가 부족했지만 열심히 학교에 다니는 조건으로 해서 다시 학교에 다녔다.

하지만 작은아버지 댁에 돌아온 후, 나 때문에 평탄한 가정에 피해를 주는 것만 같아 다시 마음이 흔들리기 시작했다. 나는 '내가 왜 살고 있지?' 라고 스스로 자학하며 삶을 비관하기 시작했고, 부모님을 증오하고 세상이 불공평하다고 느끼며 부정적인 생각을 하였다. 결국 또다시 사춘기에 애정결핍으로 인한 방황이 고개를 들었고 결국엔 작은아버지와 합의 하에 가출 아닌 집을 나가게 되었다.

그때 작은아버지는 당부하듯이 내게 힘주어 말씀하셨다.

"네가 어떻게 살든 너의 결정에 달렸고, 세상은 그리 호락호락하지 않으니 고등학교만은 꼭 나와라."

나는 고등학교 졸업장을 받기 위해 작은집에서 나와 원룸을 얻어 아르바이트를 하면서 학교를 꾸준히 나갔다. 그러던 중 학교 선배가 돈을 벌게 해 주겠다며 단란주점 웨이터로 취직을 시켜 주었다.

낮에는 학생으로, 밤에는 단란주점 웨이터로 이중생활에 몸은 피곤에 절었고 정신은 나태해져만 갔다. 돈벌이가 쉬운 만큼 씀씀이도 헤퍼지고 잠이 부족했다. 그러다 보니 하루 학교 가면 하루는 자느라 못 갔고, 출석 일수가 부족해 졸업이 위태로운 상황이었다. 앞으로 하루만 더 결석하면 그 이상은 선생님의 힘으로도 어렵다면서 꼭 나오라고 선생님은 당부하셨다.

나 역시 고등학교는 꼭 졸업해야겠다는 마음에 당장 웨이터 일을 그만두기 위해 사장에게 말했다. 그러자 사장은 적반하장으로 내가 출근 안 하면 가게가 안 돌아가니 다른 웨이터가 들어올 다음 주까지만 일을 해달라고 했다. 3개월 후면 학교에서 공장으로 취업 실습을 보내 주기 때문에 실질적으로 3개월만 꾹 참고 학교를 다니면 졸업장을 받을 수 있는 상황이었다.

일주일 후, 새로운 웨이터가 들어오면서 웨이터 일을 그만두었다. 후련한 마음으로 가게를 나왔다. 시간은 새벽 4시, 그때 당시 추운 겨울이었고 몇 시간 뒤 학교를 가야 한다는 생각에 몸도 녹일 겸 PC방에 들어갔다. 긴장이 풀렸는지 그날 아침에 나는 일어나지 못했고, 불현듯 눈을 떴을 땐 토요일 낮 12시를 향해 가고 있었다. 뒤늦게 학교로 뛰어갔지만 학교 측에서는 오늘부로 자퇴 처리를 했다는 말밖에 들을 수가 없었다.

고등학교 자퇴 후 어떠한 꿈도 희망도 가져본 적이 없다. 검정고시도 기회가 된다면 언젠간 따야지 하는 마음뿐, 정작 시도도

해 보지 않았다. 그렇게 하루하루 제자리걸음만 하며 의미 없이 보내 던 중 입대 영장이 날라 왔다.

앞으로 먹고사는 것도 막막한데 2년이라는 시간을 군대에서 보낸다는 생각이 절망적이었다. 두려움을 가지고 11월 4일, 15사단 신병교육대대에 입소해 12월 12일, 333관측대대 2포대로 전입을 가면서 군 생활이 시작됐다.

군 생활에도 문제가 많았다. 철저하게 개인 이기주의적 성격과 갇혀 있다는 폐쇄감에 시달렸다. 가족이라는 최소의 집단에서 제대로 생활해 본 적 없는 나는 단체생활이 익숙할 리 없었고, 부대 적응을 못하는 사람으로 낙인이 찍혔다. 결국 밖에서도, 군대에서도 실패와 후회의 연속이었다.

그러던 어느 날, 포대장님과 면담이 있었다. 내 가정사를 귀담아 듣던 포대장님께서 검정고시에 응해 보는 것이 어떻겠냐는 말씀을 하셨다. 전입 온 지 얼마 되지도 않은 이등병이 공부를 한다는 것이 내심 눈치도 보였다. 그렇지만 학창시절 학교를 졸업하지 못해 후회하던 모습이, 내가 현재 할 수 있는 것이 무엇인가에 대한 수많은 생각이 교차하기 시작했다. 2년이라는 시간 동안 헛되이 보내지 않으리란 다짐으로 용기 내어 검정고시에 응시하게 되었다. 그러나 군 생활 하면서 공부를 한다는 건 생각만큼 쉬운 일은 아니었고 혼자서 몇 번이고 포기라는 단어를 수없이 되뇌었다.

힘들어 포기하고 싶을 때마다 분대장을 비롯한 분대원들은 날 위로했고, 내 옆에서 너무나 큰 힘이 되어 주었다. 일과 후 연등하며 공부할 때, 야간근무가 있었지만 학습 도우미가 도와주었다. 처음 부대 생활 적응을 잘 못했던 나는 분대원들 간에도 쉽사리 열지 못했던 마음을 조금씩 열게 되었다.

그리고 함께 생활하는 우리 통신 1분대원들이 가족처럼 느껴졌고 새삼 고마운 마음을 느꼈다. 또한 포대장님께서는 검정고시 학습 교재도 지원해 주시며 칭찬과 격려를 아끼지 않았고, 중대 행정보급관님은 야간근무를 열외시키는 등 초심을 잃지 않고 공부에 전념할 수 있도록 여건을 마련해 주었다.

분대원들과 더 나아가 포대원들, 간부들의 관심과 격려 덕분에 나는 군대에 대한 거부감이 사라졌고 웃는 날이 훨씬 많아졌다. 더욱 놀란 건 언제부턴가 항상 부정적으로만 바라보던 내가 세상을 긍정적으로 바라보고 생각하게 되었다는 것이다.

'그래, 이번엔 검정고시 떨어진다 하더라도 경험이라 생각하고 다음번엔 꼭 합격하자!'

나 자신을 위로하기 위해 몇 번이고 몇 번이고 이렇게 되뇌었다. 사실 검정고시에 떨어진다는 생각보다는 기왕 하는 거 한 번에 합격해 보자며 더욱 열심히 노력했다.

이윽고 시험 날짜가 다가오고 많은 장병들의 기대와 관심을 받으며 시험을 보러 갔다. 기본 과목은 국어, 영어, 수학, 과학,

국사, 사회 등 6개 과목이고 선택 과목은 도덕, 정보사회컴퓨터 등 2개 과목을 응시했다. 시험은 시작됐고 나는 하나하나 꼼꼼히 풀어나갔다.

시험문제를 풀다가 보니 포대장님이 사 주셨던 학습지에서 나온 문제, 내가 어려워했던 문제를 분대원들이 가르쳐 준 문제, 별표 체크까지 해가며 중요 문제라고 달달 외웠던 문제들이 하나 둘씩 보였다.

시험을 마치고 시험장을 나오는 발걸음은 가벼웠지만 잘 봤다고 하기도 그렇고 못 봤다고 하기도 그렇고, 노력한 만큼 결과가 나오리라 생각했다.

부대로 복귀하자 시험은 잘 봤냐면 축하와 격려를 해 주는데 순간 왈칵 눈물이 핑 돌았다. 내 일에 관심을 갖고 응원해 주는 사람들이 있다는 사실에 감동했다. 333관측대대 2포대원들이 있다는 게 정말이지 든든하고 행복했다.

시험을 본 후 약 한 달여 간, 시험 결과 발표만을 목이 빠져라 기다리던 나에게 합격자 발표일인 8월 25일이 다가왔다. 여느 날과 다름없이 일일과업 중에 소대장님께서 검정고시 합격자 명단을 확인해 주었다. '주득용 합격' 이라는 귀에 들려오는 소리가 진짜인지 되묻고 또 되물었다.

매번 내 인생은 실패의 연속이라 생각하며 살았는데, 첫 성공의 맛은 정말 하늘을 날 것만 같았다.

후회하지 않는 삶

검정고시에 합격한 후 기분은 말로 표현할 수 없을 만큼 좋았지만 그 동안 철없이 했던 행동들에 대한 후회가 밀려왔다. 그래서 원망으로 가득했던 부모님에게도 나를 친자식처럼 길러 주신 작은아버지에게도 죄송하고 죄스러웠다. 검정고시에 당당하게 합격하였지만 내 자신을 뒤돌아보니 내심 부끄러운 생각이 앞을 가렸다. 그날 저녁, 부모님과 작은아버지께 전화 드려 검정고시 합격을 말씀드리자 너무나도 기뻐하셨다. 그리고 작은아버지와 앞으로의 진로에 대해 이야기까지 했다.

이젠 그토록 바라던 직업군인이 될 수 있다는 생각에 희망이 생겼다. 간부 사관들과 대화하면서 직업군인을 하면서 야간대학을 다닐 수 있다는 말을 들었을 때, 나도 남들처럼 대학을 갈 수 있구나 하는 생각에 검정고시 합격증이 너무 소중하고 고마웠다. 지금은 노력하기에 따라 직업군인과 대학이라는 두 목표를 이룰 수 있을 것 같다는 생각에 너무나 행복하다.

또한, 검정고시에 합격한 자신감을 가지고 군복무 기간 동안 국가기술자격증 취득에도 노력하고, 앞으로는 절대 후회하는 삶을 살지 않을 것이다. 이제 나는 보다 밝은 미래를 위해 끝없이 도전하고, 실패해도 낙담하지 않으며 세상을 긍정적으로 바라볼 수 있게 되었다.

군 입대 후 취득한 검정고시 합격증 하나가 내 인생에 이렇게 큰 변화를 가져다주리라곤 상상도 못했다. 검정고시는 미래가 불확실하고 암담하기조차 했던 내 생활을 긍정적이고 이해심 있는 인간으로 변화시켰다. 만약 검정고시가 없었다면 나는 제대 후에도 하루살이처럼 그렇게 살다가 인생을 마감했을 것이다. 이젠 나도 미래에 대한 희망과 꿈을 꾸며 남은 군 생활 동안 꿈을 이루기 위해 열심히 준비해야겠다.

앞으로 나는 그 어느 누구보다도 더 열심히 살고 싶다. 그리고 누군가가 나에게 "네 꿈이 뭐니?"라고 묻는다면 이젠 당당하게 "군인!"이라고 말할 수가 있어서 너무 좋다.

잘나가다 넘어지고, 재기했다 다시 쓰러진다고 괴로워하지 말라!

나는 문화대혁명 때 '반모 주자파로 몰려 홍위병으로부터 공개비판을 당했고, 잠시 일어났지만 추방당하여 강서성의 한 공장에서 4년간을 육체노동자로 버텨야 했다. 주은래 총리의 도움으로 복권되어 국무원 부총리로 재기했다가 4인방의 농간에 또다시 실각하고 가택연금까지 당해야 했지만, 모택동 사후 정국 수습용으로 재기용된 후화국 봉과의 5년 권력투쟁 끝에 최고 실권을 장악했다. 나는 세 번 쓰러지고 네 번 일어난 역전의 용사로서 마지막 정치적 위기였던 천안문사태의 시련을 견뎌 내고 아무리 넘어져도 다시 일어나는 오뚝이, 개혁개방의총 설계사가 되었다.

중화인민공화국 주석 등소평